談笑

第22号

タンポポは畑の敵か引き抜かれ

詠　嘉原　朝庵

沖縄市・談笑会編

熱っぽく自作の歌意を解説
談笑会「初春を歌し遊ばな」

談笑会の「平成三〇年　初春を歌し遊ばな」は一月二十四日に宜野湾市在の幸地賢治宅で行われた。定型詩は川柳十八点、琉歌九点、俳句六点、短歌九点の計四十二点。出品点数は前回と同じだが、ジャンル別では前回に比べると俳句は二点増えたが、逆に川柳・琉歌が各一点ずつ減となった。前々回までは、琉歌が首位だったのに対し前回からは川柳にトップの座を奪われた格好になっている。人情の機微や情念の世界より、人間や社会を川柳で皮肉る作品が増えている。作者は、得意のアイロニーやジョークを飛ばしながら自作の歌意を熱っぽく解説していた。幸地家のご好意でテーブルにはビール、泡盛、ウィスキーなどが出され、初春にふさわしい数々の料理が出された。出席者は美味しいごちそうに舌鼓をうっていた。

（220頁に作品紹介）

ゴルフって面白いねー

スペシャル・オリンピックス日本・沖縄主催
十一人の知的障害者が参加

本会の稲嶺勇が役員を務めるスペシャル・オリンピックス日本沖縄が二〇一七年九月十六日、沖縄市在の知花ゴルフコース米軍練習場で知的障害者を対象にしたゴルフ教室を開いた。パットでグリーンのピンに近づけたり、ピッチングを使ってグリーン外からピンを狙うなどしてゴルフを楽しんでいた。米人ボランティアも熱心にゴルフの妙味を教えていた。以前にもこのゴルフ教室に参加したことのある数人はスタッフとペアを組んでハーフコースをプレーしていた。談笑会からは会長の仲宗根喜栄、幸地光英、玉城正夫、喜友名朝夫の四人が応援した。仲宗根と稲嶺は、二桁でコースを回るベテラン、残りも「いくらか覚えがある」ということで声をかけたり、ちょっとしたアドバイスをしていた。最後は参加者全員で記念撮影（上）をしてゴルフ教室を終了した。

談笑第22号

目次

「最後の晩餐」Aランチ　哀歌

稲嶺　勇

月日が経つのは早い、今年も安全と安心の爽やかな風に乗って正月がやってきたと思ったらもううりずんの候で、一年の四分の一が過ぎた。人口の四分の一が高齢者という時代、人生一〇〇年時代に突入した我が人生も四分の一が過ぎようとしている。

県内で唯一のカタカナの市であったコザの街、数少ないカタカナの街センターの話である。

この街に生まれ、この街に育ちこの地域の学校を出た者としてセンター通りは学校へ行くのも、長じて仕事に就いてからもゴヤのバス停に行くためには必然的にこの通りを通った。自分にとってこのセンター通りは幼少の頃から今日に至るまで、いわゆる生活道路であり殊の外思い出があるが、時代は代わり現在は中央パークアベニュー通りと呼ばれている。

小中高時代のセンター通りは、約六〇〇～七〇〇メートルの距離に幅員約八メートルの道路をはさんでの対面通行で両サイド沿いには、軍人相手の飲食店やスーベニア、お土産品店、質屋、刺繍店等が立ち並び、一歩スージグヮー（路地）を入ると、ワイキキ湯とかセンター湯というユーフル屋「銭湯」があり、当時は銭湯に行くのも週に一回が習慣であった。ダンパチャー（理容室）もありダンパチは月一回が定期であった。

通りのほぼ中央付近にキャッピトル館という映画館もあり、洋画の上映が主であったが映画といえば当時の娯楽の王様でたまに文部省選定の映画の上映もありコザ小学校時代は集団見学もあった。月一回、新聞配達のアルバイト賃から小遣いをためて映画を観に行くのも楽しみであった。どうしても観たい映画があるときは、同級生と交代

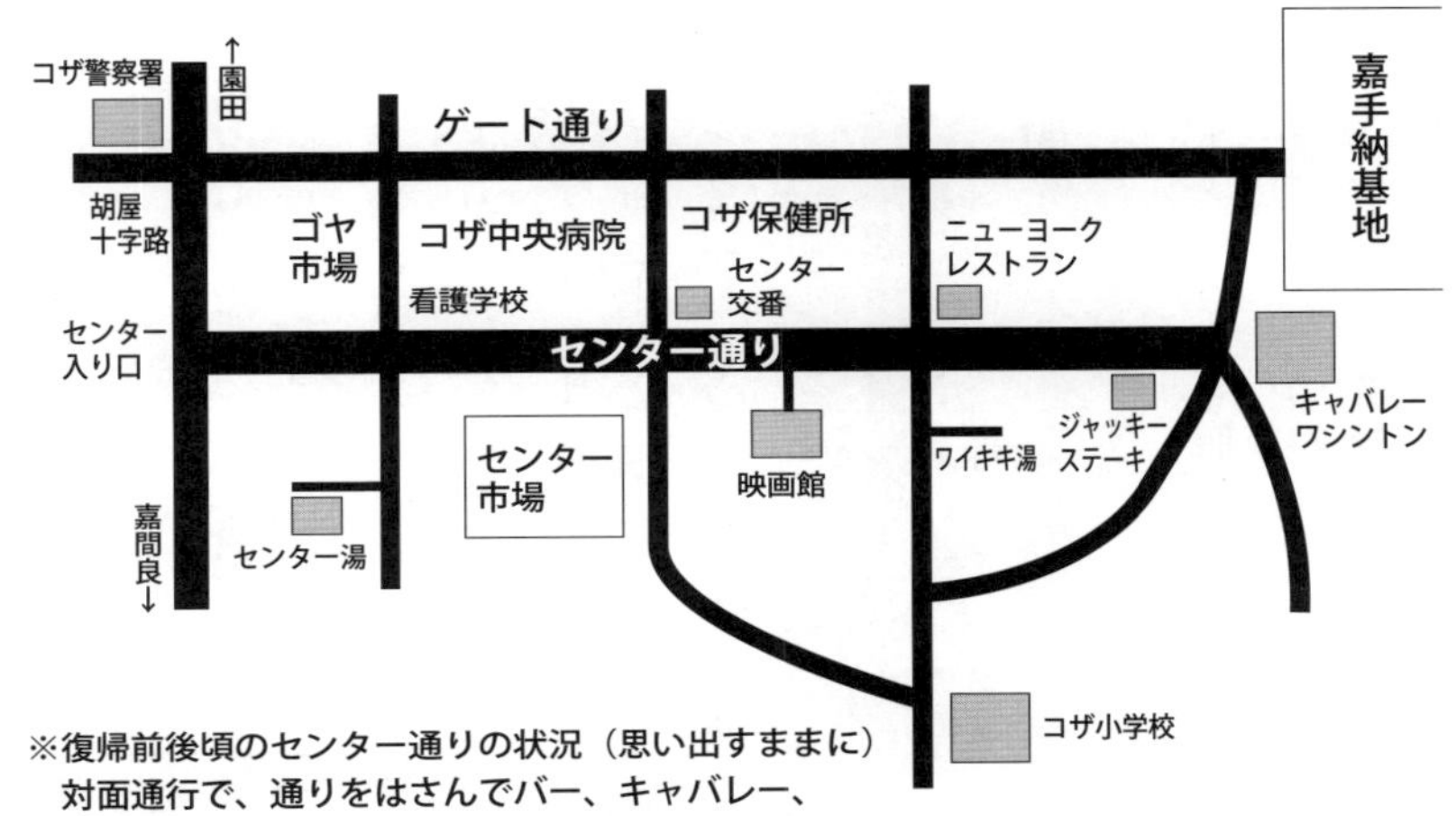

※復帰前後頃のセンター通りの状況（思い出すままに）
対面通行で、通りをはさんでバー、キャバレー、
飲食店、質屋、スーベニア等が100軒営業していた。

で見張りをしながら何回か、映画館の便所の壊れた窓から侵入して観たこともある。いわゆる「ヌギバイ」である。

一日・十五日と月二回ある軍人のペイデイには、北は奄美大島・南は与那国まで、全琉から集まった人たちが溢れかえり、文字どおり県内中部のビジネスの中心で略してＢＣストリートともよばれていた。ＢＣとはビジネス・センターのことである。

軍人相手の商売をするには、米国民政府の許可が必要で、バー・キャバレーは青色、飲食店は赤色、その他の食品店は黒色の許可証で、巷ではＡサインと呼んで店の出入り口に掲示していた。

店内で事件事故のトラブルや特飲街の性質から感染の恐れのある衛生上の問題が発生すると、オフリミッツという軍人は立ち入り禁止のペナルティーもあった。

事件事故が多発すると、その通り一帯が立ち入り禁止になり、衛生上のトラブルがあると、その店のAサインの許可証が取り上げられることで、オーナー達はそのトラブル防止に自警団まで編成していた。

　国道330のセンター入り口から西側に100メートル位入った地点から左折したら中央病院「現在はうるま市にある中部病院」・看護学校・保健所があり、コザ警察署センター交番所もその付近にあった。しかし通りに面した店舗から1、2軒奥に入ると未だに亀甲墓地等が点在し戦後の面影が残っている。今となって不思議なのはセンター通りに一軒も公衆トイレがないことである。そう言えば那覇市の奇跡の1マイルといわれる国際通りでも、公衆トイレを探すのに一苦労をする。今や観光客一〇〇〇万人時代だが、アンケートによると、国際通りのトイレ不足の不満が約30パーセントというから戦後の復興の都市計画の弱点であったのだろうか。

　交番には常時複数のおまわりさんと、通称MPという米軍の憲兵隊員が常駐していた。

1972年ごろの交番所の状況。MPが交番に立ち寄って共同パトロールしていた

琉球警察の警察官のことをCPと読んでおりMPとCPがペアで軍民同警邏というパトロールもあり、通称ランデブー勤務とかラスピー勤務と呼んでいた。当時のパトカーはシボレー・フォードの外車であった。現在でもアメリカ映画のカーチェイスによく出てくるあの大型パトカーである。

夕闇が迫りネオンが灯る頃になると、あちこちの部隊から米兵が集まり、それを目当てに厚化粧をした夜のネーネー達が出勤する頃には、通りはベトナム帰休兵達で溢れかえり、現代風に例えれば那覇市内の国際通りや平和通りみたいに行き交う人で肩で肩をぶつかるほど賑わっていた。

店の売り上げもその頃が最高潮で、金庫には収まらず、カウンターの下に複数のバケツを並べて、紙幣や硬貨を種類ごとに分けて入れていたとのことで、一〇〇〇ドルで家一軒が建つ時代で、一晩の儲けで家一軒が建ったという逸話もある。

そのセンター通りもベトナム戦当時が最高のにぎわいがあった街で、復帰の年を越えてピークは去り、なんとか生き延びてきた店もあるが全体的にみると現在は目をおおうばかりの寂れた街になり、全盛時に一〇〇軒近くあったAサイン等の飲食店・スーベニア・質屋・刺繍店等が次々と店を閉め今日に至っては全盛時の十分の一位の店がかろうじて営業している状況ではなかろうか。このような街の状況をシャッター通りと揶揄している人もいる。郊外にできた大型店舗や回転寿司・焼き肉店・牛丼などの全国チェーンの外食産業や、コンビニの進出が原因であろうか。

月日が経つのは早い、あれから四〇〜五〇年の月日が流れた。約半世紀を経た現在、近くにある小学校の生徒数をみると如実にその衰退ぶりが分かる。生徒数が約三分の一に減ったという。モータリーゼーションの発達、住宅の郊外移転等が進み、人口のドーナツ化現象で市の中心部の人口が減り、今や旧コザの人口より、旧美里の人口が増えたとの事である。子供の数が減って街が栄えるわけがない。次男・三男が住み続ける街造りを考えなければならない。団塊の世代も七〇歳代になり、薬代が飲み代を上回り、それに応じて体力の衰えは遺憾ともし難い。今こそ二世代・三世代同居世帯には税金を免除するとか補助金を出す等の政策を推進し消滅可能性地域を打破しなければならない。

しかし、食欲だけは旺盛でセンター通りを通るとたまに、その頃に食べたレストランやコーヒーショップでスープランチを食べたことを思い出す。

ランチにはA・B・Cのランクがあり、経済的な事情からCランチが定番であった。

値段もAランチが米ドルの一ドルで、Bランチ七五セント・Cランチが五〇セントであったと記憶している。

まずAランチから説明すると、皿が二つで一つにはカツフライとハンバーグと卵焼き・ウインナーソーセイジ二〜三本・野菜と別皿にご飯がコンセット状に盛られて、食後にはコーヒー付きであった。コンセットとは米軍のかまぼこ形兵舎のことで、使用済みの兵舎が民間に払い下げられて当時の学校・役所・病院にまで使用されており、丸いかまぼこを半分に切った建物に似ているからである。

Bランチは、皿は一つで皿の中央部分にコンセット状のご飯が盛られ、その両サイドにカツフライと卵焼き・ウインナーソーセイジが一本ついていたと思う。私流にいわすれば近代のAランチの源流がこの昔のBランチではないだろうか。

Cランチは皿が一枚で、真ん中にご飯がコンセット状に盛られその両サイドにハンバーグ、卵焼きが載っていた。

唯一平等なのは、A・B・Cのそれぞれのランチにはスープと野菜のサラダが付いていたことである。

最近県内でAランチ選手権なる催しがあり、ワンプレート「一つの皿」に五種類以上の料理が備えられていることが、取り決められて、値段も一〇〇〇円均一とのことであるが、値段は五〇〇円からスタートして七五〇円、五〇〇円ではいかがであろうか。小遣いの少ない小生や若者の定番はCランチで、隣の席でAランチを食べている人たちをみると、「みておけ、いつか仕事に就いたらAランチを食ってやる」と対抗心を燃やしたものである。若い時はレストランに入ると、迷わずCランチを注文し、同時にご飯だけもう一皿あらかじめ余分に注文するのである。アチコーコウのご飯の上に備え付けのバターを塗って食べた。そのときのバターライスのおいしかったこと、思い出すだけでヨダレが出てくる。バターかけご飯と同じように、一般の食堂に入ったときにも同じようなことをした。例えば、学校の帰り、ソバ屋に入り半そばを注文して残っただし汁にご飯を注文して汁ジキーして食べた。このような食べ方をスープライスと呼んでいた。英語の成績はからっきしだめで未だに英会話に苦労しているが、トンチはさえていたのだろうか。

ついでに、ジュウシーメーのことを、フォーティーンライスと呼んでいたこともある。ジューシのことを数字で14と書き、英語でフォーティーンというので、フォーティーンライスであるとの由。

焼きめしのことを、フライライスというから、この用語の説明はあながち間違いではないのではないかと一人悦に入っている。

ついでにもう一つ、その頃の話で、談笑会の宜志氏の本から英語で「オイルスピーク」ウチナーグチで、「アンダグチ」日本語で「油言葉」を足して引用するが、「大雨が降り・市内の某小学校の運動場が水浸しになった時」のことである。

校長と先生の会話

問…なんで運動場に水がたまっているのか。

答…天から雨が降ったからであります。

問…これでは子供達が遊べないのではないか。

答…水は上から下に流れる性質がありますか

ら、やがて下に流れます。

問…凸凹になった運動場はなんとか整地できないか。

答…米軍にやってもらいます。

問…誰が英語を話すか
答…私が米軍の司令官にお願いします
「ヘーイ、プリーズ・ブルドーザ・ハブ・カムカム・ディス、グランド・ヒラタッター、プリーズ」「ファイブネクストディマイグランド、スポーツカーニバル」

～～さすが、師範卒の先生、解説の要はない～～と、思われるが、その意味は「運動会を控えてグランドが凸凹になっている。ブルドーザーを持ってきて、運動場を整地してくれ」

翌日、琉米親善と銘うった米軍の係がブルドーザーを運んできて運動場を整地してヒラタッターにした。何にも娯楽にない時代、地域の唯一の楽しみである運動会は大盛況に開催となったとのことである。


ランチと言えば、このセンター通りにA・B・Cとランク付けで有名なニューヨークレストランが定番である。コザの街はおろか、その「暖簾」は軍人の他沖縄中に知れ渡った老舗中の老舗レストランである。おそらく、A・B・Cランチの名付け親ではないだろうか。また当時の民政府から発行された飲食店のAサインの許可証からAランチと命名したのであろうか。

人生を決めた体験もAランチである。高校一年生の春、新聞配達の途中バーと住宅と墓地が点在するスージグワァーの突き当たりにある岩陰に若い女性が殺されて、全裸で放置されている現場に遭遇した。定時通行の参考人として何回か警察の取り調べを受けた。取り調べをした刑事に連れられて何回かニューヨークレストランでCランチをごちそうになった。そのような事があって高校生時代の夢は、早く大人になりしっかりした仕事について初月給は両親を連れて、いの一番にニューヨークレストランに連れて行き、Aランチをおごるというのが夢で、長じて高校を卒業して仕事に就いた時、両親を連れて約束どおりAランチをごちそうした。両親、とりわけ母親が「カミーカンティー」して喜んでいたこと、今でも脳裏に刻まれている。

その母親も二五年前に他界したが自分が逝くときには忘れずにAランチと携帯電話をお土産に持って行こうと思っている。

その後も折りに触れてニューヨークレストランを利用したし、なかでもデカ仲間の昼の溜まり場になって昼食後の昼のコーヒータイムには情報収集の溜まり場となり、そこに行くと誰かに会えたものである。

この、ニューヨークレストランも復帰の荒波にもドルショックにも耐えて健闘したが、世の趨勢にはかなわず一〇年ほど前に閉店した。この地に生まれ、この地で育ったものとして「青春」のシンボルであったニューヨークレストランの閉店はなぜか身体の一部を削り取られたぐらい悲しいことで朝夕の仕事の行き帰りや、所用で通る度にチムシカラーさ「寂しい思い」をしていたが、最近になって嬉しい光景を目にするようになった。なんと内部改装しているではないか。今では各地にA・B・Cランチを提供するレストランがあり、またコンテストも開催されているが、小生の記憶ではA・B・Cのランクをつけたメニューのランチ元祖はニューヨークレストランであるといってはばからない。どのような形で復活するのかリニューアルオープンを一日千秋の思いで待っている昨今である。人々が住む街・行き交う街を目指して、人手が足りなければ高齢者を雇えばよい、ウェイトレスは一日中自宅で電気紙芝居を見て退屈している七〇歳以上の昔の乙女を採用すると、昔々にセンター通りを徘徊していた人たちが楽しくなるような通りになるであろう。テレビ・冷蔵庫・車やスマホがあって当たり前の年齢の人は遠慮していただき、近くに住む人たちがティラブイ「日光浴」しながら昼間のモーアシビーを楽しむのはいかがであろうか。

　年をとると必然的に友人が減り、行動範囲も狭くなるが友人貧困・時間貧困という下流老人にならないために付き合いを大事に積極的に顔を出して懇談する機会を作り楽しくユンタクをしながらの食事は年寄りのぼけ防止と地域の活性化の源である。その証に中の町に行けば分かる。約五〇年以上も前から延々と暖簾を守って営業している、おでん「小町」スナック「糸瀬」「峠」があるではないか。七〇歳を優に超えたがその美貌と容姿を売りものに未だに中の町の花である。「ペルシャ」に「華麗」も中の町を絶やさないために女の細腕で役員を引き受けて半世紀暖簾を守り続けている。胡屋方面にも老舗の店がある、「友火」には唄い続けて六〇年ウチナー民謡の大御所がおり、「貴子」には後期高齢者が年中無休で頑張っている。暖簾を守るというのは、地域にとっていかに大事な事であるかお客もオーナーも「人生」そのものである。苦労を重ねた人が若々しく、反対に悠々自適の人が年をとっている、同じ年代でも見掛けの若さに大きな差がある。一番ショックなのは相手は自分より年上だと思っている人から「老けてるねー」と言われることである。その点中の町ではそのようなことはないから半世紀も通っているのである。交渉次第では一次会（食事）二次会（カラオケ）三次会（締め）まで一つの店でできる。あの世のことは、仏に聞くのが大事であるが、この世のことはいかに生きて暖簾を守ってきたか高齢者にきくのが大事であろう。経済は入りも大事だが出も大事、恋をしないと経済が停滞するというが当にそのとおりである。

　人類の敵は病気・戦争であり、その人類をささえるのは農業・漁業・子供を産み育てることで、いつの時代でも人類の本能は、食べる・寝る・欲するであろう。

　人類は食料がないと生きていけない。米国や中国が大国なのは農業、つまり食料が豊富だからである。我が国より面積も人口も少ないオランダが豊かなのは世界でも有数な農業大国だからである。今やテレビでグルメ番組が放映されない日はない、人類の祭典東京オリンピックも二年後に迫った。スポーツは国力のバロメーターになっている。

当に人類の文化を向上させるのが食育・体育・芸術で、食べることがいつの世でも人類の発展の礎となっている。

人間は死ぬまで食べなければならないのであるから、定年もなく、老後の不安もなくバターライス・スープライス・フォーティーンライスという文化を大事にしていきたいものである。世界人口約七六億人、そのうち約二〇億人は太りすぎで、約一六億人の者が貧困や飢餓で苦しんでいることを聞くに及んで内心じくじたる思いもする。食べたくても食べるものが不自由だった時代、食べ物はあるが食べてはいけない職業・この稿を整理しているときに、ボクシング世界フライ級チャンピオン比嘉太吾選手が体重オーバーでタイトルを剥奪されたニュースがある。戦後の混乱期の貧困の時代と現代の豊食の時代を生き抜いてきた者として自らを省みると世の中の現象は全て二面性があると感じ、老舗レストランの復活を心待ちにしている今日この頃である。

なぜ街が空洞化し、シャッター通り化するかその原因はモータリーゼーションの発達と郊外に大型店舗が建ち、そこへ行くと買い物・映画鑑賞・食事まで、一度で目的を達する買い物ができるからであろう。

高齢者が預金をするのは老後に不安があるからで静かな有事である。我が国のタンス預金は四〇兆円にも達し、その大半は六五歳以上の高齢者が持っているという。

しかし時代は変わるのである、若者もいずれ年をとり高齢化する。少子高齢化を解消するためにこの際思い切った政策を提言しよう。その一つは年金生活者に交際費を認めよう、逆も真なりで独身者に独身税を課したら少子化も是正されるのではないでしょうか。
　街を活性化するために住宅地にある墓地を整理し若者を呼び込み、二世代・三世代共有住宅には税金を免除しよう。衣食住のうち食は人の命をつなぐものである。毎日のテレビ番組を見ても分かるように、これでもか・これでもかと食べ放題・グルメ料理等の飽食のオンパレードである・子供の貧困率が約三〇パーセントという中で我が国の食料の廃棄状況は、年間レストランで三二一万トン、一般家庭で三一二万トンにも達するという。しかしどんなに豊かになっても昔食べた味は忘れられない。子供の頃は食べる・寝る・遊ぶ・成長して食べる・寝る・欲する、年をとって食べる・寝る・ユンタクする。言うまでもなく食生活は健康の源である。人間は健康が全てではないが、健康を失うと全てを失う。「衣食住たりて礼節を知る」「民は食をして天とする」を忘れず、最後の晩餐はどれにするかと聞かれたら、迷わずAランチという。

（元県警察本部刑事部長）

一天の余滴 I

○どうすればいいの

　コザしんきんスタジアム（沖縄市営球場）は二キロのウォーキングコースに含まれている。そのスタジアムの外壁の四箇所に縦横約一メートルのウォーカーたちへの注意事項が取り付けられている。文面は「頭上注意！ファウルボールが飛んでくる恐れがあります。十分にご注意ください」となっているが、どう注意するのか分からない。ヘルメットをかぶって歩けということなのか、それとも野球のある日は、ウォーキングやジョギングは止めなさいということなのか。上を向いて歩くと躓くか、反対側からの人とぶつかる恐れがあるし、下を向いて歩けば空高く飛んできた野球ボールに頭を直撃される不安がある。横を向いて歩くより他にないのかとウォーキングで健康づくりをしている高齢者は頭を痛めているようすだった。

（やんばるガラサー）

竹の子医者の体験記

桑江　朝彦

医局員時代の話

　昭和40年代前半まではインターンとして二年間の研修を終ると自分の進みたい科の医局へ入局する。医局員は医師免許を習得し一人前？の医師で教授の下で研究に励み医療業務にあたる。しかし大学からの給料は全くない。生活するにはアルバイトに出て働くしかない。県立病院や市立病院の助教授級の医長の所へ出張に出される。私も大分県の国立病院の皮フ科、松崎医長のもとへ出張に出た。

　別府の国立病院へ初出勤で緊張して座って、患者の名前を呼ぶと40代の男性が入って来て前に座った。

　患者が「先生、これなんかい？　なおしきるかい？」と言うので頭にカッと来て

医師＝「わかるかい、疾病はなおすために治療する」

患者＝「そうかい、なおるならなおしてくれや」

と言って薬をもらうなり病院から出て行った。午前の診療が終り医局に戻り「これなにかい」の患者の話をすると、それは日出地方の方言で言葉の最後に「かい」を付けるそうで他所から来る医師は皆さんびっくりするそうだ。地方特有の方言は、どこでも理解しにくいのが多いが度肝を抜かれたのは初めてだった。

　別府国立病院では病棟は耳鼻科、眼科、泌尿器科、皮フ科の四科が一病棟である。当直医は四科交代で一人ずつが当番である。

　私が当直の時、夜10時にナースセンターから電話があり、入院患者の鼻血の出血が治療しても止まりませんと言うので病室に駆け付け綿球でタンポンし止血を試みたが出血が止まらない。アドレ

ナリンを綿球に染み込まして圧迫しても出血が止まらない。とうとう心配になり耳鼻科の先生に電話をしても出掛けて留守、心当りに電話しても捕まらない。

そうこうするうちに二時間が過ぎてしまった。しかたないのでタンポンして様子をみようと診察すると、いつの間にか出血は止まっていた。

現在は止血できているので特に見廻り観察をお願いし医局に戻ったが、しかし朝まで電話が一回も鳴らないので先ほどの患者のことが気になり、ナースセンターに問いなおしてみると完全に出血は止まったとのことだった。

耳鼻科の先生が出勤して来たので「昨夜は鼻出血でてんてこ舞いし、先生に電話したら留守で困っていたが二～三時間もすると出血が止まりました」と言うと、耳鼻科の先生は「鼻出血はタンポンして放っておけば、血圧が下がれば自然に止まるよ」と平気な顔で言う。他の科の救急処置は竹の子医者の私には知るよしもなく勉強になった。

竹の子医者はまだ本竹になり得ず竹薮の中で薮医者呼ばわりの新人医者の時代のことである。

別府にて温泉治療の功罪

巷では皮フ病は温泉に行き一日二～三回入浴すると良くなると言われ、湯治に行く人が多い。しかし確かに皮フ病が良くなる人もいるが、悪化する人が少なくない。それは皮フ病の種類によって違う。

別府は温泉の街で湯治に来る人が多い。湯治に来て一週間毎日三～四回温泉に入り、皮フ病が悪化して別府国立皮フ科に駆け込む人が多い。皮フ病が悪化し発赤が強く、落屑多く掻痒が強い、それはなぜかと言うと、イオウは皮脂をとり刺激するから益々悪化したのである。特にアトピー性皮フ炎、皮脂欠乏性湿疹、糖尿病性の湿疹、等が悪化する。しかし温泉で良くなる皮フ病もある。

それは疥癬という皮フ病である。この皮フ病は表皮の中に疥癬虫というダニが寄生する伝染病である。この疥癬虫はイオウに弱いので湯治で改善する。以前は疥癬が多く皮フ病は殆ど疥癬虫感染であった。特に家族間感染、入院患者、学校ではクラス全員に感染する例もあるので温泉での湯治が有効だった。

＊　＊　＊

現在では犬やネコ等ペットからの感染が多く見られるがイオウ治療をしなくとも、あの有名なストロメクトール錠という寄生虫用の薬を一日一回、服用で完治します。以前はストロメクトールは便線虫治療のみに保険適用されていましたが、数年前から疥癬虫病にも適用になりましたので、皮フ科医の疥癬治療が楽になりました。それにもまして患者が、あのイオウのいやな臭いを嗅ぐことなく短期治癒ができるのが何よりの恩恵でしょう。

イボ（疣）の話

外来に来た高校生の訴えが「指にイボができました」だった。良く見ると指背にエンドウ豆大の凸凹のイボが仰天する程多数ある。

治療するには一つ一つ焼灼するしかないですね、と説明すると「僕は肺結核で左肺を摘出するため外科病棟に入院しています」と言うので外科の手術が終って完治した後に焼灼する約束をして帰した。当時は肺結核も悪化し全体に感染したら全摘する例が多かった。

その後三ヶ月過ぎても受診しないので、気にしていた時に病棟の廊下で偶然顔を合わせた。

「おっ、手術は無事済んだみたいだね」

「はい経過は良好で後一ヶ月もすると退院できそうです」

「それは良かったですね。ところで指のイボはどうなった」

「それが不思議なんです。手術が終り、麻酔で一日半ぐらい寝ていたそうです。目が覚めて、生きているんだと手を上げて見ていたらなんかいつもと違うなァとしみじみと見ると、指のイボが全くないんです」

「イボの治療はなにもしてないでしょう」

「はい、ひょっとして術後に抗生物質を感染予防に点滴したからですかね。それこの通り全くないです」

と両手を見せた。

その時思い出したのは幼少時に年配の人達が話していた事だ。イボが出たら夜暗くなってからイボの数ほど大豆を持って、十字路に投げ捨て振り向かないで帰って来たらイボが治ると話していた。

又、地域によってはイボの数ほど古井戸に捨てると治るとか、その他墓にお茶碗二つと花を生ける、その花はソロン草と呼ばれていた様な記憶がある。その草を墓前の茶碗の水に浸し、イボをこすると治ると言っていた。

当時はその様な行為は迷信と思っていた。先輩方に聞くと実際治ったというのである。術後の高校生もそうだが、なんらかの刺激か暗示によって治癒する様だ。

＊＊＊

開業して暫くは暗示療法で治ると信じ、前に座ってから帰るまでに「絶対治るから、色々治療をせず、知らぬ顔をして待っていなさい」と十回ぐらい繰り返し言って治療をせず帰した。

文献によると確固たる治療法はないと書いてある。現在は液体窒素による焼灼法で治療している。

正しく洗えてますか?

お風呂、シャワー時の身体の洗い方やシャワーや風呂で体を洗う石ケンが皮フに良いか悪いかを選ぶことが大事である。

皮フに良い石ケンはどんなのを選ぶかというと、弱酸性の石ケンが良いと言われている。ではアルカリが強いか弱酸性かを見分けるにはどうすれば良いか、新しい石ケンを使う時はまず毛髪を洗ってみること。

皆さんシャンプー後にリンスします。シャンプーはアルカリが強いので、毛髪がパサツキます。

そのために酸性のリンスをし、中和するので毛髪のパサツキがなくなります。新しい石ケンで毛髪を洗ってシャンプーと同様にパサツクなら、その石ケンがアルカリが強いので皮フにあまり良くないということになります。まず一回毛髪を洗って見ることとですね。

次に身体を洗う時何でこすりますか？　おそらくナイロンの垢すりが60％、タオルが40％だと思います。昭和一桁の人達は乾布摩擦を教えられているので、その習慣が抜けていないからです。

しかし現在の若者達でも、タオルで洗わないと垢はおちないと思っている様でタオルで強くこすっています。

毎日垢すりタオルでゴシゴシ洗うと、皮脂がとれすぎて皮フが乾燥し汗が出ると掻痒が強くなる。すると皮フがただれて皮フ病になる。

それ故、シャワー時には石ケンをつけ手の平で九〜十回マッサージする様に洗うのが良いと思います。

シャンプー時の頭の洗い方が間違っている人が多い。頭を洗う時は爪を立てないで指先でこすると、毛根の脂が取れるという事で指先で洗うとのこと。

しかしこれは間違った洗い方です。頭や体を洗う時も指先では洗いません。手の平でマッサージする様に洗うと毛髪は脂も汚れもキレイに洗い落され、爽やかな気持ちでいられます。

（桑江皮膚科　院長）

謎多き「UFOと宇宙人」の世界
―あなたはその存在を信じますか？―

玉城　正夫

あなたはUFOの存在を信じますか。それとも「そんなバカな！」と一笑に付しますか。

次に述べる実証を示してもやはり否定するのでしょうか。

人は皆自分の価値観を持ちその思考圏内で生活している。つまり、人は皆自分らしいものの見方を持っている。それは自分の経験から学んだものが積み重なって年齢とともに強くなり、やがて固い信念となる。信念に基づいて生きていくことにより社会の中でスムーズに生きていくことができる。自分なりに一定の考え方が保持できないと精神的、人格的に異常と見なされる。昨日言ったことと今日言ったことが食い違うとチャランポランになり精神や人格に問題があると他人から評価される。だから人は皆その人特有の決まった価値判断の基準を持つ。人それぞれ皆性格も経験も違うので考え方が異なるのは当然のことだ。

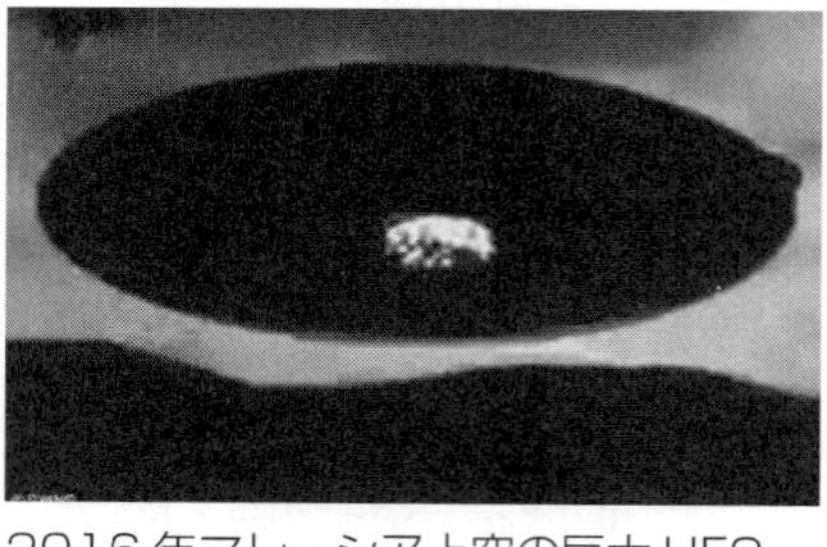

2016 年マレーシア上空の巨大 UFO

2009 年エジプト

私が中学生の頃、キリスト教を固く信じている友人にイエスキリストは処女マリアから生まれたのではなく、通常の男女の関係で生まれたと言ったらひどく狼狽した。つまり、自分が強く信じていることが否定されると誰でも動揺する。ガリレオは自分で作った望遠鏡で月や星を観察し、地動説を唱えたので、宗教裁判にかけられ、有罪判決を受けた。ガリレオの説が正しければキリスト教会にとって非常にまずいことになる。地動説は自

1950 年イリノイ州

1973 年サウスカロライナ州

メキシコ上空巨大光の渦巻き

2004 年イギリス

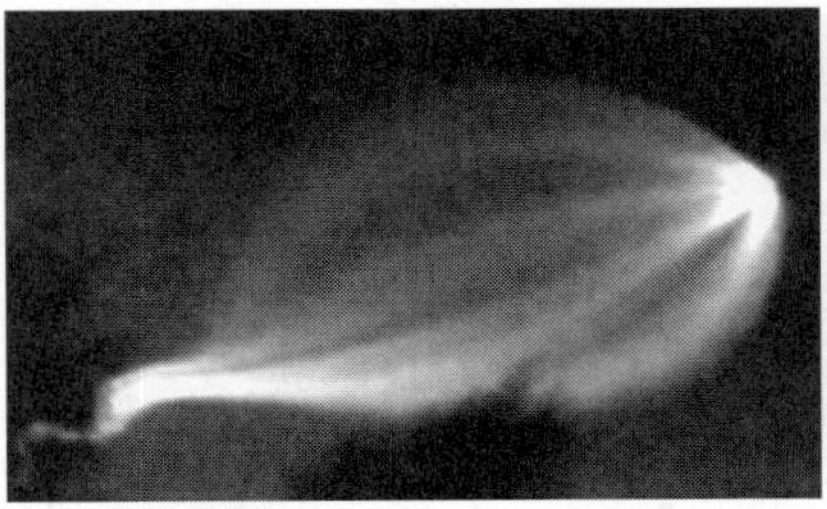

ロシア上空の怪光

2013 年ドイツ、ロイトリンゲン

分たちの信仰や信念を揺るがす一大邪説なのだ。

このように自分あるいは自分の所属する集団の信念・信条に反する考え方は、たとえ正しくともほとんどの人にとって受け入れ難く拒否反応を示す。何故なら、自分と異なる考え方は自分を支えている信念に深刻な打撃を与えるから。自分にとって都合の悪い考え方に対して人は無意識に拒否反応を示す。政治思想においても同様。何が正しいかではなく、自分の信念にとって何が都合がよいかが本人にとって最も大事なのだ。

人間の感覚器官で感知できる世界はこの世の〇・一％もない。だが多くの人は自分の感知できる世界がすべてだと思いがちだ。多くの虫が小さな音や超音波を発しているが人間には聞こえないだけ。人間に見える世界も可視光線のわずかな範囲内なので人間の視覚でとらえることのできる世界はこの世のほんのわずかに過ぎない。人間の目には非常に小さい細菌や原子は見ることができない。宇宙の遥か彼方も見ることができない。人間の嗅覚では匂いの世界のほんのわずかしか感知できない。さらにこの宇宙のほとんどは人間の感覚では感知できない暗黒物質や暗黒エネルギーで満ちている。この宇宙はヒッグス粒子で満たされているのに人間の目では見ることができない。去年ヒッグス粒子の存在が確認されたのでヒッグス粒子を予言した物理学者のヒッグス氏はノーベル賞を受賞した。またニュートリノ粒子が宇宙から飛来しており、それが我々の体を一秒間に何千万個も貫通しているのにわれわれの皮膚感覚では感知できない。コウモリが暗い洞窟の中で飛べるのも自分の発した超音波を聞くことができるからである。鯨など何十キロ、何百キロメートル先の仲間の出す声を聴くことができるという。犬やサメ、またある種の昆虫は人間の何千倍も嗅覚が敏感であるという。植物でさえお互い匂いを出して連絡を取りあっている。見えないからとか聞こえないからとかまた匂いがしないからと言って存在を否定することは愚かなことである。

またこの宇宙は無から生まれたのであり、真空からは常に粒子や反粒子が飛び出してきてまた真空の中に消えていく。百三十八億年前の初期宇宙も発生したほとんどの物質は反物質と対になって真空の中に消えてしまい、反物質と対になれなかったわずかな物質からこの宇宙ができたと言われている。また真空には莫大なエネルギーが詰まっているという。真空は何も無い静かな世界ではなく、常にざわついているらしい。観察者の違いによっては時間や空間は伸びたり、縮んだりしているという。ミクロの世界である量子物理学の世界は常識の通用しない世界だ。一人の人間が常識で考える世界や体験できる世界はごく限られている。われわれがどんなに小さな世界に住んでいるかを知るには宇宙から地球を眺めるとよい。宇宙から地球を眺めると地球の表面に細菌のごとくへばりついてアリみたいにせわしく狭い範囲で生きているのが人間なのだ。視野が狭くて当然である。我々の住む地球という惑星は太陽系に所属しており銀河系の片隅にあって田舎のような場所にある。太陽のような恒星は銀河系の中に一千億から二千億もあると言われている。さらに宇宙には銀河系のような星の集団が一千億もある。二十一世紀は情報革命の時代でもあるがまもなく未知の宇宙の真実が明らかにされる時が来ると私は信じている。

さて本題に入ろう。宇宙人やＵＦＯは本当に地球に飛来しているのか。ミステリーサークルは人間がいたずらして作ったものか。それとも宇宙から来た知的生命体によるものなのか。

ロズウェル事件

一九四七年七月アメリカのニューメキシコ州ロズウェル付近の牧場にＵＦＯが墜落してその破片が広範囲に散らばった。軍隊が出動してＵＦＯを回収した。これが有名なロズウェル事件だ。当初軍は空飛ぶ円盤を回収したと発表したが後ですぐに否定し、空飛ぶ円盤ではなく気象観測用気球であったと訂正した。軍は厳重な緘口令を出した。UFO墜落現場の牧場主にも、付近の目撃した住民にも、UFOを回収した兵士たちにも厳重な口止めをした。UFOは広範囲にわたってその破片が散乱し、数名の宇宙人の死体も回収し、解剖もしている。宇宙人の一人は生きていたらしい。しかし軍の発表ではUFOではなかったと強く否定している。また宇宙人を回収したのではなく等身大の人形であったと発表している。しかし当時の軍関係者によるとこの事件は最高機密に指定されているという。アメリカでは一九四七年から一九五二年までに十六機のUFOが墜落しており、六十五体の宇宙人の死体が回収されている。宇宙人のことをアメリカ政府や軍関係者はEBEと呼ぶ。EBEとは地球外生命体の意味である。気象観測用気球が墜落したぐらいで軍隊が出動するというのはどう考えてもおかしい。

MJ-十二

Majestic-十二ともいい十二名で構成され、ロズウェル事件に対処するためトルーマン大統領がMJ-十二委員会を一九四七年に設置した。その十二名とはCIA長官、MIT副学長、アメリカ海軍長官ジェームズ・フォレスタル、アメリカ空軍参謀総長、陸軍大将、MIT工学博士、アメリカ国家安全保障会議秘書官、安全保障問題担当大統領補佐官、アメリカ天文学会会長、全米科学アカデミー会長、物理学博士など十二名で構成されている。トルーマン大統領からアイゼンハワー大統領に引き継がれ、アイゼンハワー大統領は一九五四年カルフォルニア州のエドワード空軍基地とニューメキシコ州の基地で宇宙人と会っている。

MJ-十二委員会は、宇宙人の高度な科学技術を入手しようと、宇宙人との交渉を開始したと言われている。宇宙人は技術の提供と引換えに核廃絶を要求してきたが、ＭＪ‐十二はこれを拒否したという。宇宙人は遺伝子実験のための牛や人間の誘拐を黙認することも要求したという。そしてＭＪ‐十二はこれを受諾したらしい。宇宙人によれば地球人を創造したのは自分たちであると主張している。宇宙人は放射線等の影響でＤＮＡが変質しはじめており、ＤＮＡの変質を食い止めるため、人間の体成分・体組織が必要だと主張した。そのために、牛や人間を実験台として実験を行うと言ったらしい。実際、全米各地で宇宙人による誘拐とアニマル・ミューティレーションが起きている。アニマル・ミューティレーションとは動物、特に牛の変死体のことで肉の一部がはぎ取られて放置されているが血は一滴も流れていない。ジャーナリストであるリンダ・モールトン・ハウ女史は多くのアニマル・ミューティレーション現場からこの事件を報告している。

左の写真は手術で多くのインプラントを摘出したロジャー・リィヤー医師。右はアニマルミューティレーションの犠牲になった牛。

ＳＥＴＩ

ＳＥＴＩとは光学望遠鏡や電波望遠鏡を用いて地球外知的生命体を探査するアメリカの国家プロジェクト。Search for Extraterrestrial Intelligence の頭文字をとってつけたもの。一九六〇年代に著名な天文学者であるフランク・ドレイクやカール・セーガンなど天文学者が参加して約十年間続いた。その後も他の形で探査は続いている。一九七二年と一九七三年に打ち上げられたパイオニア宇宙探査機十号と十一号に宇宙人向けに地球人からのメッセージを金属板に託して送ったのは有名である。また一九七七年にも宇宙探査機であるボイジャー号にゴールデンレコードを搭載して宇宙人に向けてメッセージを送った。イギリスの有名な今は亡き天文学者であるスティーブン・ホーキングは宇宙人探査のための巨大な電波望遠鏡を設置するのに反対した。何故なら宇宙人から地球という惑星に知的生命体である人類がいることが分かれば攻撃の対象になりかねないと危惧していたからだ。また天文学者であるフランク・ドレイク氏の計算によれば宇宙には無数の生命体の存在する可能性があり、地球人と交信できるほどの知的生命体がある確率は銀河系だけで十はあると計算している。だとすれば宇宙全体では一兆もの知的生命体が存在することになる。彼の計算式はドレイクの方程式として有名である。

彼の方程式は次の七つのパラメーター（変数）を用いている。

①系の生涯を通じて、年平均十個の恒星が誕生する

②あらゆる恒星のうち半数が惑星を持つ

③惑星を持つ恒星は、生命が誕生可能な惑星を二つ持つ

④生命が誕生可能な惑星では、百％生命が誕生する

⑤生命が誕生した惑星の一％で知的文明が獲得さ

れる
⑥知的文明を有する惑星の一％が通信可能となる
⑦通信可能な文明は一万年間存続する

MUFON

カルフォルニア州ニューポート・ビーチに本部を置く世界最大の非営利団体ＵＦＯ研究機関。設立は約五十年前の一九六九年。英語のMutual UFO Networkの頭文字を取ってつけたもの。ＵＦＯの調査研究を通して人類に奉仕するのが目的。世界中に三千名以上の会員を持つ。世界中の会員からＵＦＯに関する膨大な情報が毎日届いている。インターネットを通じてＵＦＯに関する多くの情報を発信している。非科学的であるとか陰謀論と関連させているとの批判もあるが情報の質のレベルは高い。

ディスクロージャー　プロジェクト

アメリカ合衆国のスティーブン・グリア医師が一九九三年に設立したＵＦＯに関する国家機密情報の開示を推進する団体の名前。二〇〇一年五月に首都ワシントンＤＣにあるナショナルプレスクラブで二十名以上の軍、企業、政府関係の証言者を集めて記者会見が行われた。アメリカ大手メディアの記者たちは証言者たちの生々しい真剣な話に疑問の差しはさむ余地もなかった。証言者たち全てが神に誓って真実であると証言し、国会の要請があれば議会において証言する用意があると自分たちのＵＦＯ目撃体験が真実であると述べた。証言者たちの中には元アメリカ空軍航空管制官マイケル・スミス、元連邦航空局職員ジョン・キャラハン、元アメリカ空軍中佐チャールズ・ブラウンなどがいる。

元アメリカ空軍大尉ロバート・サラスはＵＦＯの出現と同時に大陸弾道弾ミサイルが発射不能に

なったと証言している。また元NASA職員ドナ・ヘアーはNASAのビル内にて空中写真に写る未確認飛行物体をエアブラシで消去する作業をする者がいた、と証言した。法律家であるダニエル・シーハンはアメリカ空軍の機密文書である「プロジェクト・ブルーブック」にたくさんの未確認飛行物体の写真を見たと証言している。

アメリカ陸軍に所属していたジョン・メイナードは、二十一年間の任務を通して二千通を超える機密文書に目を通したが、その中にはUFOの情報に関わる文書や「あるはずのない物体」が映る写真が多数存在していた事を証言した。また陰謀論で言われる「影の政府」は実在するとも語った。アメリカ空軍とCIAの元コントラクターであったドン・フィリップスは一九六五年のネリス空軍基地で、急激な方向転換をしながら時速三千八百マイルで移動と静止を繰り返す七機のUFOを目撃したと証言。そのUFOは「エリア五十一」として知られた場所のすぐ東側の位置で円形のフォーメーションを作ったと証言した。

このナショナルプレスクラブでの会見の様子はインターネット上で中継されたが何故か配信会社によって妨害を受けている。BBCなど海外の大手メディアでは報道されたが肝心なアメリカのテレビ3大ネットワークは報道しなかった。他の大手メディアは小さく取り上げただけだった。残念なことに日本のメディアは一切報道しなかった。

コンドンレポート

コンドンレポートというのはコロラド大学教授のエドワード・コンドンが、アメリカ空軍の依頼を受けて一九六七年にコンドン委員会を設立し、UFOの調査を始めたのでこの名が付いている。一九六九年に報告書をまとめて提出したがこのレポートは初めから結論ありきで調査開始しているように私には思えてならない。彼は「UFOが地球の外からやってきたという説には、何の証拠も認められない」という苦し紛れの結論を出しているがUFO現象を隠そうとする空軍の意向に沿った形の報告書になっている。コンドン・レポートの影響により、アメリカ人のUFOに対する関心はしだいに薄れていった。しかし天文学者であるアラン・ハイネク博士は空軍の依頼による三つのUFO調査研究であるプロジェクト・サイン、プロジェクト・グラッジ、プロジェクト・ブルーブックに関わってきたがどうしても説明できない現象が調査全体の二十％はあると結論づけている。

元カナダ国防相ポール・ヘリヤー氏

一九六三年から六七年の間カナダの国防相を務めたことのあるポール・ヘリヤー氏が宇宙人は何千年も前から地球を訪れていると主張している。ヘリヤー氏は世界中の指導者たちが宇宙人の存在を隠蔽していると述べている。氏によれば何種類もの宇宙人が既に地球に飛来しており、マイクロチップやLEDは宇宙人の技術だと主張している。彼の勇気ある発言は賞賛に値する。日本で高い地位にある人は保身のためにヘリヤー氏のような発言は先ずしない。頭がおかしくなったと思われるであろう。元BBC記者であるデイビッド・アイクが爬虫類タイプの宇宙人であるレプティリアンが既に地球に住み着いていると真剣に話した時、私は「まさか！」と思ったものである。

宇宙人による誘拐事件

何故かアメリカでは宇宙人による誘拐事件が多発している。今までにアメリカでは五百万件以上のアブダクションつまり誘拐事件があったと言われている。若い女性の誘拐が多い。女性の卵巣から卵子を取り出されたと証言している女性が結構多い。女性誘拐の目的は放射線による宇宙人の遺伝子の損傷を人間の遺伝子を用いて治療し、また人間と宇宙人の混血児を作り出すためだともいわれている。またインプラントと言って拉致された人の身体にある特定の物質を埋め込まれた人も多い。誘拐された女性たちの多くは宇宙人に対して何故か好意的である。ほとんどの宇宙人たちは人間よりも遥かに高い知性と科学技術と精神性を持っていると何度も誘拐された経験のあるシェリー・ワイルドは述べている。彼女だけでなく誘拐された経験を持つ他の多くの女性たちも同様なことを述べている。宇宙人に誘拐された経験を持つ多くの人々の心理治療を担当した催眠療法士であるドロレス・カノン女史やバーバラ・ラム女史も同様なことを述べている。また人類が原子爆弾を所有していることに対して宇宙人は大変危惧しているらしい。UFOが世界中で頻繁に目撃されるのは広島と長崎に原子爆弾が投下された以降である。奇跡のリンゴで有名な青森県弘前市の木村秋則氏は寝室から宇宙人に拉致されてUFOの中に連れていかれ、先に拉致された白人男女が台の上で裸にされて横たわっていたのを見たと証言している。

グレイに拉致され裸にされた若い女性

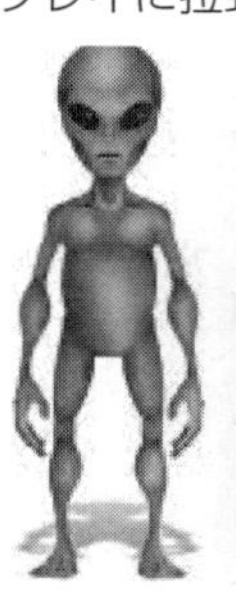

ミステリーサークル

ミステリーサークルは一九八〇年代にイギリスで多く発見されているが世界中で発見されてい

る。かなり複雑な模様もある。大きいサークルは直径二百五十メートルもある。特徴としては一夜にして出来上がり、朝出現することだ。人為説もあるがそれにしては夜の暗闇の畑の中でこのように精巧で複雑な模様は描けない。例え昼間であっても一日で完成することは無理。イギリスで二人の犯人が名乗り出たが彼らが作ったものは幼稚なもの。彼らがつくったものは麦の茎が折れ曲がっており足跡もある。だが本物のミステリーサークルには足跡はなく麦の茎の節は折れているのではなく節が膨張し曲がっているのだ。もし誰かが夜の闇に紛れて他人の麦畑に押し入り、いたずらとは言え作物を踏み荒らせば犯罪になる。科学者が来て現地調査したが本物のサークルは足跡もなく原因がつかめない。このミステリーサークルは夜間に突如出現し、足跡もないので人間が作ったものとは思えない。私のようにＵＦＯに関心がある者にとってミステリーサークルは宇宙人から人類に対する何らかのメッセージだと思っている。ＵＦＯやＥＴ、ミステリーサークルの世界は相手をかく乱するための偽情報が氾濫している。どれが本物かを見極めるのは難しく人それぞれの価値判断と人生観にかかっている。真実を探求する情熱と知的好奇心がどれほど強いかにかかっている。

（米軍基地電気技術者）

生活の周辺

幸地　賢治

緑内障の患者さんとの会話

緑内障は患者さんにとって今でも怖い病気の一つである事は間違いない。今から70～80年前には「見ーらんないんでぃどー。手術んならんでぃどー（みえなくなるってよ。手術も出来ないってよ）」と言われていた事は殆どの方が耳にした事があると思います。所謂それ位怖がられていたという証でしょう。しかしそれにはその時代の背景を知らないための誤解があるのです。現在と違い、医療のレベルが低かったわけで、それは仕方がない事です。また医療保険がありませんでした。ですから多大な費用を覚悟しなければなりませんでした。もう一つ問題なのは現代人には想像もつかない事でしょうが、片目見えない位では病院に行かなかった人もいた事です。「なんで、こっちの目が見えるからいいさ～」ですませたのです。そのまま放置して、残されたもう一方の目が見えなくなって、「あい、私ねー、盲目ないっさー（あれ、私は盲目になるの?）」という事で眼科を訪れた訳です。今でもそうですが、見えなくなった目を見えるようにする事は出来ません。「お亡くなりになって、冷たくなってから来ても、注射や手術はしませんよね。純朴だったあの時代の人たちは冒頭の言葉を伝えて来た訳です」「今は違います。沢山の薬もあるし、手術だって出来ます」とひとまずは安心させて、「でも目薬をしっかり点眼しないといけません。見えなくなっては手術も出来ませんからね。とにかく見える状態を維持する事が大事です。○○さんは75歳ですから、あと25年持たせるように頑張りましょう」「うっぴなー長げーや、生ちからん

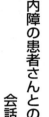

しが」と患者さんは笑う。「今後の余命は神様が決める事で、貴方が決める事ではないでしょう」「それはそうだ」「最晩年に大とぅるばい（しょんぼり）しないように目薬頑張りましょうね」「はい、頑張ります」しかし別の落ちもありました。曰く「１００歳までですか。皆んなが１００歳まで生きるには沖縄は狭過ぎてダメです」と。意味深そうですね。あっさり納得してしまって、反論出来ませんでした。

眼科の診察室にて

「先生、一大事なとーしが（先生大変な事になっている）」「どうしたんですか」「私ねー掃除かちん上手。家ぬ事や、誰ーにん負きらんちむいやいびーたん（私は掃除も上手で、お家の事は誰にも負けないつもりでいました）」「で、どうしたんですか」「あっしぇ、手術終わてぃ、家ーかい帰ーたくとぅ（手術終わって家に帰ったら）、シムぬテーブルから流しまでぃ（台所のテーブルも流しも）、汚りぬあまたっくわいくまたっくわいし（汚れがあっちこっちにあって）、くぬ汚り取いんち、布巾小ー持っち歩っち、あま拭いくま拭いそーいびーん（この汚れを取るのに一日中布巾を持って拭き掃除ばかり）。あきさみよー、一大事なとーん」「皆さん、そうみたいですよ。何とか乗り切って下さい」「他人ぬ事んちアッサリ小、言やびーんやー」そんな風な逆襲がありましたか。

　嬉しい事ではありますが、口の周囲が油だらけになって、ほめそやす人がいます。「先生サイ、貴方はむっとぅ年ぇーとぅいびらんやー（先生、貴方は本当に年取らないね）」「我ねーまじむんのーあいびらんどー。皆とぅいぬぐうとぅ年に一ーちなー年しぇーとぅとーいびーんどー（私はまじむんではありません。皆と同じように一年に一つずつ年とっています）」

　ある90代の女性の方の右目の白内障を手術し

た。翌日経過を見た所とても具合が良く、視力も良好のようだ。「先生、良く見えるよう。すごいなぁ、すごいな」。感嘆しきり。大いに喜ばれ、こちらも嬉しい。さらにその翌日の診察でもにこやかな雰囲気であるが、顔がやや険しい。「何か変わった事がありましたか？」と声をかけると「皆さん、手術して喜んでいらっしゃいますが、私の手術は何時になるのでしょう。」「ええ！」と私はびっくりした声をあげて、「○○さん、右目の手術は一昨日しましたよね。」「いいえ、右目は元々見える目です。私は左目の手術がしたいのです。」びっくりして、慌ててカルテを見る私。どう見ても右目は一昨日実施し、左目は来週実施する予定である。そう記載されてある。しかし○○さんは納得しない。「右の目は元々悪くない。良く見えていた」の一点張り。とうとう説得を諦め、来週の左目の手術に話を切り替えた。問題を先延ばしにしただけで何ら解決はしていない。○○さんが退院までの間に、右目の手術を思い出して頂ければ、理想の円満解決となる。しかし思い出してくれない可能性もある以上そこいら辺も考慮しなくてはならない。さあどうなったのでしょう。実はこの話は実話なのです。10年以上前の話なのです。某眼科会誌に紹介されていましたが、事の顛末を覚えていません。途中で読むのをやめたのか、本当にド忘れなのか分かりません。消化不良的な話で申し訳ありません。機会があればチェックしたい所ですが、話の出所も遠方でその先生の名前も失念しているとなってはチェックの機会もないでしょう。原文の色を消す為に思い切り脚色しましたので、もっと分かり難くなっていると思います。悪しからず。

グラウンド死にそう事

その日は晴れて、陽も出ていたが気温は0度ぐらいで寒かった。午後を過ぎたあたりから粉雪が降り出し、誰もが「寒いな」「凍れるな」と言い始めると今夜の予定は決まったようなものだ。授業が終わり、下宿の飯を食い終わるといつもの連中が物憂げに集まり始める。誰言うでもないが、行先は決まっている。小雪という居酒屋であった。特にどうという店ではない。ただ安いだけで特に美味い物もない。そこでおでんか何かをつみながら、金のある時は酒を、ない時は焼酎あおってただ談笑するだけの集まりであるが、その無為の時間が無性に楽しかった。

駄弁って、飲んでそしててくちくなった腹をさすりながら下宿に戻る。その道すがらグラウンドと医学部附属病院の間の道を通るとグラウンドには雪が積もっている。踏み荒らされていない雪がそこには見えた。誰かが雪にじゃれ始めた。次々と誘われるようにグラウンド入って行き、てんでに走り始めた。腰のあたりまで積もった新しい雪を跳ね上げ、掻き分け、走り回った。清浄なものを荒らすような快感である。ひとしきり走り回って、息が切れて来た。心臓もバクバクいい始めた。しばらく皆な思い思いに喘いでいたが、グラウンドの端に集まって来た。

久しぶりの運動に皆な息も絶えだえで、「こんなに走ったのは教養の体育の授業以来だな」「俺は林檎泥棒以来だ」「何だよ、林檎泥棒って」「寮にいた頃の事さ」「退屈だろう。腹も減るしさ。2~3人で寮の近くにある林檎畑に出かけてさ。林檎を盗んで来るわけよ」「それは面白そうだ」「でも林檎泥棒と言っても、ちゃんと作法があってさ。先輩方にご教授を頂いて、出かけるわけよ」「作法って」「まあ、泥棒に出かけるんだから、昼間って訳にもいかないだろう。草木も眠る丑三つ時っていうじゃない。そこら辺で暇な奴がつるんで出かける。リュックサックを持って」「それは大層な」「でも作法というのがあってさ」「先ずは言上というのがあって、林檎買おう、林檎買おう、林檎買おう。と三回大声で叫ぶの。」「そんなことしたら、主が起きてくるんじゃないの」「まあ、運の悪い奴もいるさな。でも大抵は起きてこない。学生が数千人もいるんだぜ。毎晩どこかで飲み狂って叫んでいるので、一々反応していたら体がもたないよ」「そんなものかな」「林檎買おうと叫んだのに誰も出て来ないので、とりあえず林檎だけ頂いてお金は後日という言い訳の算段さ」「律儀な事ですな」「問題はその後、皆でてんでに林檎を取ってリュックに入れる一杯になるとそれを背負って寮に帰る訳だが、逆さに背負う。これが味噌さ」「どういう事」「もし、万が一でも主が起きて来たら、一目散に寮に走る訳だが、寮まで逃げ込めたらこっちのものだが、どうしても捕まりそうになったら、逆さに背負ったリュックの口の部分の紐を引っ張ると紐がはずれるようになっていて、林檎がこぼれ落ちるじゃない。そうすると林檎を踏んづけて転べばこっちのものさ。無事寮に逃げ込めばOKだ」「そんなことはないでしょう。怒鳴り込んで来るでしょう」「そうなったら、寮長のお出まし」「当寮にはそのような不心得者はおりません」と一喝しそれで押し通すまでだ」「その後ろを真夜中に林檎をボリボリ食べている寮生が通り過ぎたりしてさ」

そこでO氏が「おい、Kはどうした。どこ行った。いないけど」皆な「え!」となってそれぞれ顔を見合わせたりするが、なるほどKはいない。一瞬よぎった想像はほぼ同じだったらしく、一斉に立ち上がって周囲を見渡した。穴ぼこだらけのグラウンドがあった。「あいつ雪の中で寝やがったな」てんでにそこら辺を探すが見つからない。O氏が「一人は下宿へ帰って人を呼んで来い。残りは横に並んで端っこから探すんだ。列を壊さないようにな」足跡のある場所を横列を壊さないようにして、行きつ戻りつしながら探した。

その内に下宿の仲間が3~4人駆けつけて列に加わった。20~30分は経ったろうか。疲れが出始めた頃「イテテ」と声があがった。「ここだ。ここだ」歓声が上がった。誰かが踏んづけたらしい。「痛い、痛い」を連発した。さもありなん。

雪靴の硬いので踏んづけられたのだからそれは痛かろう。しかし次第に状況が分かってきたK君は「ゴメン」と一言謝った。皆酔っぱらっていたので、気づかずに帰ったらどうなっていたかは誰の想像も一致していたはずだ。

那覇のスナックで

「マリーンがやった事で、俺達が責任を取らされるのは分からない。マリーンは元々馬鹿な奴らが集まっているんだよ。ちゃんと管理出来ていないんだよ。困ったものだ。おかげで10時にはここを離れてベースに帰らなくてはならない。まるでシンデレラボーイだ」「なぜ北谷で飲まないの」「北谷はマリーンで一杯なんだ。那覇まで来ないと静かな気分で飲めないよ」彼らの嘆きは収まらない。そういう彼らはエアフォースだ。

米軍で一番のエリート集団がエアフォース、その次が海軍、陸軍そしてマリーンの順だ。かれらのマリーンに対する蔑視は強い。彼らに言わせると、軍人に限らず日本に来ているアメリカ人は殆どがhome town loserだと言う。あんた達もそうなのとは聞かなかったが。

言葉について

言葉忘れし民は滅びのみありき
　滅びたくなしハングル習う
　　　李　正子（い　ちょんじゃ）

四十数年前新聞の歌壇に掲載されていたのを見た様な気がしている。記憶も曖昧だし、うろ覚えの語句をインターネットに入れてみると、なんと短歌が出て来た。ヒットしたのは在日朝鮮人の方で紹介は歌人となっていた。季正子さんを紹介したい訳ではない。彼女が四十数年前に喝破した事実は、正しく今日の沖縄の現実ではないか。彼女は日本に住んでいるらしいが、短歌を習い、歌人と紹介される人物である。所謂日本人よりも日本文化に長じている。韓国人としての強い意志を持って大地を踏みしめている。翻って―私達の沖縄はどうであろうか。面白い事実に気づいた。昭和25~26年生まれまではたとえブロークンであっても沖縄方言の会話が出来る人が多かった。それより若い年代では急速に会話力が低下する。特に女性に顕著である。男性に比べて、女性の方が会話力(おしゃべり力)は優れているので、すぐに上手になりそうに思うのだが、そうではないらしい。という事は沖縄方言を使っていない、使っていなければ如何ともし難い。

というのも、2~3年前にフランスを旅行した折に、あるご夫婦に出会った。主人がアフリカ系で、奥さんが中国系であった。どちらも日本語が上手で、旅行者相手に宿泊の提供をしていた。私らも一週間そこに宿泊した。ポンピドゥ・センターの筋向いであった。ポンピドゥ・センターは色々な催し物などもあり、ぜひ訪ねてみるように勧められたが、ついにそこへ行く事はなかった。パリ4区(セーヌ川右岸)ということらしいが、今となってはそこら辺の位置関係も定かではない。アフリカ系のご主人よりも、中国系の奥さんの方が日本語が上手らしい。ご主人曰く「ウチの奥さんお喋りだからね」そうでしょう。そうでしょう。

ある日の朝6時頃、近くにあるパン屋さんに朝食用のパンを買いに行った。会話は全く通じないので手話になった。人差し指で欲しい物を指差し、人差し指と中指を立てて、2個欲しいと意思表示するとちゃんと通じる。分かってほしい人と、分かりたい人は如何様にしても会話が出来てしまうものだなという事を実感した出来事だった。パンを買って店を出ると、早朝から清掃車が出て掃除をしていた。すぐ近くにオープンパブがあったので通りは塵芥が満載、特にタバコの吸い殻が多い。タバコが外でしか吸えないからだという。それにしてもパリの街は汚かった。パンは美味しかったけど。

(眼科クリニック幸地 院長)

同期の桜

大宜見義夫

那覇市の上山中学校時代の級友Yが末期がんをわずらい自宅療養していると聞き、見舞いに行った。腹部に腫瘍を抱えるYはトロ～ンとした眼差しで横になっていた。

奥さんの話では食事もろくにとれず、ボーッとして寝たきりの状態なのだという。

本人の顔に間近に迫り、「おい！　Y！　オレだ、オオギミだ！　ヨシオだ！」と何度か繰り返すと、Yは薄目を開けしばらくじっと見入っていたが、やがて「ヨシオーか、お前ディキランヌー（劣等生）だったよなー」「ガチマヤー（大飯食い）だった……」「よう、医者になったよなー……」などとつぶやいた。

Yとは中学二年の時、同じクラスだった。商家の御曹司で勉強もでき、ハラペコとも無縁な存在だったが、なぜか、私とは気が合った。

しゃべり合う中でYは中学二年の頃を思い出し、クラスの悪童達がやらかした米婦人下着着用事件なるものの責任を問われ、担任からビンタを食らった話をくやしげに語った。

当時の上山中学校は戦後数年を経て創立されたばかりで我々はその二期生であった。校舎のまわりは石ころだらけの平地が広がり、学校の東側（今の久米二丁目当たり）は一面ススキが密生する原野だった。原野の一画は区画化され、米軍住宅が数軒建てられていた。

ある日、その原野に数人のクラス仲間が入り込み、遊びふざけている内に、米人宅の庭の物干し竿からパンティやブラジャーを抜き取り、それを頭からすっぽりかぶったり、首に巻いたりしてススキの密生地で戦争ごっこをした。

それからまもなく、米人宅から校長に厳しいクレームが入り、下着着用事件なるものが発覚した。責任を問われた担任は烈火の如く怒り、クラスの悪童全員を教壇の前に並ばせ、一人一人にビンタを食らわせた。

その遊びには、Yは参加してなかったものの級長として監督責任を問われビンタを張られたのだった。

当時は、特攻隊上がりや、予科練帰りの意気のいい先生方もいてビンタを張るのも当然という風潮があった。

事件の背景には、戦争に負けた悔しさというか、米人への反感のようなものが子ども達にもくすぶっていたのだろう。中学校のわきの道路を走る米人車両に、別クラスの生徒数人が石を投げつけてリアガラスを割り、朝礼で校長の厳しい叱声が飛んだこともあった。

巷《ちまた》においても基地から食料や物品をこっそり持ち出しては「戦果をあげた」と胸を張る大人もいたし、力道山が米人プロレスラー・シャープ兄弟を空手チョップでやっつける場面がニュース映画や口コミで伝わり、オール沖縄で欣喜雀躍、拍手喝采したものだった。

中学二年当時のYは小柄で細く、那覇市楚辺にあった玉城道場で一緒に柔道を習い合う仲でもあった。体重の軽いYは容易に私の巴投げの技の餌食になった。

ある日、Yらと共に数人で波之上海岸に泳ぎに行く途中、一列に並んで立ち小便し、尿しぶきを遠くまで飛ばし合っていたとき、私のズボンの前をのぞき込んだYが「ヨシオ！　お前、毛が生えている！」とはやし立てたのでムキになって追い回したこともあった。ところがその冷やかしも3カ月後ピタリと止んだ。本人にも毛が生えたのだ。

逆に、こんなこともあった。「母の思い出」という題の宿題作文を提出する日の朝、席を外した

Yの鞄の中にその作文を見つけ、それをみんなの前で声高らかに読み上げたところ、戻ってきたYが「止めろ！」と叫んで作文をもぎ取り、引きちぎり、泣きながら駆け抜けて行ったこともあった。

そのYも高校に入ると空手を本格的にやりだし、みるみる巨漢となり、立場が逆転した。

大学時代、名古屋から出て来た私を新宿の飲み屋に案内した際、絡んで来たチンピラといざこざを起こしたが、店のママさんから「止めときな！この人、空手の達人よ」と言ってくれたおかげで事なきを得たこともあった。Yはその後、空手一筋の道を歩み、晩年には剛柔流空手道本部最高顧問（範士十段）になった。

話は戻るが、見舞いに来た私に共感したのか、話が進むうちに「ヨシオ、一緒に『同期の桜』を歌おう」と言いだした。これまで寝たきり状態だったため、奥さんもビックリした。

本人の強い要望に応え脇を抱きかかえながら並び立ち、軍歌「同期の桜」を拳を振りながら二人で歌った。

貴様と俺とは同期の桜
同じ航空隊の庭に咲く
咲いた花なら散るのは覚悟
みごと散りましょ　国のため

貴様と俺とは同期の桜
同じ航空隊の庭に咲く
血肉分けたる仲ではないが
なぜか気が合うて　忘れられぬ

……

歌い終わると、Yは崩れるように横になり動けなくなったが表情は満足げだった。

帰り際、奥さんは、「こんなに元気になったのは初めてです」と喜んでくれた。

ところが、Yはその夜から容体が急変し、五日後亡くなった。身内の話では私と会った翌日から熱が出てみるみる衰弱していったという。七二年の生涯だった。

見舞いに行ったことで死期を早めたのではないかと自責の念に駆られたが、奥さんから「亡くなる前にあんなに元気になれたから主人は満足していたと思います」と言っていただけた。

とはいえ、「燃え尽きさせてしまったのではないか……」という後ろめたい思いがぬぐいきれないまま、今に至っている。

（同仁病院 小児科医）

・Yは本誌執筆者の水野益継氏とも旧知の仲であった。

一天の余滴 Ⅱ

○ヌスル・ヒンガサー

私のゴルフ仲間に県警ＯＢの「ヌスル・ヒンガサー」（泥棒逃す）の異名で酒の肴にされるＨ氏がいる。窃盗常習の男を捕まえて取調中にほんの合間にとり逃してしまった。

彼は業務上の過失責任が問われ、それなりの応分の処分を付加され、更に陰では「ヌスル・ヒンガサー」の汚名まで付加された。

ところが、その逃げた男は沖縄を離れ、県外地において自らの過ちを反省し悟り、慣れない土地での厳しい仕事にも耐え、真実を生きる苦渋の人生と戦い、今ではとある町で妻子のいる並の人生を送っていると、風のたよりで耳にしたとのことだ。

逃げた奴の今の幸せを思うと、私は慈愛に充ちたことを果したのではと自負し、彼は言葉を反《かえ》す。窃盗罪で服役を終え娑婆《しゃば》に戻って来ても、世間の目は冷たく厳しい。生きる術《すべ》も居場所も失い再び同じ犯行に陥るケースが少なくない現実と絡めると、彼の反す言葉も一理あるかも。

（仲宗根喜栄）

川柳
――老愚痴録――

嘉手川繁一

車売り　免許返上　ひきこもり

生きている　だけが仕事と　なりにけり

いばれるのは　病気の数　だけだなあ

どっこいそ　掛け声だけは　元気だべ

朝っぱら　出るはため息　愚痴ばかり

病名と　嫁への愚痴と　孫自慢

五年前　墓は作って　仏まだ

爺さんよ　いつになったら　旅立つの

箸を取る　前に黒枠　じっと見る

黒枠の　年齢《とし》較べ見ての　朝餉かな

死亡叙勲　祝いの席に　彼は無し

生きるぞと　踏ん張る杖に　力こめ

今はもう　杖が唯一　友となり

ああ！せめて　東京オリン　見るまでは

遺言状　書けとはほんま　切生な
くそ婆《ばばあ》　何だかんだと　やかましい
ああ云えば　こう云う　老妻《つま》の　へらず口
くそ爺《じじい》　俺が俺がと　しゃしゃり出る
古夫婦《めおと》　耐えては拗ねて　五十年
口で負け　手は出しかねる　腹が立つ
豆まいて　爺は外婆は内　孫ら云う
ムーチーは　入れ歯を取って　口に入れ
補聴器を　何だかはずして　テレビ見る
テレビ劇　半分わかって　まあいいか

頼みごと　聞こえぬふりし　高笑い
国会は　猿蟹合戦　民苦笑《わら》う
論争は　ああだこうだと　時間切れ
自己規制　できないことと　知りながら
猿どもに　ハゲはあるかと　ハゲいばる
孝いづこ　修身亡びて　親刺さる
病む友は　君は誰だと　首を振り
我病んで　老妻《つま》の存在　身にぞ沁む

（元大学教員）

難病克服し老後楽しむ

☆これは第四十二回県老人福祉作文コンクールで優秀賞に輝いた作品である。退職直前の前立腺癌で余命数ヶ月と宣告されながら、それを克服し、逞しい生き様を語っている。作者は現在も公民館や老人会、地域の行事に積極的に参加し、活動している。高齢者の生き方にとって励みとなり、お互いの心の持ち方にも大きな示唆を与えると思う。

私は諦めない

花城　隆

去る大戦で連合軍は5インチ砲からロケット砲まで、計7万2千発余りの砲弾を沖縄島に撃ち込んだ。「私はこれまで地上最大の作戦と言われたノルマンディ上陸にも立ち合ったが、沖縄の上陸作戦はそれをはるかに上回る……」とアーニーパイルは書いている。3か月近くも吹き荒れたあの鉄の暴風の中で生き延びた県民は奇跡という外はない。

私は勤続38年の最後の年に前立腺癌と宣告され、ステージ4、余命数か月と言われた時、迷わず休職、入院し手術を受けることにした。時は学年末でM校高等部と専攻科の卒業式は入院先の主治医の計らいで3時間の外出許可を頂き、何とか無事責務を果たすことができた。しかし小学部、中学部の卒業式は手術中のため出席叶わず、教頭に式辞を代読してもらった。

あれから約20年経つが、私はまだ元気でピンピンしている。生徒、職員、関係者、当時の私を知る多くの方は皆驚いている。これは第二の奇跡だと私は思う。入院中は体中に数本のチューブが装着されていたが、動けるようになると体力回復のため、病院の夜の廊下を何度も往復した。退院3週間目に夫婦でカナダ旅行、ヨーロッパ旅行を敢行した。生は長くないと覚悟していた。だが幸い癌の転移も再発もせず、私は今も生きていて、いろいろな活動をしている。K学院の講師は辞めたが、自治会、老人会、郷友会活動、伊佐誌編集等にかかわり乍ら、毎月数回のゴルフも仲間たちと楽しんでいた。
ところが3年前、幼少の頃に痛めた右膝が突然、激痛に襲われ歩けなくなった。やむを得ず松葉杖をつくこととなった。専門病院を4か所訪ね受診。人工関節換置手術を希望したが、相談の結果はどこも手術をためらい家族も反対。ある医者は「私の父ならやりません」と答えた。また他の医者からそのままだと遠からず車椅子の生活になると言われた。それで整形病院に週2回、約1年通った。熱心に懸命にリハビリした結果、筋トレすることで徐々に体を支えることができるということが分かった。担当の理学療法士の指導と自らもいろいろな訓練法を取り入れ、家族の助けのもと日夜リハビリに励んだ。努力が実を結び手術もせずに、1年余り使っていた松葉杖をやめ、やがて杖も不要となった。1年半休んでいたゴルフも復活し、念願の同期生コンペも参加できるようになり友人等が驚いた。第三の奇跡である。

現在では、公民館や老人会にも参加。とりわけ郷友会活動に精を出している。今年、郷友会のOB会長は6年目である。また、近くの老人福祉センターに通い筋トレすることもこの頃の日課の一つになっている。
80年生きて悟ったことがある。人間は諦めずに前向きに努力すれば望みが叶えられるということ。さらに、人は一人では生きられない。みんな誰かに支えられ、助けられて生かされて生きているということ。老人会に入会して15年、そこに仲間がいて絆ができ、生きがいがある。平均寿命が男80歳、女87歳の高齢化社会において、私たちが元気であることが医療費を抑制し社会貢献になると考える。年寄りは転ばず、風邪ひかず、義理をかけ、ともいう。あの過酷な鉄の暴風を生き延びた私たちは子や孫に戦さ世の哀れをさせてはならない。これから先も皆が手を携えて幸せな明日を迎えて生きていきたいと切に願っている。

（元沖縄県立沖縄盲学校長）

家を支え、地域活動の母
両親が私の生きるお手本

安田末知子

母（英子）は久志村有津で生まれた。

教師になりたくて、師範学校に希望したが、士族の娘が官費になってはいけないと言って両親が許さないので、県立工芸学校に入学した。学校は首里城の地下にあり、叔母（當眞家）の家から10分で行けるところにあった。母は、従妹達と楽しく生活し、琉球料理の料理番だった當眞家でしっかり琉球料理を身につけた。

卒業後は、叔父（石原昌直）宅で、一人娘のマサ子さんと姉妹のように暮らして、厳しい叔母から躾けられた。叔父は警察署長だったので、転勤の時は、いつも一緒に本土にも行って幸せに暮らしていた。戦後、首里市長になった兼島先生が、「真白いレースのワンピースを着て、真白い靴をはき、白いパラソル・帽子をかぶっている姿が今でも忘れられない。英子さんは優秀で美しく、優しい娘だった」と思い出を語っていた。

その母がある日、泡瀬に呼ばれて私の父の義光とお見合いして、三日後には上京した。

東京に行ってみると、八畳間に、五・六人の友がいて、酒を飲みながら、何か勉強会をしていた。母はびっくりして帰りたかったけどそれも出来ず、皆さんのご飯を炊きしていた。父が歯科大に入学してから、母は三カ所のデパートで、編み物や、お人形を作るアルバイトをしていた。父は2歳になった私を連れて大学に通うようになり、夕方は七輪でメザシやのりを焼き、梅干を食べて母の帰りを待った。私が肉嫌いになったのは、「父ちゃんのせいかな」と飲むたびに話をしていた。

その後、父が東京の白金（現在の港区）に開院していたが、沖縄の祖父から電報が来た。「あんな大きなアメリカと日本が戦うのはだめだ」と戦争が始まるので一緒に死ぬのだ。直ぐに帰れとあった。沖縄の人は県外に疎開するのに、私達は逆に沖縄に帰って来た。

母は早速、戦時中の保存食作りを皆なに教えていた。その保存食を持ち、山原の祖母の家を目標に山の中を五カ月もさまよった。

私は、一人だけ校長のお側《そば》づき「伝令」として島尻に連れて行かれたが、後で牛島中将のお陰でトラックに乗せられ山原の山の中で家族と一緒になる事が出来た。

戦後、母は栄養不足になった子供達の食事を考えて婦人会長になり、生活改善グループを結成した。国際クラブの役員もこなしながら婦人会会員と一緒に、外人住宅を訪問見学し、父の協力を得て流し台とコンロの設置が出来、座ってご飯を炊く和倉かまどから、立って料理を作る台所を先に改善するように指導した。これが具志川市の生活改善の始まりだ。

その後も母は、会員の方々、地域の方々へ味噌作り・漬け物・天ぷらなど一生懸命に教えた。いずみ苑に居るお婆さん達が「奥さんが作っていた料理の味は忘れられない」と、今でも話される方が居る。

母が国際クラブに行く時は、いつも私を通訳として連れて行ったが、私が嫌がるので、一人で朝五時から流れるラジオの英会話を聴き、英和辞典を買い、古い私の教科書を貰い一生懸命に勉強し、自分で婦人会会員を連れて国際クラブへ行く事も出来る程になった。また、ハワイの叔母さんにも手紙を送る事も出来た。

母は、50歳を過ぎて運転免許も取り、お茶・習字・お花絵を学び、孫達に「私の後ろ姿をみなさい」と言っていた。子供の運動会には必ず行き綱引きも参加し、何をするにも一生懸命だった姿は、忘れる事は出来ない。

母の躾

① 「食は人をつくる」の言葉の通り、米・野菜を食べる時は、「あなたの命いただきます」と孫達にも教えて、米つぶ一つも残さないこと。

② 漬け物が上手な母は、この最後の一片まで美味しく食べて下さいと祈りの中で作っているので長持ちして、美味しかった。

③ ゴミを外に出してはいけない。裏庭の小さな場所の土を掘り起こして、残飯を埋めた。埋める時は、時計の針版のように穴を掘り、残飯を入れた後に木葉をかぶせて、砂をかけ、鍋蓋の様な物をかぶせて、石を置き、犬猫が食べない様にして、そこにゴーヤー・ナーベーラーその他野菜を植えた。

④ 焚き付けになるのは、初めに父の古いハンカチ、靴下を糸で巻いた物で、段ボールなどは、焚き木と同じ様に巻き付け五右衛門風呂を温めた。みかんの皮を入れた五右衛門風呂は孫達が喜んだ。

⑤ 寝る時は、感謝の祈りを忘れないようにと、小さな時から私に教えてくれた。

⑥ 母は辛抱強い人だったので、絶対に他人の悪口は言わなかった。時間をかけて、相手が反省するのを待つ、「言葉では言わない教育者」だった。

⑦ どんな悪い人も死んだら佛になるので、死んだ人の悪口は言わない事。

⑧ 大事な話をする時は、小さな声で、ゆっくりと話しなさい。大声で怒鳴ると、びっくりして、何も聞こえない。

⑨ 自慢話はしない事。これは私がした、あれは私がやったと言ってはいけない。善いことをすれば自然が教えてくれる。

⑩ 母はすべてにおいて「学ぶ心」を忘れずに、音楽の宮良長包先生の愛弟子たったことを誇

りに、歌を愛してやまない、身も心も美しい人だった。

お母さん　ありがとう。

「兄弟姉妹うちすりてぃ
　語る嬉しさに
　　母のおもかじの
　　　目の緒うさがてぃ」

「戌年ゆ拝で
　心やすやすと
　　静かなる年ゆ
　　　お願さびら」

「米寿迎えてぃん
　肝やまだ童
　　くじ渡てぃかな
　　　百歳までぃん」

優しかった父

今年の三月に、父の33年忌・高江洲歯科医院80周年を迎えて、兄弟姉妹6名は、父に何を贈ったら良いかと話し合った。

父の書斎に残された「満ちたりて」と書かれたノートを見て、父は何かをまとめようとした様子がうかがわれたので、父の想い出を書く事に決まった。

長女の私は、仕事を終わった後の父の晩酌の世話をしながら、いつも患者との面白い話から始まって、父の哲学を聞いて楽しく学んだ。

その頃の私は、病気のデパートと言われていたので、父に質問した。「お父さん私は、60歳まで生きられるかね」と言うと父は、「未知子、60の坂を登る時は、苦しくて、泣きたい時もあるけれど、山を下る時は側に積まれた菅笠《すげがさ》をかぶってゆっくり下って行くと、そこには素晴らしい景色があり左右を眺めると、そこには沢山の人がいる。よく見ると、昔お世話になった人がいるので菅笠を片手に手を振って「ありがとう」と言って下りるのだ。その菅笠は「徳」と言って善いことをした人に与えられる物だよ」と父が教えてくれた。

私は生徒に、いつも「前を向いて歩め」と言って、過去の戦争の話など嫌いだったが、父の想い出を一カ月も書いていると、人生には過去があり、未来がある、そこには歴史がある。大事なことに気づいた時、「ふりかえる」という言葉が頭の中から離れない。全ての人に感謝の念で一杯だった。

「ふりかえる　言葉の重さが身にしみる」

忘れられない生徒

私の教員生活43年の中には沢山の忘れられない生徒がいる。その中の一人がMさんだ。母、子で静かに暮らしている女性である。困った時は、何時でも電話で話しているが、未だに会ってゆっくり話す時間がつくれなかった事を後悔している。

先日、彼女から二度も電話があり「今日は、先生に見てもらいたいのが二つあるので、何時間でも待ちます」との事なので二人で話し合う時間をつくった。そこで、彼女がテーブルの上に出したのは、47年前の「反省帳1の7No．31」名前がしっかりペン字で書かれていたB5のノートとグリーンの筆箱だった。「Mさん文字が上手だったね」とほめたら、「先生は級の全員に、英語の練習帳と反省帳をくれたので、皆一生懸命になって次のノートを貰うのを楽しみにしていた。筆箱の中に、鉛筆3本、消しゴムもちゃんと入っているか調べて廻っていた」。

戦後の何も無い頃は、短くなった鉛筆を竹に刺してくりつけて使う頃だったので長い鉛筆を貰うと喜んでいた。しかし、男の子はいたずらが過ぎて女の子の鉛筆を取って泣かす事もあった。ある日、その男の子に鉛筆一ダースを渡し、他人の物は取らないように注意して帰したら、翌日お母さんが子供を連れて私の家まで詫びに来た。戦後の子沢山の頃のお母さん達は、子供の躾に大変ご苦労なさった事かと思う。

「先生、早く反省帳を読んで」とMさんが言うので、テーブルの上の反省帳を一枚開けてみると私が中部病院に入院していた頃の物だった。紫の風呂敷包みに、級全員のノートを持って行くと病院の先生方が「紫さん又運んで来たね」と言って笑顔で病室に入れてくださったとの事、「未知子先生はいつ退院出来ますか」と聞いた生徒もいたと、想い出話をしてくれた。ノートの中には、赤筆で感想を書いて、しっかりと安田の印も押されていた。病気の教師を心配して、三度の入退院も生徒に守られて元気になったのだと感謝している。

Mさんは、人が見えない所で努力した事を私は友人・知人に話すことがある。中学校英語教師の免許を取り、小学校の教師免許も取り、病気がちなお母さんも支えながら、立派な家も作った女性です。しかしながら、運悪く、38年間臨時教員のまま勤めて辞めた。この件において、私は何の力にもなれなかった事を恥ずかしく思っている。いくら祈っても届かない人の世の虚しさに、いく夜涙を流した事かと己の未熟さに悩む。

最後にMさんが大事な話をしてくれた。

昨年、N氏が、Mさんの家を訪ねて来た。その人は弟を探して60年余りになるが、彼が亡くなった知らせで本土に行った際、「自分には沖縄に娘がいる」との遺言があったとの事で、その娘さんを探してここまで来たと話してくれた。「母、子で苦労話も聞かせてくれ。ごめんなさい」との言葉に、Mさんは「私の事は未知子先生に聞いて下さい」と返事をしたら、N氏はびっくりして帰って行った。

「先生と私は近い親戚だそうですね」とMさんの笑顔に私は、「貴方のお父さんの代わりになっていたのかね」と二人は抱き合って喜んだ。二人のご縁の糸は、しっかり結ばれました。

（老人保健施設いずみ苑々長）

歌は世につれ

仲宗根喜栄

はじめに

私たちが日頃口にしている歌やカラオケなどで歌っている歌、あるいはテレビの歌番組などで視聴する歌には、古くから歌いつがれた歌もあれば、戦中、戦後を生きてきた私たち、つまり昭和を生きてきたものの、特に肌身に響く昭和歌謡もあれば、平成の時代に生れてきた若者たちの歌などが、日常の私たちの暮らしの中に歌い継がれている。

「歌は世に連れ、世は歌に連れ」ということわざの意味することは、歌は世の中の動きについて変わっていく、また世の中も歌の移り変りの影響を受けて変化するということのようである。

歌には童謡、唱歌からはじまって幾多の曲種があるようだが、わたしたちが口にして味わってきた歌の殆んどは「昭和歌謡」である。

戦中、戦後において歌っていた歌謡曲は、通常「流行歌」と呼んでいた。そこにはその時代を背景として歌われ共感があり、士気阻喪《しきそうそう》のときを奮《ふる》い立たせる歌として、常に民衆の側で歌い継がれてきた。

沖縄県が本土復帰以前の夜の憩い所のバーやキャバレーなどには、ジュークボックスが置かれ、客の希望にそって曲目を自動的に読みとり、アームが動いてレコード盤を選定し演奏する仕組みになっている。お酒がはいり気持ちも高揚してくると、昭和の悲哀を身にしていたものにあっては、「昭和歌謡」に酔い痴《し》れることもあった。

ところで流行歌と呼称する所似には、その背景に折々の時代の流行する事象や暮し、憧れ、希望、愛などが時ならずして流れてくる歌に心を癒《い》やし、人生を謳歌《おうか》した実感がそこにはあった。

こうした歌の節々に誘われながら口遊《ずさ》んでいると、歌にはその時代の生きざまや思想があり、歌を深追いしていくと、そこには普遍の歴史感が蘇ってくる。

私たちが歴史書で学んできたそれぞれの時代背景には、歴史上の人物中心の政治、行政が主体的に取り扱われ、その時代を生きている民衆の歴史については、殆んど教わることもなく、歴史上の人物主義の歴史感を認識していたように思える。

歌の中にはその時代を生きる民衆の喜怒哀楽の歴史がある。「歌は世につれ、世は歌につれ」のことわざは真にそれぞれの歴史の狭間に生きた民衆の悲しみや哀れや喜び、愛の歌などは、正史の裏面に生きている人たちを物語っているのではと思い、音楽無智の身を省みず、明治の文明開化以降の歴史に目を向けながら、その折々の歌から見えてくるものについて、歴史的背景について試みることにした。

歴史物語

昭和の初期を跨《また》いで生きてきたものには、殊に沖縄における昭和十九年から二十年にあっては、太平洋戦争は激化し小学校高学年の児童・生徒は、学校において日本史を学習するというよりも、担任の先生から歴史上の偉人や人物を講話風に聞かされ、歴史の面白さを実感、登場する人物で楠木正成、織田信長、豊臣秀吉、徳川家康などの話を憶えている。

以後、太平洋戦争はますます激しさを増し、殊に沖縄においては俄かに戦争モードの激化を感ずる軍隊の靴音の激しさがそこにはあり、学校は軍隊の宿営所になるなど、学習の場はなくなり、昭和十九年の十十空襲による首都那覇完全焼失、沖縄は地上戦となった。

私はその頃縁故疎開で九州大分県の田舎にいて、学校にも行かず農家の離れを借りて、借の住いを強いられ、もっぱら戦さのなりゆきに一喜一憂しながら日々を暮らしていた。

昭和二十年八月十五日、昭和天皇の終戦の玉音放送をラジオで聞いたとき神風日本は歴史的戦いにおいて負けることはないのに、アメリカに負けた。その悲しさ切なさは放送を聞いている少年の胸には痛く響くものがあった。

今まで憧れていた少年飛行兵への願望もここで消える。これからは天皇の兵隊になれない自分を悔やむ。そこには日本人として国に奉ずる皇民化教育が身に浸みた証でもあった。

戦争が終り海外に渡っていた日本人や復員兵などの帰国がはじまった。私たち疎開者も沖縄へ帰る手続きがなされ、九州地方の疎開者は佐世保の収容所から順次沖縄に送り届けられた。

那覇の港に着いたとき、船上から眺める那覇の市街地の風景はまさに廃墟と化され、沖縄を離れた時の港の風景とは打って変わっていた。街並もなければ建物はすべて倒壊し地平線がどこまでも続き、その裾野は果てしなく見えた。

空爆を受けた那覇港

那覇の十十空襲の爪跡、沖縄戦の激しさ厳しさの現実を目《ま》のあたりにしながら辿り着いたのは、コザと呼ぶ集落地だった。

大分県での中学校の在学証明書で、コザハイスクール（現コザ高校）に転入し、テント張り校舎で学習らしい授業に加わることができた。

机と腰掛けは固定式で、木製平板の三人掛けで右脇の席は普久原恒勇で、左側は上里林そして中央は私の座席となっていたが、何時の日か普久原恒勇の姿はそこにはなく、戻ってくることはなかった。

教科書はない、ノートと鉛筆と弁当を米軍用の払い下げかばんにしのばせて、黒板に書かれる教師の文字を書き写す作業学習が学校での主流な授業形態だった。

こうした戦後間もない高校の授業形態は、教師の専攻教科には学校ごとのばらつきがあり、ことに日本史を教える教師に恵まれることなく、学校を卒業してしまった。したがって日本史についての学習は、殆んど学校教育の中では、学習及び授業を受けた記憶がない。

日本史はまさに浅学菲才の立ち場にあり、正史を語るには臆することが多々あるが、しかし往時の民衆の人情や情念が歌の中に見え隠れしてないか、試みることにする。

明治維新の頃

今年は明治維新から一五〇年の節目になっている。安倍首相は去った衆議院議員の解散選挙に当たって、平成の維新だと訴えて選挙に臨んだ。ところが小池百合子東京都知事が新党結成して、その拙策が国民の逆風をかいおまけ付きの勝利を得ることができた。

安倍首相の平成の維新と呼ぶ本音は、憲法の改正に軸足をおいて、憲法九条に自衛隊を銘記させ、国の防衛力を高めるという大義名分と、北朝鮮による核開発と長距離弾道やミサイルの開発などの脅威論をあげて国難と称し戦略をたてたものの、東京都知事の策謀が弾《はじ》けて選挙の結果は自民党に漁夫の利がつながったと評価する論旨に賛同できる。

ここで歴史的変革が求められた明治維新についてお浚《さら》いをしておこう。

徳川幕府の二〇〇年余の鎖国の終焉《しゅうえん》と、外国船の就航、尊皇攘夷と開国など国の動向が問われるとき、幕末においては薩摩と長州両藩を中心とする新政府軍と旧藩臣や会津・桑名藩を中心とする旧幕府軍とのあいだに、武力衝突があり、勝利した新政府軍は徳川慶喜を朝敵として追討、江戸へと軍を進める。

鳥羽伏見で勝った新政府軍は「錦の御旗」をかかげ、天皇の命令で動く軍隊として進軍し江戸に迫っていく、その軍の指揮官は西郷隆盛である。

新政府軍と旧幕府軍が江戸の町で交戦となれば、江戸の町を焼きつくすほどの両軍の激しい戦いが予測もされていたが、旧幕府軍の軍艦奉行である勝海舟によって、新政府軍をひきいる西郷隆盛を説得して、江戸城の無血開城がなされた。

ところで江戸は無血開城でおさまったと思えば、徳川二〇〇年の歴史で築《つち》かった政治が大きく変革すると、更には薩長を主体とする新しい政府に対しても、旧幕府軍を支持する集団との小競り合いは続いた。

東北の会津藩は最後まで、薩長の軍と戦い会津若松の白虎隊の悲劇は、勝つ見込みのないいくさを必死に戦う、十五歳から十六歳の少年たちの奮闘は「白虎隊」の歌として歴史物語に残された。

一．戦雲暗く　陽は落ちて
　孤城に月の　影かなし
　誰《た》が吹く笛か　知らねども
　　今宵名残の　白虎隊

二．紅白可憐の　少年が
死をもて護る　この砦
滝沢村の　血の雨に
濡らす白刃の　白虎隊

三．飯盛山の　頂きに
秋吹く風は　寒けれど
忠烈今も　香に残す
花も会津の　白虎隊

彼らは前戦において必死に戦うが、落ち延びた飯盛山で戦闘の様子を眺め、何と市中《まちじゅう》が炎に包まれている様子を見るや、彼らは城が落ちたと勘違い、もはやこれまでとお互いが刺し合って自害をする。実はこのときまだ会津若松の鶴ヶ城は焼けてなかったのだが、白虎隊の悲劇の歴史がここにあった。

会津藩は最後まで薩長の軍と戦い、幕末の歴史の中で会津藩ほど、悲劇の藩はないといわれた。

日露戦争は何故おこった

日本は大国ロシアに勝った。東郷元帥が率いる日本の連合艦隊とロシアのバルチック艦隊との日本海々戦の勝利、乃木大将が二〇三高地を占領、広瀬中佐と杉野兵曹長にまつわる物語など、学校にて学び凱旋日本の勝利の喜びを共有していた。

日本海海戦

ところが何故日露戦争に至ったかは、皆目知る気もなく只、勝利に浴していた。日本はその前の日清戦争に勝利し、満州において日本に譲渡されたいくつかの権益があった。

清国は日清戦争で敗北、弱体ぶりが明らかになると、列強はこぞって清国への進出をはかり、あいついで清国に租借地を設定し、鉄道敷設や鉱山開発などで収益を得た。

ロシアはドイツ・フランスを巧みに誘い込み、日本政府に対し日清戦争で獲得した遼東半島の権益を清国へ戻せ、と三国干渉をおこない日本は止むなく、その要求に応え権益を手渡すことにした。

ロシアは日本が返還した遼東半島を清国から租借地として利用しているその事実に対し、日本国民は激怒した。更に日本政府は朝鮮とロシアの急接近に対し疑念を持ち、日本がロシアに朝鮮を奪われたら喉元に刀《やいば》を突きつけられるものと等しく、死活問題と認識、日本はロシアに対し、満州支配を認めるかわり日本の朝鮮支配を認めるよう交渉をしたが失敗に終り、ついに戦争を決意するにいたった。


日本は日英同盟協約をうしろだてに巨額の戦費をイギリス・アメリカなどの外債を募り、日露戦争の費用にあて、総力戦で挑み大国ロシアに勝利した。

ところが大国ロシアに対して戦勝はしたが、凄まじい犠牲者も出した。二〇三高地の奪取の総攻撃でも多大な死傷者を出している。その戦いの様子を偲ばせる歌が次の歌である。

戦　友

○ここは御国を何百里
はなれて遠き満州の
赤い夕日に照らされて
友は野末の石の下

○思えば悲しい昨日まで
まっさき駆けて突進し
敵をさんざん懲《こら》したる
勇士はここに眠れるか

日本兵の戦死体

○ああ戦いの最中に
となりに居《お》ったこの友の
にわかにはたと倒れしを
われは思わず駆け寄って

○空しく冷えて魂は
くにへ帰ったポケットに
時計ばかりがコチコチと
動いているも　情なや

日本兵の戦死体

この歌は十四節までの歌詩になっているが、昨日まで一緒に敵陣に向かって、必死になって共に突進する戦友が俄かにはたと倒れた。

激しい戦闘の続く中、倒れし友を見捨てて先に進むことのできない辛さ、降りくる弾丸の中「しっかりせよ」と抱き起こす。しかし、「お国のためだ、かまわずに遅れてくれるな」と目に涙を浮べて答える。

　戦闘がすんで陽が暮れて、負傷の戦友を探しに戻って見たが、御霊は既に空しく冷えきって、魂は国もとに帰ったのかポケットの時計だけがコチコチと動いていた。

　こうして戦況を語る歌でもわかるように、物量をもって攻める近代戦は、戦には勝ったが日露戦争においての日本側の戦傷死者は、二〇万余で二十億円の戦費がそそがれており、巨額の債務を背負わされたことも事実であった。

　このころに歌人与謝野晶子《よさのあきこ》が、「君死に給ふことなかれ」の詩を発表した。

君死に給ふことなかれ

あー　をとうとよ　君を泣く
君死にたまふことなかれ
末に生れし君なれば
親のなさけはまさりしも
親は刃《やいば》をにぎらせて
人を殺せとをしへしや
人を殺して死ねよとて
二十四までをそだてしや
（以下略）

　歌人、与謝野晶子は、旅順包囲軍に出兵した弟に思いを寄せて、「君死に給ふことなかれ」の詩を発表した。

　この詩の背景には反戦の感情を滲ませており、このような悲惨な戦争に対しては、国内においては戦争反対の声もあったと言われている。

　開戦前から反戦平和をとなえる人々のなかには、キリスト教徒の内村鑑三などがいた。

昭和ひと桁《けた》

　平成という年号も、明けて平成三十一年をもって終わり、新しい年号が制定されることになるようだ。

人生百歳時代と放言する人も、巷にはいるが少子高齢化が進むなか、日本人の人口推移は働き手と被加働者の比率はどう変っていくか、次世代に課されたその課題はなんだ打つ手のないままにことが推移しているようで、移民国でもない日本の将来を展望するとき、何をもって施策がなされるか、大いなる関心事でもある。

昭和の一桁生れは九〇代にのしかかっている人もいる。間もなくして昭和、平成、そして次世代を股に三世代の年号を踏襲することになる。昭和一桁の殆んどの人たちは、その人生の成長期において、戦争と飢餓の苦しみの中に喘《あえ》ぎ、生きる苦渋と辛酸を舐《な》めつくした、生きざまを味わった人たちでもある。

一方、徹底した皇民化教育の坩堝《るつぼ》にはまり「天皇を神聖にして侵《おか》すべからず」（大日本帝国憲法）の尊崇の念を国民には強烈にうえつけられ、少国民として昭和の一桁生れは、学校において皇民化教育の徹底的な指導を受けさせられてきた。

日本は日露戦争以降、満州事変そして日中戦争と、東アジア大陸での戦争は終りを見ることもなく、その火種はますますエスカレートして遂に太平洋戦争へと拡大してしまった。一九四一年（昭和十六年）十二月八日、日本海軍はアメリカ太平洋艦隊基地、ハワイの真珠湾を奇襲攻撃して大破、陸軍はイギリス領マレー半島に上陸するなど、東南アジア、太平洋各地で軍事行動を行い、アメリカ、イギリスに対し宣戦布告をする。

その頃の学校のようすを回想するに、小学校は国民学校にかわった。これには天皇の優れた臣民を練成するという大義名分をもって高度国家建設予備軍として、国民学校令第一章（目的）第一条には「国民学校ハ皇国ノ道ニ則《ヨ》リテ初等普通教育ヲ施《ホドコ》シ国家ノ基礎的練成ヲ為スオ以《モッ》テ目的トナス」とある。

これは天皇信仰を濃厚にする、国民教育を一層過激な皇室崇拝と皇軍礼賛につながる皇民教育の徹底をはかったものだった。

国民学校においては鉄の扉つき奉安殿《ほうあんでん》があって、御真影《ごしんえい》とよばれる天皇、皇后の写真及び勅語《ちょくご》類《るい》が格納されている。

学校の正門を出入りするときは、必ず奉安殿に向って最敬礼をすることが義務づけられていた。国民学校になってからは儀式行事などが殊更に重視されるようになった。

朝礼も盛んに行われ、国民儀礼として（国旗掲揚、宮城遥拝《きゅじょうようはい》、出征兵士の武運長久を祈念する黙祷《もくとう》）を行い、全校児童・生徒による徒手体操と校長訓語が行われ、校庭行進で運動場を一巡して終わる。

更に講堂においては、四大節（元旦、紀元節《きげんせつ》＝二月十一日、天長節《てんちょうせつ》＝四月二十九日、明治節＝十一月五日）の儀式は全校生徒が講堂に集められ、御真影を式場正面に掲げられ、重々しい儀式礼拝と校長の訓辞や学内の偉い人（村長・警察署長）訓語を聞かされる。

講堂においては全児童・生徒がぎっしりと鮨詰の状態で座らされ、校長の長い話も偉い人の訓語もまったく意味不明で、わからないまま只座らされ、それらの話が一刻も早く終るのを待ち侘びる、苦いイメージだけが今だに記憶が蘇ってくる。

アメリカ・イギリスに宣戦布告をした日本軍は、真珠湾でのアメリカ太平洋艦隊を掃滅し、シンガポールを日本陸軍が陥落し、破竹の勢いでもって太平洋方面戦線においては、その戦況は優位に展開、大本営はラジオ・新聞などで、国民に戦況優位を鼓舞し国民を戦勝に酔い痴《し》らさせていた。

その頃の国民が歓喜につつまれ、口にしていた国民歌が次の歌だった。

大東亜決戦の歌

一、起《た》つや忽《たちま》ち撃滅の
かちどき挙《あげ》る太平洋
東亜侵略百年の

野望をここに覆《くつが》えす
いま決戦の時きたる
二、行くやはげしき皇軍の
砲火を哮《さけ》ぶ大東亜
一発必中　肉弾と
散って悔なき大和魂《やまとだま》
三、見よや燦《さん》たる皇国の
歴史をまもる大決意
前戦　銃後一丸に
燃えて轟《とどろ》くこの歩調
今　興国の時きたる

この歌には皇国日本を賛美すると共に、南方アジアにおける西欧諸国によって、殆んどの国が侵略され植民地となり、権益が失われた。このたびの戦争は大東亜侵略百年の野望を打ち砕くための銘打っての戦いであることもアピールした讃歌でもある。

ところが戦争が長期化の様相がただよいはじめると、その物量の差が大きく戦況にも変化が起り、暗雲漂う日本の悲劇はここからしのび寄ってきたように思える。

ものの本（資料）によれば、一九四〇年当時のGNP（国民総生産）は日本を1として、アメリカは13。石油の産出量にいたっては日本を1に対してアメリカは300の比となっている。そのうえにイギリスも敵にまわしているので、国力の差は甚しくとても長期に及んで戦う相手ではないことを日本政府も知らない筈はないが、太平洋戦争はここにきて、物量による戦いにはいり日本の敗北感は日を追って色濃くなってきたようである。

次の歌が日本軍の戦力、物量の差で虚しく砕き散った悲運の歌といえよう。

アッツ島血戦勇士顕彰国民歌

一、刃《やいば》も凍る北海の
御楯《みたて》と立ちて二千余士
精鋭こぞるアッツ島

山崎大佐指揮をとる
二、時これ五月十二日
暁こむる霧深く
突如と襲う敵二万
南に迎え北に撃つ
三、陸海敵の猛攻に
我が反撃は火を吐《は》けど
巨弾は散りて地をえぐり
山容ために改《あら》まる
四、決戦死闘十八夜
烈々の士気天をつき
敵六千は屠《ほふ》れども
吾また多く失なえり
五、火砲はすべてくだけ飛び
僅かに銃剣　手榴弾
寄せ来る敵と相撃ちて
血潮は花と雪を染む

一九四二年、ミッドウェー島沖で日本海軍は敗北、続いてアメリカ軍の反撃は勢いを増し、ガダルカナル島に上陸し、生き残った日本軍は退却を余儀なくさせられ、そのことを大本営は敗退ではなく、作戦上の撤退と国民に発信をした。

西部太平洋の要所の島々は、アメリカ軍に占領され、日本軍のこれまでの制圧地域は、ことごとくアメリカ軍の制海権の範囲になってしまった。更に太平洋の北部、千島列島からアメリカのアラスカにかけての海上に位置するアリューシャン列島からなる北の守りに、「アッツ島」という日本の前線基地の島に、山崎大佐指揮する北海守備隊二五〇〇名があった。

戦の主戦場は太平洋南方面に注がれる中、突如としてアメリカ軍が空母部隊援護のもと、約一万一〇〇〇名のアッツ島への上陸作戦が展開された。

大本営はこれに対し、物量の劣勢を補うよう守備軍の要請を受けたが、それに対処できる輸送船団の殆んどは南方戦線に行っており、支援できる状況になく、必死に抵抗を続けているアッツ島守備隊に、「最後に到らば潔く玉砕をし、皇国軍人精神の精華を発揮する覚悟あらんことを望む」と大本営から無常の玉砕命令が届いた。

こうして破竹の勢いで進攻していた、日本軍は各地で劣勢の展開があり、これが日本の敗戦につながるストーリーになったと思う。

愛国の母たち

戦時中における日本男子は、二〇歳になると徴兵制度によって、徴兵検査の受検の義務が課されていた。

男の子として産まれ、成人になると徴兵検査の結果、甲種合格と格印された者は、軍人として出征が義務づけられている。その時の母親の思いはあまり語り知らされていない。

私の兄貴は幼少時の疾病のせいもあって、徴兵検査の結果は、甲種に及ばず乙種とされ徴兵は免れたが、軍事工場に属する事業所に徴用を義務づけられ、一定の期間職につかされていた。母親は自ら産んだその倅の乙種合格を何か知ら複雑な思いで、黙して語らなかった。あの時の母親の様相が少年の私の記憶として残っているが、もしかして中国の古語にある「人間万事塞翁の馬」の思いでいたのかも知らない。

昭和十四~五年の頃といえば、日中戦争が始って中国は国内的には、国民党と共産党が政権争いで武力衝突のさなかであったが、国家の危機をのり越えるために、一旦はお互いの争いを止め、手を組んで日本軍に対抗することになった。

日本側にあっては、政府の命令を無視して戦線を拡大した中国前線の陸軍を抑えることもできず泥沼化した戦争になった。

拡大する戦線のために、国家総動員法を制定し国が国民の財産を自由に使ったり、男子の徴兵令も令状をもって何時でも召集できるようになった。

その頃嘉手納の駅周辺で遊びたむろしていた吾

等少年の目にうつった光景があった。それは出征兵士を送る大勢の人たちが、日の丸の旗を片手に駅の構内に詰めかけ、励ましの旗を振る者、別れを惜しみ目に涙する者、別れ際の涙する親と子の姿など、この光景は日増しに多く見受けられるようになった。その頃流行《はや》っている出征兵士を持つ母親の歌があった。

軍国の母

一、こころ置きなく祖国のために
　名誉の戦死頼むぞと
泪《なみだ》を見せず励まして
我が子を送る朝の訳

二、散れる若木のさくら花
男と生れ戦場に
銃剣執《と》るも大君《きみ》のため
日本男子の本懐《ほんかい》ぞ

三、生きて還ると思うなよ
白木の柩《はこ》が届いたら
出かした我が子あっぱれと
お前を母は褒《ほ》めてやる

四、強く雄しく軍国の
銃後を護る母じゃもの
女の身とて伝統の
忠義の二字に変りゃせぬ

今、改めてこの詩を読んで見る。腹を痛めて産み育てたその愛し子が出征兵士となって親もとを離れるその際《きわ》に、「国の為だが天皇のために命を惜むことなく死んでこい」と愛国の母は別れを告げて言うのである。

その愛国の母親の心情、心境を往時のことと思い馳せてみるが「行く川の流れは絶えずして、しかも元の水にあらず」鴨長明の方丈記の思いに帰着してしまう。

次の歌も昭和一桁の人たちが口にした愛国の母の歌である。

九段の母

一、上野駅から　九段まで
かってしらない　じれったさ
杖《つえ》をたよりに　一日がかり
せがれきたぞや　会いにきた

二、空をつくよな　大鳥居
こんな立派な　おやろに
神とまつられ　もったいなさよ
母は泣けます　うれしさに

三、両手あわせて　ひざまずき
おがむはずみの　おねんぶつ
はっと気づいて　うろたえました
せがれゆるせよ　田舎もの

四、鳶《とび》が鷹《たか》の子　うんだよで
いまじゃ果報が　身にあまる
金鵄勲章《きんしくんしょう》が　みせたいばかり
逢いに来たぞや　九段坂

靖国神社へまつられた倅に会いに行った老母の歌である。

上野駅から老婆は杖をついて、一日がかりで九段坂を通り靖国の倅に会いに行く、大鳥居の大きさに圧倒、こんなおおやしろに神となった吾が子がいるとは、その嬉しさに涙がとまらない。

鳶が鷹の子を産んだ如く、天皇から授かった金鵄勲章を、母はこの身にあまる光栄をお前に見せたい。

おおよそこの歌意は、愛国の女か皇国の母か知らないが、人間の情愛、慈しみそして母性愛を裏切った母の姿が見えてくる。

歴史の狭間に生きている庶民は時勢の流れの中に生きのびて森羅万象の中で命をつなぎ、伝統をまもり成りゆきに任せて暮らしてきた。

戦争は自然を破壊し、人を殺戮《さつりく》するばかりでなく、生きとし生きているものの母性本能までも変えてしまうのだろうか。

次の歌も母親と産みの子の願いをこめた歌がある。

岸壁の母

一、母は来ました　今日も来た
　この岸壁に　今日も来た
とどかぬ願いを　知りながら
もしやもしやに　もしやもしやに
ひかされて

二、呼んでください　おがみます
ああおっ母さん　よく来たと
海山千里と　言うけれど
なんで遠かろ　なんで遠かろ　母と子に

三、悲願十年　この祈り
神様だけが　知っている
流れる雲より風よりも
つらいさだめの　つらいさだめの
杖ひとつ

「セリフ」

「又引揚船が帰って来たのに、今度もあの子は帰らない……この岸壁で待っているわしの姿が見えんのか……港の名前は舞鶴なのになぜ飛んで来てはくれぬのじゃ……帰れないなら大きな声で……お願い……せめてせめて一言」。

「あれから十年……あの子はどうしているじゃろう。雪と風のシベリアは寒いじゃろう……つらかったじゃろうといのちの限り抱きしめて……この肌で温めてやりたい……その日の来るまで死にはせん。いつまでもまっている」

「ああ風よ心あらば伝えてよ、いとし子待ちて今日も又、怒涛砕《どとうくだ》くる壁岸の母の姿を」

母の歌、前の二つの詩歌は、愛国か皇国の母である。切ない時勢の中で親子の情愛とて抑えて、国家総動員という大使命を果さなければならない。

国のために死んだら靖国神社に神となってまつられる。天皇陛下から金鵄勲章を賜わる。大和民族として名誉ある最后をとげられたと讃えまつられる。

太平洋戦争で追い詰められた日本は、本土決戦と呼ばれた頃、新兵器ができたと宣伝・報道をして、精鋭の若者を募った。それは人間魚雷で敵の艦船を爆破する狙いの新兵器であった。

鹿児島の知覧の飛行場から昨日も今日もと沖縄戦へと特攻で出撃をする。その仲間を見送る者たちは、それを止めさせる事は誰もできない。そこには「疚《やま》しい沈黙」しかなかった。このような国家の大使命の前には、母性愛も慈愛も憚《はばか》ることはできない。これが戦争なんだろう。

戦争は終った。海外にいた日本人は引揚げを強要される。満州や朝鮮からの帰還者は舞鶴港に寄港させられた。

満州へ出征をした独り息子の帰りをひたすら待つ母親の姿が、引揚船の帰港のたびに見かけられた。それは実在のことで、独り身で内職をしながら、吾が子の帰りを待っている年老いた母親の姿がＴＶで動画が出た。それがモデルで「岸壁の母」として作詞・作曲されひろく歌いつがれた。

ところがその息子は、最后の引揚船にも乗せてもらえることもなく、また母親も吾が子の帰りをひたすら待ち詫びながらこの世を去った。

こうしたかずある歌の中には、その時代をうつす事件・事象の他に悲喜交ごも庶民の息遣いや、諸行無常がそこにはあった。

歌は世につれ、世は歌につれとは、まさにこのことを意味あらわしているのだろうか

（元沖縄こどもの国園長）

私の事件簿と活動シリーズ

喜友名朝順

男色々女も色々

一．銀行幹部が多額横領・女と駆け落ち

森山朝雄が暴力犯、知能犯を担当する那覇署刑事二課長の時の事件です。昭和四十七年の暮某銀行幹部が取引先の銀行から文書偽造して九百万円を横領して部下の女子行員と共に東京に逃避行、つかの間の愛欲生活の末逮捕された事件である。主犯は、妻子と暮らす銀行の調査役A三十三歳、同じ銀行の女子行員と男女の仲になり、連日那覇の高級割烹等で飲み歩いていた。遊興費も「ドルと円の交換差損補償の他人名義の預金」をごまかして横領した他人の金である。銀行の金を横領して二人で新しい生活を夢見て東京へ駆け落ちする相談をして男女は実行した。

銀行は大騒ぎ、相談を受けた。事情を聞くと女子行員との仲を上司が知り注意をしたことが分かり、相手の女子行員も判明した。

三日後に女子行員が戻って出勤したので事情聴取したが、最初は「私も刑務所に行くの？」と共犯者にされることが怖くて口を開かない。参考人ですから安心してありのまま話しなさいと説得してようやく語りだした。宿泊した新宿のホテル、飲食した高級レストランを思い出してもらって凡その場所が分かった。女子行員二十一歳は、「二人で駆け落ちして新しい所で暮らそうと誘われたが、持ち逃げした金で贅沢三昧に遊ぶので怖くなって帰ってきた」と供述した。逮捕状を取り捜査員島部長刑事と大嶺刑事の二名を派遣した。警視庁の他の県と捜査協力を担当する「地方課」の共助担当与儀さんは幸いウチナーンチュ、親身になって協力してくれた。この男の父親は元琉球警察の大幹部でした。本人は高校時代から柔道が強くて、本土の大学に進学、卒業と同時に警視庁

に誘われて武道要員として採用されたということです。沖縄県警からすると実に頼れる存在の人です。

新宿歌舞伎町を中心に聞き込み捜査を開始、立ち寄り先を突き止めて、張り込むこと二晩、「カウンター席で飲んでいる男」に不審を抱き店外に連れ出して職務質問した。

男Aは観念して、抵抗することなく捕まった。新宿駅のコインロッカーに預けていた「五百万円」と立ち寄り先の店に預けていた「三百七十万円」押収して被害を最小に抑えて、被害者に還付した。

東京では別に横領した金を多く使い、本件の被害は三十万円に抑えた。逃走から十一日目で事件は解決した。

立ち上がりが早く被害を抑えることが出来て信頼を確保することができた。

主犯のAも生きていれば八十歳になる。刑務所を出てどこで何をしているのか。高校を卒業後別の銀行に就職したが、上司との折り合いが悪くやめたとなっているが、被害にあった銀行が調べたところ「横領が発覚して辞めた」事が分かった。被害銀行で百二十名の応募者の中からAを含む八名が中堅職員として採用された。発足したばかりの先島の支店で支店長の代理役を兼務する等将来を嘱望されていた。先島から帰ってからも主要ポストを歴任していたという。課長代理になってから生活の乱れがあった。被害銀行からも生活費として「百五十万円」の貸し出しを受け、更に友人名義でも借金していた。家族の面倒はいい加減だったと言う。この頃から人生の歯車が狂い始めていたように思われる。

又女子行員は元気でおれば六十八歳になる。どのような人生を送ったのか気になるところである。可哀想な人は妻と子供である。銀行からの借金が残り、働き手を失い苦難の道を歩いたであろう事を想像する。

当時の新聞報道を見ると、「A東京で逮捕・

八七〇万円は無事・女性連れて遊興三昧」の見出しで社会面のトップ記事の文字が踊っている。

二．時効寸前に地面師逮捕

これも森山朝雄が那覇署当時の昭和四十七年の事件です。事件は他人の空き地を自分の土地のように見せて「この土地を買って転売すれば、二、三倍ですぐ売れる」と老婦人を口車にのせ、現金、土地等三千万円以上の被害を負わせ逃亡していた地面師T五十五歳の詐欺事件である。詐欺罪の時効は七年、事件は六年前昭和四十一年六月の発生である。森山が刑事二課長に着任して捜査記録を見ると、何と「時効まで残り三か月」。発生当時の捜査員も転勤して誰もいない。捜査記録も古びている。那覇署が被害届を受けて捜査に着手、共犯者の土地ブローカーY五十二歳を逮捕したが、「主犯はT」と分かっただけで後は固く口を閉ざした。

共犯者が逮捕されて、警察の手が伸びた事を知ったTは転々と逃亡生活、一度逮捕されそうになったが、追っ手をかわして逃走した。

「こんな悪質な者をみすみす時効にしては大変」と森山課長は残り少ない日数に全力投球した。

再捜査したが、主犯Tの所在はつかめない、捜査員は焦る。ようやく不動産業者の協力で、突き止めた。今度逃がしたら時効まで逮捕できないかも知れないと慎重に計画した。主犯Tを含むブローカー数名で設立準備している事務所に、客のふりして偽電（偽電話）、所在地を確認した。刑事二課の知能、暴力の全刑事を動員した。客を装って事務所を包囲、中に入ると、主犯Tを含む数名が車座になって酒を飲んでいた。数名の刑事がTを取り囲み、「Tですね」と人定、逮捕状を示して逮捕した。さすがの詐欺師も捜査員の勢いに負けて観念した。時効寸前の捕物劇に刑事たちはさすがにほっとした。

当時の新聞報道は、「執念の追跡に凱歌・時効寸前にご用」の見出しで警察捜査を評価した。

三．三人の女を支配する男

この事件も森山課長が那覇署当時の事件です。暴力団の準構成員C二十八歳を、「拳銃不法所持」の疑いで逮捕、取調べたが頑強に否認して捜査は難航した。Cから「実は男の持ち物に歯ブラシの柄を丸めて入れてあるが、化膿して困っている病院で治療したい」と捜査員から森山課長に報告された。

森山は、安謝で開業している高校の同期生の医者に、事件で捕まって来る暴力団員を診察させて馴染みになっていた。事件は難航していたが、人道上治療させることにした。森山は、日頃から先生にはお世話になっており、お礼がしたくて同行したが、男の持ち物に玉を入れてあるのを見たい好奇心の方が強かった。

持ち物に十二個の玉を入れてあるが、最近入れた所が化膿していた。長年医者をして色んな患者を見ているが、先生も初めて見ると言う。森山の顔を立てて親切丁寧に治療を済ませて「勃起状態」の持ち物を見た。まるで蜂に刺されたように突起が沢山出来ている。医者は「何のためにこんな事をするのか」と仕事上の興味か私的な興味かわからないが真剣になって尋ねている。

Cは平然と「この持ち物で三人の女を支配している」と言う。これでセックスすると、女は興奮のあまりベッドから落ちる事がある。女にはやめられないと言う。全てその日その日の稼ぎをしている夜の商売の女ですと言う。女の売上の半分を貰って暮している。

「しかし僕はちっとも楽しくない。痛くて苦しいが仕事ですから我慢をしている。言わば『商売道具』です」と言う。

この件があって捜査員との関係も良くなり全面自供した。辺野古の山に油紙に包んで埋めてあると自供した。森山も現場で立ち会ったが、地中五十センチ位から、油紙に包まれた四十五口径の米軍の軍用拳銃を発見、押収したが、所々錆している。

署に持ち帰って石油に一晩つけて、錆落とし作業中に、Cの弁護士が来て、「君たちは錆びて使い物にならない拳銃を磨いてまで犯罪人にするのか。怪しからん」と凄い剣幕である。弁護士の常套手段の捜査の牽制である。森山課長は「一晩つけたら錆も取れて拳銃の発射機能を回復している。人も殺せる」立派な不法所持の犯罪ですと一歩も引かない態度で対応、弁護士もそれ以上何も言わなかった。

四．売春婦も色々

森山朝雄が県警本部防犯部参事官兼防犯課長の時、平成五年の売春婦を斡旋した事件です。男が落ちる先は「暴力団」と言われる。男色々裏社会の男達を書いてきたが、最後は女が落ちる先は「売春婦」と言われる。売春婦の実態について書いてみたい。

ここ四、五年沖縄市の売春街「吉原」、宜野湾市の売春街「真栄原」以外の組織的な売春事件が挙がっていない。県の「売春対策会議」に森山課長は県警代表で出席すると、売春事件の検挙がなく、担当課長としては肩身が狭い思いをした。捜査員を督励して情報収集に力を入れた。

経営者K子四十歳はカフェーに「売春させる契約で採用したホステス」を働かしている。営業担当の二人が観光客の団体と事前に話をつけて、那覇市内のホテルや有名料亭等の観光客を集めて接待する場所に「コンパニオン」を派遣、二次会としてK子の経営するカフェーに移動。一人当たり入店料二時間五千円で飲食させ、商談成立したホステスを「エスコート代」五千円を支払って連れ出し、波之上のラブホテルで売春、客から売春代金二万円を受け取る仕組みになっていた。

沖縄も「ミーニシ」が吹き始まる頃の寒風の吹く中を捜査員は波之上のホテル街を張込み、怪しい男女を見付けて素早く男女を引き離して個別に聞き取り、裏付け捜査を根気強く実施して実態が判明容疑を固めた。

売春の舞台になっているカフェーの一斉捜査する日を選んだ。週末ホステスが多く出勤する日に捜査を決行した。森山課長が陣頭指揮した。

経営者K子に捜索差押許可状を示して捜索開始、ホステスは十二名出勤していた。事前の打合せ通り、店内の照明を上げて全員座っているテーブルの上に「ハンドバッグ」を逆さにさせ所持品を確認した。狙いは組織的犯罪を立証する証拠品「同じメーカーのコンドーム」を押収することである。

狙い通り皆さん同じメーカーのコンドームを持っている。出勤すると、直ぐにカウンター席の経営者Kからコンドームを受け取る仕組みになっていた。組織的売春事件であることが立証出来た。

売春婦は、二十四歳から四十六歳までの主婦がほとんど。売春婦の売上は売春代だけで、それ以外の収入はない。多い時には月八十万円、少ない時には三十万円の稼ぎになったと言う。

被疑者Kは別にもカフェーを経営しているが、普通のホステスとして採用した後、「もっと金になる仕事がある」と持ちかけて売春婦にしていた。

森山課長は、「生活の為に仕方なく売春婦になった」と言う固定観念があったので、女達を地獄の苦しみから解放してやった。警察は悪質業者を検挙して社会貢献したと考えていたが、実態は必ずしもそうではないような気がした。取調べに対して女達は誰も皆明るい表情をしている暗い影がない。理由は、売春相手が全員観光客で「知り合いに会う心配がない」事が彼女たちを大胆にしていると思われる。ある女は、「好きなタイプの男には一回目は仕事、二回目は恋愛でただ」と平気の女もいた。別の女は主人には普通のスナックで働いていると嘘を言って出て来るので、帰りにはスナックに立ち寄りビールを飲んで酒の匂いをさせたという。警察が女たちの稼ぎを奪ったのではないかと自問自答した。

刑事、防犯等の仕事で、事件の裏で生きている様々な人間模様「男色々女も色々」を見て来た。

縄文人を訪ねる旅

一．はじめに

私の住んでいる北谷町桑江には数年前から、元沖縄県考古学会長の知念勇さんを講師に招いて「歴史散歩」と称する歴史愛好者のグループがあり、毎年琉球歴史を勉強する旅をしている。

今年は「伊是名、伊平屋島」を訪ねた。十八名の大所帯になった。昨年実施した北谷町主催の「縄文人養成講座」を修了した方々が新たに参加したためである。事務局長は、公民館主事の中村晴恵さんですが、旅の企画、立案から乗り物、宿の手配等を一手に引き受けている。何時も見事に処理しており、会員一同感謝している。中村さんなしではこの会の運営は出来ない存在になっている。

私は、「伊是名、伊平屋島」の歴史以外に地層が古い事に興味を持ち、その方面の予備知識を仕入れて参加した。古の人で島にロマンを感じて琉歌を詠んだ人がいる。

「とりの伊平屋岳や、浮上てど身ゆる、遊でうちやがゆる、わたまくがね」

(凪のときの伊平屋の山々が浮き上がって見えるように、皆で遊んで目立つのは私の恋人である の意味)

上句を伊平屋の山々、下句は恋人を称賛する歌である。この歌を読んで伊平屋島の地層以外にも興味を覚えた。

一〇月の末、台風二十二号の影響で荒れた海を予想していたが、新造船のフェリーはそれ程揺れることもなく久し振りに快適な船旅を楽しんだ。

最上階で波を蹴って白い航跡を描いて進む様を眺めていると、遠い昔八重山へ赴任した時を思い出した。最果ての島に転勤をすることになり、期待よりも不安が大きく心の中は沈みがちの心理状態の中、デッキで航跡を見ていると当時流行った小林旭の「さすらい」の三番の歌がラジオから流れている。

♪後を振りむきゃ　心細いよ　それでなくとも
遥かな旅路　いつになったら　この寂しさが
消える日があろ　今日も今日も　旅行く

最果ての南へ流れる自分と歌詞が重なり胸を締め付けられる思いをした事を思い出した。青春の日の切ない想い出である。思わず口ずさんでいた。今でも三番だけは忘れずに鮮明に覚えているから不思議。

二．伊是名島

伊是名島は、第二尚氏の最初の王様尚円の生まれ育った島として知られている。

若き日に首里の方向を指し大きな望みを抱いている凛々しい尚円の銅像、沖縄芝居でお馴染みの「逆田」を見た。田圃の上に湧水があるように感じた。敢えて「逆田」としたのは尚円を神格化するための伝説と理解した。

尚真王が建造したと言われる「伊是名の玉御殿」は、見事な「相方積み」の石垣、首里の「玉御殿」にも劣らない立派な建造物だ。片田舎の離島で造る工事は言語を絶する難工事だったと想像する。名君と言われた「尚真王」の祖父母が埋葬されており、祖先を敬う優しい心根に人柄が偲ばれる。尚真王の時代は、まだ第二尚氏の基礎が固まらず、宮古、八重山、与那国島、久米島の地元の豪族を平定して朝貢させてようやく基礎を築いた時期であり、このような状況の中で「伊是名の玉御殿」をよく完成させたものである。

伊是名島の集落で、沖縄の原風景に出会った。多くの家が、赤瓦屋根に「サンゴ礁」を野面積にした防護壁の家並みである。どこか竹富島に似た風景だ。

「伊是名村ふれあい民俗館」を見た。仲田上遺跡の縄文晩期の竪穴式住居、土器、石器、礫が堆積している地層がほぼ完全な形で保存展示されている。

更に縄文晩期具志川島で発見された「貝輪装着人骨」を見たが、当時既に高度の生活水準であったと思われる。具志川島は無人島になっており島を見ることはできなかったが、資料によると昔は遺跡の宝庫と言われ、「岩立遺跡、親畑遺跡、クチヤー遺跡」があった。縄文晩期から弥生、平安並行期までの遺跡がある島です。

具志川島の縄文人は、海の幸、陸の幸に恵まれて貝輪を装着して朝日、夕日を拝んで優雅な暮らしをしていた「桃源郷」を想像する。


島の民宿で夕食会を開催、生ビールを飲みながら楽しい交流会になった。各人が思い思いに旅の感想を述べた。何時ものことですが和気あいあいと旅の楽しみです。

翌日の早朝に、仲田港の水平線から昇る朝日を見た。これも地質学の本から仕入れた情報で、仲間の皆さんにも紹介してあったものである。実に綺麗で神々しさを感じて心に残る光景になった。仲間が数人朝日を見にきて賑わった。島の朝日、夕日を見ることが多くなった。

三. 伊平屋島

旅の二日目は、伊平屋島へ渡ったが、定期船はなく、釣り船のような船で渡った。台風二十二号の影響で、小舟は烈しく揺れた。内花港から野甫港まではたった十五分の航路ですが長く感じたし、遥か昔八重山へ赴任した時の、地の果てに行くような寂しさを今回も感じた。

伊平屋島のクマヤガマ

野甫の港は、人の往来もなく寂しい港である。

伊平屋島は第一尚氏、尚巴志の祖先に当たる屋蔵大主が祭られている「屋蔵墓」を見たが、海岸沿いに洞窟を利用して造られた墓である。簡素ではあるが古代の雰囲気を漂わせる墓である。第一尚氏と関係の深い島であることが分かった。

島で多くの「神あしあげ」を見た。茅葺きの粗末な建物は軒先が極端に低くなっている。昔のままの伝統的な茅葺である。県の「有形民俗文化財」に指定されているという。

伊平屋島は、古くから伝統的な祭りの島でもある。「シヌグ」「ウンジャミ」豊年祭と暮らしの中に祭りが定着し、人々の姿が織り込まれて残されている。

「クマヤ洞窟」を見たが、高い大きな岩は褶曲もはっきりと観察出来る。二億年前の地層で「伊平屋層」と呼ばれる緑や赤みを帯びたチャートの地層である。沖縄北部の褶曲も見たが、遥かに迫力があり、感動した。数万年前の烈しい地殻変動を想像する。

「久里原遺跡」は、平地に背後はドングリの採れる森になっている。縄文前期から人が住み続けた遺跡である。伊平屋歴史民俗資料館を見たが、担当者の説明では、伊平屋島の地層は二億七千万年前のものであると言う。土器は、荻道式、伊波式もあるが、奄美大島系の土器が多いのが特徴である。展示室には奄美大島系の土器の紋様を整理して、どこの遺跡の紋様かすぐ分かるようにしてある。ちなみに私が訪れたことのある宇宿遺跡の「宇宿上層式土器」は縦に三本の線の紋様である。他の五箇所の遺跡の紋様も展示されていた。

文献では、奄美大島は沖縄と同じ「中文化圏」ということは知っていたが、実際に伊平屋の土器を見て同じ文化圏であることが理解できた。

しかし具志川島、伊平屋島の小さな島に縄文人が暮らしていたのは驚きである。集落の前が豊かな海、背後がドングリ、イノシシの採れる豊かな森で暮らしやすい条件が揃っていたのだろうか。

沖縄本島では、「シカ」の化石が発見されているが、伊是名島、伊平屋島では発見されていないと言う。本島が大陸と陸続きの時代に両島は既に島の形が出来上がっていたのではないかと考える。

今回の旅は縄文人をより深く知ることができて素晴らしい旅になった。

人間一寸先は闇

一・薬剤アレルギー

談笑二十一号で「人間一寸先は闇」のタイトルで事件に関しての他人の一寸先は闇を書いたが、まさか自分が一寸先は闇を経験するとは夢にも思わなかった。

事件の場合は、本人の心掛け次第で防げるが、私の場合は、防ぐことができない「一寸先は闇」を経験した。

「薬剤アレルギー」です。八十年近く生きて自分が薬剤アレルギーの体質であることが初めて分かった。九月に胃腸の内視鏡検査をして「ピロリ菌」があるので、除菌しようと勧められて五日分の薬を服用して終わると同時に発症した。

朝起きてみると、発熱があり、全身に倦怠感がある。身体を見ると、顔以外の両手、両足、胴体に赤い斑点が出ている。ベッドから起き上がろうとするが、両手に力が入らない。

物を押さえて立とうとするが、掌に激痛が走り立てない。

医者は「スチーブンスン・ジャクソン症候群」と診断した。口内炎も発症したので、食べることも水を飲んでもしみて痛い。更に両肩が痛くて、寝返りができない。こんな苦しみは生まれて初めての経験である。

正に「一寸先は闇」を実感した。自分は「アレルギー体質」と分かっていれば予防もできると思うが、知らないので防ぎようがない。調べてみると「難病」に指定されていて、年間百万人から五～六名の発症しかない病気だと言う。斑点が多くなると死ぬこともあるという怖い病気でもある。目には見えないが、白血球減少等内臓器官にダメージを与えると言われる。資料には「目」がダメージを受けて視力低下、最悪は失明することもあると言われるが、私の場合は、目は大丈夫でしたが、白血球減少があった。毎日病院通いで点滴治療を二週間以上も続けて、ようやく斑点が引いた。

しかしながら両肩の痛みは取れず、痛み止めを服用した。この痛みが暫く続いた。

体力もある程度回復したのでゴルフレンジで打ってみた。ドライバーの飛距離が大幅に低下していることに大ショックです。右足の踏ん張りが効かない。諦めずにレンジ通いをして回復を期待した。大技がだめなら、グリーン周りの小技を多く練習して精度を上げたいと願っている。

二か月が経過して回復基調にあるので希望を持って練習している。

この際、高齢者でもゴルフが楽しめる打ち方を徹底的に研究して、九十歳までゴルフが出来るように、気力、体力の維持、向上を図る努力をしたい。

しかし、「不安なこと」がある。二十歳の時に痛めた膝関節の古傷が再発したようだ。

首里署普天間警部補派出所に勤務していた時は祖国復帰前で、消防業務は警察が管理していた。火災発生を受けて、同僚と二人消防車の手すりを捕まえて緊急走行中、石平の交差点を右折したが、曲がり切れず横転、ふり飛ばされて、道路に右膝を強打した。後遺症となって、転勤先の八重山で痛みが発生した。柔道をするのに膝にチューブを巻いて稽古した。「針治療」を続けてようやく治った。今回の「薬剤アレルギー」でダメージを受けたようで痛くはないが「違和感」がある。

地域の敬老会の幕開けで、正座したら足が痛い。初めてのことです。我慢して三曲を弾いたが、集中出来ず失敗した。この時初めて右膝の異変に気付いた。

今は何とかゴルフが出来るが、これ以上悪化することが怖く、不安でもある。

二．意識不明

地元の歴史愛好会の皆さんと伊是名、伊平屋島の歴史散歩旅の反省会と忘年会を開いた。風邪気味でしたが参加した。

生ビール二杯とワイン二杯を飲んでカラオケを歌ったが、二曲目を歌うつもりで立ち上がった時に「軽いめまい」がしたが、酒を飲んで少し酔っていたので、酒の影響と考えてそのまま歌い終わって席に戻った。

喉が渇いていたので水を貰って飲んだが後は分からない。気付いた時には椅子から床に落ちて横になっていた。周辺の人が背中、手をさすって心配そうに見ていた。

暫くして救急車が来て、いろいろ聞かれて救急搬送された。家族への連絡先を聞かれて妻に連絡して貰った。救急隊員は気をきかせて「大丈夫ですから病院には慌てずゆっくり来て下さい」と伝えた。近くの総合病院の救急室で応急処置を受けた。担当医の問診にも的確に応えた。担当医は、考えられるのは、「脱水症状」か「酒の飲み過ぎ」と言う。

思い当たるのは、「喉の渇き」があり、脱水症状だと言う。

様子を見るために一晩入院することにした。水分補給の点滴治療を受けた。

翌日心臓の検査をして異常なしで退院した。朝の「病院食」も経験したが美味しいものではない。保険適用で三万二千円を支払った。

命は助かったが高く付いた。

消防隊員に聞いたら意識不明の時間は「二分間」だということです。

「二度あることは三度ある」と言う諺もあり、三度目がないように万事用心して行動している。酒は少しずつ慣らし運転をしているが、今の所少しの酒は大丈夫のようである。

人間一寸先は闇である事をお忘れなく、用心が肝心だと思う。

ゴルフの楽しみ方

最近は、加齢と病気（薬剤アレルギー）の影響で、体力が低下して、ゴルフの飛距離が大幅に低下した。このような中で以前のようにゴルフを楽しむ方法はないかと模索した結果、禅の言葉に「歩歩是道場」がある。禅の修行は僧堂で座禅を組んでいることだけでなく、一挙手一投足の日常全てが修行である。日常生活の中の一歩一歩、全てが修行道場である、と言う意味。「ゴルフ場」は遊びの場所から「人間修行の場」と考えて次のようなことを試行して、楽しんでいる。九十歳までゴルフを楽しみたいと願っており、実現出来るように心身の鍛錬に努めている。

1．ドライバー（3W他）

考え方の基本から変えた。ドライバーは、２００ヤード、スプーンは１５０ヤード飛べば、４００ヤードでも３オンして２パットのボギーで上がる事が出来る。運が良ければ「寄せワンのパー」もある。これまでの経験では、ティーショットをミスして、ＯＢを出して大叩きが多い。ミスの原因は腰、肩の回転不足で、軌道が「アウトイン」になり球は左方向に飛びＯＢ、ラフ。打ち急ぎで腰が開いて右方向のラフ、山への球になりトラブルが発生していた。

改善方法として、ドライバーは、レンジでの練習には、「ミスすることの練習」から始めている。意識的に「アウトイン」に打って左方向に行くのを確認、修正方法として、時計の9時にスタンス、軌道を30－60時分方向に意識すると、球は正面方向に飛ぶ事が分かる。要するに「半円形」にして遠心力で打つイメージを作る。

本番では肩が浅くなるので、少し深く35－60の深さを意識する。トップで左腕を伸ばして、右腕は右脇腹を付けて、思い切り右腕を伸ばし、腰の回転で打つと楽に２００ヤードは飛ぶ。

どのクラブでも基本的には「30－60」の軌道のスイングをする。

2．バンカー

25－55方向に少しアウトインのスイングをする。ソールから入りいい打球になる。使用クラブはサンドウエッジ。潜っている「目玉球」は、フェースを開かず打つと容易に脱出できる。関心のある方は試してみてください。

3．パター

距離を歩測、上り下りを即座に計算して増減する。計算した距離を勇気を出して打つ。特に下りは勇気がいる。スライス、フックは曲りを素早く計算して、打に集中する。「カップからオーバーさせ、ショートは絶対させない」届かなければ

100年打っても入らない。届けばまぐれで入ることもある。理屈はそうであるが実際には二つから三つ程オーバーし過ぎて返しが入らず3パットがある。救いはショートが全くなくなったことである。「振り幅」で距離を調整している。

グリーン周りはパターを多用する。近いうちに「得意クラブはパター」と胸を張って言えるようになりたい。

4．アプローチ

障害物が無ければ7番を使う。ピッチエンドランはPWを使う。ランが要求される場合は9番を使用する。

レンジでの練習は、開場前に行き、7番で40－30ヤードを練習、振り幅の大きさ、キャリーとランの割合を覚える。PWで30－20ヤードの振り幅を覚える。無料で練習出来るので助かる。

5．メンタル

バンカー、ラフに捕まったら「練習のいい機会」と捉えて修行のつもりで前向きの思考に切り替える。バンカー、ラフからの脱出を楽しむ。

一打、一打を大事に最後まで諦めないでプレーする。今までは慎重さを欠いて、クラブも変えずに持っているクラブで間に合わせていた。これからは慎重にクラブも適したものに変えて打つことに徹することにする。

早い段階でダブル、トリプルが出た場合は、「借金返済の楽しみ」と考えて、借金を返済する。結果として借金を完済した。調子良くお釣りが来たならば最高の楽しみである。万事前向きに考えてプレーすることで、ゴルフが楽しくスコアも付いてくることが分かった。

高校の同期生コンペで早速効果が現れた。「寄せワン」が多くなっている。久しぶりの「2位、優勝と好調」で賞金を稼いだ。実に痛快である。

（元県警察本部捜査一課長）

ナイチャー名字の沖縄生まれ、沖縄育ち

嘉納　英明

1．沖縄への移住者

　沖縄への移住ブームはひと段落ついたようであるが、それでも県外から沖縄への移住は続いている。移住者は、沖縄本島はもとより宮古や八重山諸島にもひろがっている。移住先への住所変更届を出していない幽霊人口の増加や地域の慣例をめぐって地元のウチナーンチュと軋轢が生じているという話も聞く。沖縄の社会に異質な文化をもつ他者が侵入し、そこで対立と葛藤が生じているとでもいえようか。近年の移住希望者の理由は様々であるが、沖縄の温暖な気候と独特の歴史や文化、沖縄へ旅行に来て、ウチナーンチュとのかかわりのなかで、沖縄が一段と好きになったことで移住を決意した者もいることだろう。大都会の暮らしに疲れ、沖縄にあこがれを持って移住してきた者も少なからずいるはずである。自分らしい生き方を求めて沖縄移住を決断した者もいるかもしれない。

　離島では、人口減少・定住対策として、空き家を安く貸し出しているところもある。それを利用しての定住を試みている者もいる。那覇市などの大きな町だけではなく、山間部や小さな集落にも県外出身者が生活を営み、その小さなコミュニティへ溶け込んだ者は、第二の故郷としての沖縄生活を充実させている。しかし、移住者の大半は数年で戻るということも耳にする。沖縄の文化のなかに溶け込み、ウチナーンチュと共同的に生活を営むことは、彼らにとって思っていた以上に難しいのかもしれない。

2. 沖縄社会のナイチャー名字

昨今の県外からの移住者は、全国の至る所から来ているが、米軍占領下の時代（1945年〜1972年）は、主に、奄美大島や徳之島などの鹿児島県の離島出身者が沖縄へ進学や職を求めて移住してきた。戦後のスクラップブームや基地建設ブームによって土建産業の勢いがある頃に沖縄へ来た者もいれば、鹿児島本土の大学よりも琉球大学をはじめとする沖縄の大学への進学のためにやってきた若い者もいた。当時の沖縄は日本ではなかったから、パスポートを持っての沖縄入りである。彼らは、沖縄の地で暮らしながら、郷友会を組織化し、郷友会主催の運動会等を催したり、模合を起こしたりして郷里出身同士の絆を深めてきた。在沖奄美郷友会、瀬戸内郷友会、徳之島郷友会などがその例である。ただ、鹿児島の離島出身者といえども、沖縄社会では、正真正銘の内地の出身者であり、また、沖縄の方言を理解できない、話せないということは、どんなに沖縄のことが好きでも、そのコミュニティに溶け込もうと努力しても、ウチナーンチュではないとの烙印をおされたことだろう。

沖縄に進学や職を求めてきた県外出身の一世は、日本人としての自覚をもちながら沖縄社会で暮らすことになるが、身に染みたこれまでの習慣と沖縄のそれとの間で様々な対立と葛藤を抱きながら、沖縄での生活を送ったことだろう。この一世の心境について議論することも興味深いが、ここでは余裕がないので、県外出身の一世の次の世代、「ナイチャー名字の沖縄生まれ、沖縄育ち」のアイデンティティをめぐる私的葛藤について話を進めたいと思う。この話の題材は、私自身のことである。私の「嘉納《かのう》」という名字は、「東《あずま》」、「祷《いのり》」などと並んで、奄美大島を含む鹿児島県に多く存在しているが、それこそ、復帰前までは、沖縄ではほとんど聞いたことのないものであった。ウチナーンチュのなかには、読み方さえ知らない者も多かった。沖縄では、全くのマイナー名字であった。これらの名字は、県外出身の証明であり、ウチナーンチュではないことを示していたのである。

3.「嘉納」の名字による困惑例

　私の父親は、鹿児島県奄美大島に連なる加計《かけ》呂《ろ》麻《ま》島の嘉入《かにゅう》出身である（下の地図参照）。嘉入は、いまでこそ世帯数も数える程度の過疎の村であるが、戦前と戦後の一時期は一定の世帯の住民が農業で生活を営み、嘉入を校区とした須子茂《すこも》小学校にも多くの子どもが通っていた（現在、同校は休校）。嘉入の「嘉納家」は、元々鹿児島の島津の下級武士だったと父親から聞いたことはあるが（本当のところは農民だったと思うが）、確かめる術はない。戦後しばらく嘉入の実家の大きな木箱に火縄銃の銃身の塊があったというが、実家そのものが朽ちてなくなり、その塊はいまでは所在不明である。戦後、実兄と共に沖縄本島へ出稼ぎにきた父親は、糸満市与座出身の女性（母親）と知り合い、結婚した。住まいはコザ市（現在の沖縄市）の照屋であった。母親の旧姓は、平良である。復帰前のことであり、その頃の照屋地区は、黒人相手の飲食店が軒を連ね、夕方以降は、ネオン街となり、怪しげな空間を形成していた。照屋を含め当時のコザ市は、沖縄の至る所から集まる寄留民の町であった。米兵とウチナーンチュとの間で生まれた子どもも多数生活していた。

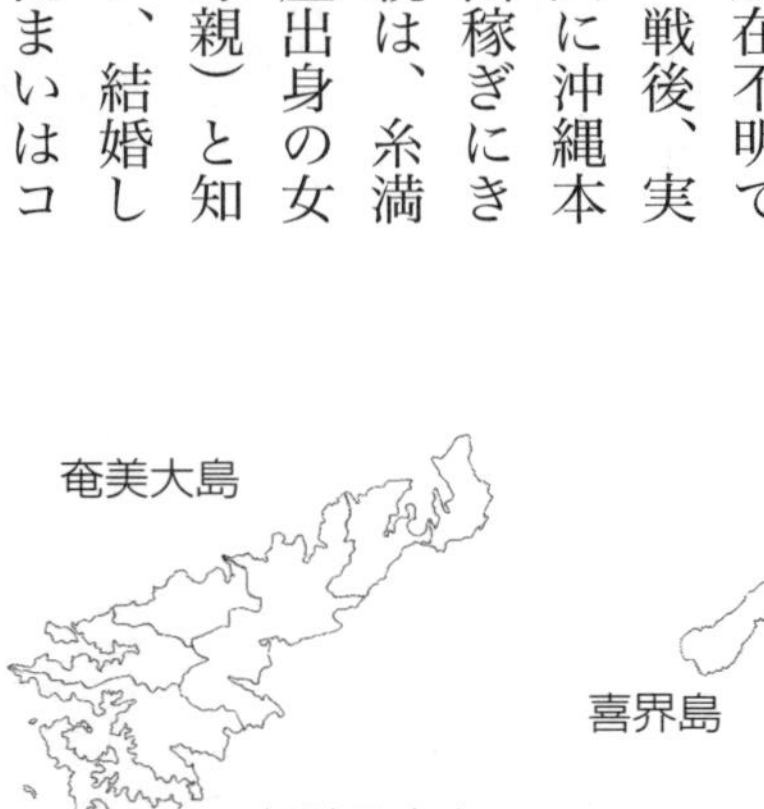

　私は、安慶田幼稚園に入園したが、ネフローゼ（腎炎）になり、数か月で「退園」した。小学校

の入学までの半年以上、中部病院の病室にいた。小学校への入学を心待ちにしていたが、入学して初めて、自分の名字である「嘉納」をめぐって葛藤を覚え始める。それは、「嘉納」の名字をめぐって次のようなことが続けざまに起こったからである。

まずは、呼び名である。小学校に入学して、様々な場面で呼ばれるが、ほとんど「喜納君《きな》」であった。「嘉納君」と一回で呼ばれたことは、なかった。病院の待合室でも、度々、「喜納《きな》さん」と呼ばれ、私が「嘉納です」と返すと同時に、隣の知らない「喜納《きな》」さんが「はい」と返事をした。その時、呼名をした看護師にどのように説明したらよいのか、困った。また、病院で、「嘉納英明」を「きな えいめい」と呼ばれた時には、「一体誰のことか」と周りを見渡した。今では、番号札で呼ぶので、そんなことはなくなった。

次に、名札である。当時の名札は緑色のプラスチック板に白色の名前が刻まれたものであった。一度刻まれた名前は修正がきかない。作り直しである。作り直しは、時間がかかった。担任は名簿を業者に手渡し、しばらくして名札が納品された。小学校低学年の頃は、ひらがな表記であったが、中学年からは漢字表記である。担任から手渡されたものは、「喜納英明」という全く知らない名前であった。「嘉」ではなく「喜」となっている。どう読んでも、「かのう」ではなく、「きな」である。「喜納《きな》」は沖縄社会のなかで市民権を得たポピュラーな名字であるが、業者にとっては、「嘉納《かのう》」という名字は聞いたこともなければ、見たこともなかったのだろう。それで、「嘉納」と記載された名簿の名字を「喜納《きな》」と読み、刻印したのではないか。ちょっと注意すれば（漢字の下に「カ」があるのか、ないのか、である）、「嘉納」と「喜納《きな》」の区別はできる。周りの者にとっては、小さな間違いだというかもしれないが、本人にとっては由々しき問題である。担任には、間違った名札（名字）だと突っ返した。

また、ゴム印の名前があった。「出席簿」や「よいこのあゆみ」などに使うものである。担任が保管していた。これも「嘉納」ではなく「喜納《きな》」となっている。名札のこともあり、「またか」、という感じだった。これも修正してもらったこともあるが、面倒くさくなって、「喜納《きな》」のゴム印のあとにカタカナの「カ」を「喜」の下の左手に小さく書き加え、全くバランスの悪い「喜《カ》」で通したこともある。実に、面倒な、憂鬱な名字にかかわることであった。「喜納英明」のゴム印は、捨てた。

中学に進学して、制服の名字も「喜納《きな》」と左胸に刺繍縫いされた時は、怒りを越して呆れた。せっかくの真新しい上着に間違った名前が刻まれている。しかも、黒の上着に白字の「喜納英明」である。あれほど、制服の注文票には、「嘉納」と書き、ふりがなも付け加えていたにもかかわらず、である。店主に、「名前が間違っている」と苦言しても、「嘉納」と「喜納《きな》」の区別が出来ずにいた。刺繍された名前の修正は面倒で、しかも、「喜納」の刺繍跡に「嘉納」が刺繍縫いされたので、二重書きしたようでみっともなかった。

「嘉納」が「喜納《きな》」と表記されたり、「かのう」と呼ばれずに「きな」と呼ばれたりした時には、私自身の存在が無視又は否定されたようで、何とも表現しがたい感情が起こった。なるべく、その都度、自分の方から勇気を出して声を発し、「嘉納です」と修正を求めたが、大人数の前だと恥ずかしくて言い出しきれなかった。その時、隣の友達が、「〝嘉納〟の間違いだよ」という声に救われたことも度々あった。また、呼名をする人が、私の名字を見て、一瞬、首をかしげるような瞬間を見せた時には、私から「嘉納です！」と口を開いた。本当に、小中学生の頃は、沖縄社会でポピュラーな「比嘉」や「金城」、「大城」などの平易で単純な名字（失礼！）が羨ましかった（次頁「沖縄県名字ランキング」参照）。

中学の頃、町の文具店で、印鑑を販売していた。「回転式 印鑑タワーケース」には、五十音順に印鑑が並び、ガラス戸を開いて印鑑を手に取ることができた（左写真参照）。くるくると360度回転できるものだ。五十音順に並んでいるので、ア行では、「赤嶺」とか「安里」などの印鑑は、堂々とトップに居座り、しかも、完売の場合が多かった。カ行を探すと、「喜納《きな》」はあるが、「嘉納」は見当たらない。がっかりした。その頃、「嘉納」の印鑑を求める者は、いなかったため生産もされなかったのだろう。「嘉納」の名字は一般に知られる名字ではなかったが、近年は、「嘉納」の印鑑を店頭で見つけたりして、やっと、沖縄社会で認知されつつあるなと思い、一人こっそり、ほくそ笑んでいる。

沖縄県名字ランキング

順位	名字
1位	比嘉
2位	金城
3位	大城
4位	宮城
5位	新垣

名字由来net(2018年3月1日)

耳慣れない名字の「嘉納」であるため、二つ上の兄が6年生、私が4年生、妹が2年生、下の弟が幼稚園生であった頃は、周囲の者は、4人は「嘉納」兄弟であると一目で理解していたはずである。また、兄弟がいたので、学校のなかでの「嘉納」の名字の特異感はいくぶん緩和されていたのだろう。私に兄弟がいなかったら、もっと〝浮く〟名字だったことだろう。

4. 誤読の予防策

ナイチャー名字である「嘉納」による困惑例を挙げたが、「喜納《きな》」と間違えてもらわないように、予防策として「嘉納」の漢字の上に「かのう」とルビをふったり（いまでもしている）、「柔道の父」と慕われ、講道館を建てた「嘉納治五郎」の「嘉納」と同じ名字だと説明したりした。後者の説明をすると「喜納《きな》」と間違うことはなかったが、話が通じるのは、「嘉納治五郎」を知っている成人以上の方や柔道関係者だけだった。ちなみに、私と「嘉納治五郎」とは全く関係はないが、「曽祖父は、あの嘉納治五郎だ」とさりげなく言ったりして相手の反応を楽しむこともある（すぐに冗談だと言うが）。また、時々、名字を聞かれると、「嘉手納」の「嘉」とも言ったり、「嘉手納」から「手」を取って、「嘉納」だと説明したりしたが、面倒だった。「〝手〟抜きの嘉納」というのもなんだか面白くなかった。なお、「嘉納」の漢字名字を使うのではなく、40年前の人気漫画『ドーベルマン刑事《でか》』（武論尊／原作）の主人公である加納錠治の「加納」を使おうかなと思ったこともあるが、私とは全く異なるハードボイルド（冷酷非情）な人物なので、これまで「加納」と表記したことは一度もない。

5．墓参り

沖縄ではマイナーな名字でも、父親宛てに送られてくる年賀状の差出人が「嘉納」であったりすると（主に奄美大島や関西の親戚筋であるが）、「嘉納の名字は意外とあるんだな」とポストから取り出しながら数えたりした。

小学校5年生の頃、初めて加計呂麻島の嘉入の墓参りに行った際には、墓地の墓標に「嘉納」がこれまた複数あって、「地元ではメジャーなんだな」と感じ入っていた。嘉入の古老から、「元々、嘉納家は、山も土地もたくさんあって、使用人もいて……名家で……」という話を聞くと、「ふむふむ、なるほど」と頷き、自尊心をくすぐられた。90歳を超える伯母が那覇に住んでいるが、「嘉納」の話を聞くと、嘉入の古老の内容と重なる。「嘉納家は、嘉入では名家だった」とね。

交通の便がよくなったとはいえ、やはり、沖縄から加計呂麻島までは遠い。飛行機やレンタカー、フェリーを乗り継いでいくのはやはりしんどい。墓参りは、先の小学校5年生の時を含めて、4～5回程度である。そのなかでも印象に残る墓参りは、２００３年12月、幼少の息子を連れて行ったことだ。今から、15年程前のことである。奄美の自販機の「ガチャガチャ（カプセルの玩具）」をたくさんさせるからと気を引いて（沖縄にもたくさんあるが）、加計呂麻島の墓参りに連れて行った。

「ナイチャー名字の沖縄生まれ、沖縄育ち」の私とその子どもの墓参りの旅である。那覇空港から奄美空港へ飛び、そこでレンタカーを借りて古仁屋港に向かい、そしてレンタカーをフェリーに乗せて瀬相港へ。瀬相港から車で15分程のところに嘉入の集落がある。なかなかの長旅である。

嘉入は、過疎が進み、住民もわずかであった。父方の高齢の親戚の歓待を受けた。島を訪ねることはめったにないので、集落の風景や須子茂小学校をカメラにおさめた。学校にはコンクリート造りの「奉安殿」があった。最大の目的である墓参りでは、ハブが出てこないか腰を引きながら、草を刈り、墓を掃除した。墓地は、集落のはずれにあった。古仁屋の港で購入した花を生け、水を差し、息子と一緒に線香をあげた。「我々のルーツは、ここだ」とね。

墓参りを終え、沖縄に帰り、しばらくして、嘉入を管内にもつ瀬戸内町役場に、嘉納の実家の住所と敷地を問い合わせた。「嘉納家は、山も土地もたくさんあって……」と聞いていたので、多大な資産を期待したが、「普通」の住宅用地程度と畑であった。離島のさらなる離島の土地なので、資産価値はほとんどない。役場に問い合わせた資料をコピーして、母親、叔母、兄弟、子どもに渡した。特に、反応はなかった。

「ナイチャー名字の沖縄生まれ、沖縄育ち」は、ことのほか、自身のルーツについて考えたり、確かめたりするのである。

6. ナイチャー名字の沖縄生まれ、沖縄育ちは、〝ウチナーンチュ〟なのか

10代～20代にかけて、「嘉納」の名字の表記や

呼び名の間違いについて気にしていたが、それ以上に、内的な葛藤を覚え始めるのは、小学校の高学年の頃からである。

自分は、沖縄で生まれ、沖縄育ちであるが、名前が「嘉納」であるため、自分は、ナイチャーなのか、ウチナーンチュなのか、という悩みが長じるにしたがい大きくなった。クラスの友達は、「金城」や「比嘉」、「渡久地」、「高良」であり、「嘉納」という名字には、独特の響きがある。兄弟以外に「嘉納」という名字は、学校にはいなかった。ナイチャー名字の「鈴木」や「佐藤」、「高橋」などがあると、「嘉納」の存在も、よくあるナイチャー名字のひとつとして早くから認知される気がしたものだが、そのような名字は一例を除くとなかった。その一例とは、同じく奄美出身の「東《あずま》」姓の女子がいたからである。聡明で美人で男子から人気があった彼女であるが、彼女と名字のことで話を交わした覚えはない。もしかしたら、「ひがし」と呼ばれて困惑していたのかもしれない。

小学校3年生の時に、沖縄の日本復帰を迎えた。沖縄が日本になるということで、ウチナーンチュが日本人になり、ナイチャー名字が増え、「嘉納」の名字の存在も薄まるなんてことも期待していた。「鈴木」や「佐藤」の名字をもつ者も当然増えてくるものと考えたからだ。沖縄の日本復帰を、このような別な意味で期待していた小学生は私だけだったかもしれない。自分自身は、沖縄生まれの沖縄育ちであるが、名字が「嘉納」というだけで、「ナイチャーか？」と言われることを心外に思っていた。というのは、これまで繰返し、「嘉納は、ナイチャー？」、「嘉納は、ナイチャーかと思った」と数えきれない人に言われてきたからである。自分自身、沖縄で生まれ育ってきたので、ウチナーンチュという自意識がある反面、他者からの目線は違っていたこと、そこにズレがあるのだと感じていた。それは、「嘉納」という名字のせいでもある。だから、自分は、ウチナーンチュなのか、ナイチャーなのかということを繰り返し、考えあぐねていた。6年生の頃は、自分は、ナイチャーの父親とウチナーンチュの母親の混血なのだと無理に納得させようとする半面、父親は、琉球王国の一角である加計呂麻出身ということもあり、それならやはり、ウチナーンチュなのだと考えることもあった。

こんなこともあった。中学1年生の夏休みに、大阪府堺市の伯母の家にお世話になった。周りは、当たり前だが、ナイチャー名字で、「嘉納」の名前は、珍しくもなんともない。また、地元の大学に進学した際には、同級生の半数は県外出身者であり、「嘉納」の名字の存在は薄まった。大学を卒業して九州の大学院に進学したが、周りはナイチャー名字ばかりである。なんともいえぬ解放感というか、いちいち出自を説明しなくてもよいということに気持ちが軽くなった。

さて、大学院を修了して、帰郷し、小学校の教員になった。教員になってしばらくして、職員室で年配の女性教員と沖縄の話題になった。「嘉納さんは、もともと、奄美出身だったね（父親は奄美大島出身であるが、私は沖縄生まれ沖縄育ちだが）。奄美も琉球だったから、まあ、沖縄とは近いし、親戚みたいなものだね」と言われた。「嘉納」という名字により、これまでと同じようにナイチャー扱いされなかったこと、琉球・奄美がひとつの文化圏であったことを理解していた年配のこの言葉を聞いて、なんとなく「沖縄の仲間に入れてもらった」という感じがした。幼少の頃から「嘉納」という名字のことでちょっとした疎外感を覚えていた頃を思い出し、心の奥底で、いまだに名字のことで、そして自分自身の属性のことで、気にしている自分がいたのだということに気づいた。

30代に入り、ナイチャー名字をもつ、沖縄生まれ沖縄育ちの私が、あらためてウチナーンチュであることを意味づけることが起こった。それは、ウチナーンチュの嫁をもらってからである。

7. ウチカビに火をつける自分を顧みて

私が、「嘉納」というナイチャー名字を名乗りつつも、ウチナーンチュという自己確立が出来たのは、沖縄で生まれ育ってきたということもあるが、なんといっても、30代に入り、沖縄の慣習に身を置いた頃からに始まる。加計呂麻出身の父親は、清明祭（シーミー）については全く知らず、ウチカビの意味も知らなかった。奄美にはそうした慣習がなかったからであるし、沖縄の慣習にふれる機会がなかったからである。幼少の頃から母方の糸満のシーミーに参加した記憶もほとんどない。当時住んでいたコザ市（現在の沖縄市）から糸満までの交通事情が悪かったからという理由の他に、奄美の文化を背負う父親は、沖縄の文化に十分理解を示しきれなかったからだと思う。

私は31歳の時に、読谷出身の嫁をもらい、読谷の仏壇に手を合わせ、シーミーに参加して線香をあげた。嫁の実家は大家族であり、シーミーに集まる親戚も多い。90歳に近い嫁の祖母の昔話を聞くことも、楽しみのひとつだった。明治生まれの祖母は、戦前、渡慶次小学校に通い、屋良朝苗と同級生だった、という。「朝苗はディキヤーだった」とか、そんな沖縄のオバーの話をペットボトルのお茶を飲みながら縁側で聞いていた。毎年、読谷の行事に参加することになって、あらためて沖縄の文化にふれ、ウチナーンチュとしての自意識が強化されたと感じていた。その後、兄と父親を亡くして、実家に仏壇をこしらえ、盆には、親、子ども、甥や姪に囲まれてウチカビに火をつけている自分を顧みて、あらためてウチナーンチュとしての自分に出会った実感をもった。そして、沖縄市の泡瀬の埋め立て地が見える丘陵地の「嘉納家」の墓で、毎年、シーミーをしている（その墓は生前、両親が造ったものであるが、沖縄的な伝統的な三角屋根の破風墓ではなく、本土風の墓「和式角注型」である。父親の中には、本土の文化・奄美の文化がずっと流れていたのだろう。母親は破風墓にこだわったらしいが)。ウチナーンチュのなかには、仏壇(トートーメー)やシーミーの準備が煩わしいと言うものもいるが、こうした沖縄の文化と出会い、そのなかに身を沈めることでウチナーンチュとしてのアイデンティをより強く意識したのではないかと考えている。

私にとっては、盆を含めた沖縄の行事は、自己のアイデンティティを確かめる場となっている。

8. ナイチャー名字をもつ女子学生

最近、ある女子学生と他愛のない話をしている時、お互いの名字のことで話題になった。その学生の両親は県外出身で、彼女が幼少の頃、関東地方から両親と兄弟の家族5人そろって親戚のいない沖縄へ移住してきた。彼女の家族は、沖縄に住んで20年以上になる。彼女は、高校進学などで一度中部に出たものの、実家は移住した当時から、やんばるである。沖縄ではほとんど聞いたことのないナイチャー名字をもつ彼女は、名字のことで堰を切ったように話しだした。彼女の経験は私と重なった。

私の名字はなかなか読めないでしょう。いつも、間違った読み方をされていた。○○○と読むけれど、「△△△」と読まれたりして。小学生の頃は、「▽▽▽」とか、言われたりした。そんなこともあって、自分の名字を嫌っていた時期もありました。めちゃくちゃ嫌だった頃を乗り越えてからは、○○○という名字を周りが呼びたがっていることに気づきました。沖縄の人って、名字を呼ぶんじゃなく、よく名前を呼んだりしますよね、優子ちゃんとか、美佐子ちゃんとか。私の場合は、からかわれたりもしたんですが、次第に「おい、○○○!」と呼ばれて、そう呼ばれるのがなんとなく嬉しかったですね。

でも、特に、悩んだことは、自分はナイチャーなのか、ウチナーンチュなのか、ということ。小さい頃に沖縄に来たので、内地の生まれた場所には思い入れがないし、故郷という思いもない。沖縄に親戚もいないので、特にその土地の文化にもふれていないし。沖縄のシーミーとか色々ありますよね、それにも関わっていないし。自分っていったいどこの出身かなって考えることもある。自分は「沖縄出身って言ったらだめなの?」とか、そういう思いにかられたこともある。授業などで、「沖縄出身者は手を挙げて下さい」とか言われると、微妙に、手を挙げます。ちょっと斜めに挙げる感じ。まっすぐ、上に挙げることにまだ抵抗感を感じる。自分はウチナーンチュと思っていても、小学生の頃は、周りの友達に「お前、ナイチャーだろう」とか言われたりしたから。

ナイチャー名字をもつこの学生は、名字の誤読やいたずら読みに困惑したが、それ以上に、ウチナーンチュなのか、ナイチャーなのか、という葛藤を抱えている。特に、多感な中高校時代は、ずいぶんと思い悩んだようである。両親は県外出身であり、あきらかに内地の文化を背負っているわけで、その文化は彼女自身にも流れていると実感している。その彼女も、次のような沖縄の文化にふれたことで、アイデンティティについてあらためて冷静に考える機会が持てたようである。

沖縄には、シーミーとか、盆とか、色々行事があるでしょう。そんな時、周りの友達はそんな行事に行くため、私は、遊ぶ友達がいなかったから暇を持て余していた。あるお盆の日、友達の家に行ったら、そこのお父さんから、「線香しなさい」と言われて、初めて沖縄の仏壇に手を合わせた時、なんだか嬉しくなった。またその友達の母方のウークイに参加させてもらう機会もあった。ナイチャーである私を家族の大切な行事に呼んでもらえて、とても嬉しかった。ウチカビは、「あの世のお金」と聞いていたが、実際に燃やしているところやそれが舞い上がるのを見たときは、衝撃的でした。同時に、私は沖縄についてまだまだ知らないことが多いなと自覚しました。

友達のお父さんはこの学生を内なる者として招き入れ、線香をあげさせた。彼女自身も、誘いを受け入れて、沖縄の文化にふれた。彼女は、「なんだか嬉しくなった」と述べているが、沖縄の伝統行事をくぐり抜けることで、沖縄に包摂されていく感覚を抱いている。この経験は、自己のアイデンティティとしてのウチナーンチュがよりはっきりしていくようなものである。ナイチャー名字の沖縄生まれ・沖縄育ちの者、自身のアイデンティティに思い悩む者は、もしかしたら、沖縄の伝統的な風習や慣例と出会い、ふれあい、そこに自身の身を沈めることで、新たな自分との対話が始まるのかもしれない。

ちなみに、彼女は、名字の誤読の予防策として、自己紹介では、名字について丁寧に解説し、それに続けて、「沖縄県内に数名しかいない○○○です」と付け加えている。そんな彼女も祖父の年忌法要で自分の家族以外にも同じ名字がいることを知り、「こんなにも同じ名字がいるんだ。自分たちだけではないんだ」と感じ、少しずつ、自分の名字を受け入れ始めたという。また、ある女性から「3歳から沖縄に住んでいるんなら、それはウチナーンチュだよ」と言われて嬉しくなったことや〝島ナイチャー〟という言葉も嫌いではないという。

20代の若い女性の意外な告白だった。ナイチャー名字をめぐり様々な苦い経験をしていることや自身のアイデンティティについて考えをめぐらせているのを聞いて、これまでの私自身と重なった。

9．まとめにあたって

昨年、デジカメのプリントをするため、カメラ店に寄った。パソコンのディスプレイに表示された画像を選択していた時、店員が「嘉納さん」と呼ぶ声がした。私はまだ注文をしていないのに、である。すると、客らしき者が「喜納《きな》です」と訂正しているのではないか。思わず、お客と店員の顔を見た。その場面は、私が繰り返し経験してきたことの逆バージョンであり、「嘉納」という名字も少しずつ沖縄社会で広まってきたか、とちょっと嬉しくなった。また、「名字由来 net」というサイトがあり、「嘉納」を検索したら、県内で617位、約250名の存在が確認されている(2018年3月1日現在)。これを見ると、那覇市と恩納村それぞれに50名程の「嘉納」がいる。人口の多い那覇市に「嘉納」が多く住んでいることは理解できるが、恩納村の「嘉納」には多大な関心がある。恩納村の字名嘉真の「嘉納」は、「嘉手納」の名字から〝手〟をとって「嘉納」に改名したというが、それにまつわることやそもそものルーツにも関心がある。調べてみたい。

さて、私の名字「嘉納」をめぐって子どもの頃からの経験を綴り、自分はウチナーンチュなのか、ナイチャーなのかについて思い悩んだことを文章におこしてきた。先述の女子学生の場合もそうであるが、沖縄に住み、住み続けていくなかでウチナーンチュとしてのアイデンティティをめぐっては、ナイチャー名字のなかにはひそかに悩んでいる者もいるのではないか。言い換えれば、ナイチャー名字をもつ者は、生まれ育った沖縄で、自分の軸足というか、ひととしての「根っこ」を考える時期がいずれ来るのではないか。ナイチャー名字をもつ者のアイデンティティの在り様は、その者がおかれている状況にもよるかと思うが、県外出身の移住が増えているなか、小さな島で暮らすナイチャー名字をもつ者の悩みはまだまだ続きそうである。

(大学教員)

国道五十八号を迷走

喜友名朝夫

将来の歩むべき道と夢をやっと見つけ出し、情熱を燃やしていた青年が国道五十八号に打ち砕かれ、人生のやり直しをしなければならなくなった。戸惑いと苦悩の中で己との闘いを強いられたが、なかなか出口を見出せないでいる。自分の居場所のない現状に青年の苛立ちと苦悩は募るばかりだった。

○常に衆目を集める少年○

田港幸一は、神童と言われるほどではないが、学校の成績は高校までずっと学年の上位にいた。見栄っ張りで「やる事、なす事」も派手だった。だが、同僚や仲間の反感を買ったり、不愉快さを与えることはなかった。全く不思議な性格をしていた。

小学四年の時に「蛍雪時代」という大学受験向けの月刊雑誌を学校に持ってきて皆に見せびらかしていた。近所の高校生から、月遅れの使い古しを毎号貰い、いつも学校に持って来ていた。有名な国公立や私立の大学名は五十校余も知っていると自慢していた。

蛍雪時代という受験雑誌を机の上に広げているのを見た担任教師が「あなたは、こんな難しい本も読んでいるのか」と半分冷やかし気分も含めて聞いた。すると彼は「読めないけど写真や絵を見て楽しい」と笑いもせず平然と答えていた。

担任教師は彼の蛍雪時代をパラパラめくりながら「将来の夢に向かって心の準備をすることは、大切なことだ。理想は高きに越したことは、ない」とやさしく励ました。中学生になると音楽教室に備え付けられていたピアノを弾きこなし、担当教師が来るまでいろんな曲を演奏し、ピアノの周りを女性群が取り囲むという状態だった。

どんな楽器でも「音色」を探り当て、演奏するといった天分を有していた。その日で大抵の曲は、弾きこなしていた。音楽担当の教師も彼の音感の良さに感心し、将来は音楽の道に進むようにアドバイスするほどだった。

だが、音楽というのは、自分の心を慰め、それなりに楽しければそれでよいと彼は考えていた。音楽は、一種の遊びとしかとらえてなかった。歌手に例えると琉球民謡の登川誠仁のような透き通る声をしているし、流行歌手としても十分やっていけると学友たちを始め、彼の歌を聞いたことのある人は、期待していた。

マスクもイケメンとまではいかないが、誰からも好かれる愛嬌のある顔立ちである。人付き合いや話術のうまさからしても、将来は声楽家か、楽器演奏者になるものと思われていた。高校二年生の時、大学を卒業したばかりの国語担当の新任教師が、授業時間に「神々《こうごう》しい」を「かみがみしい」と読んで彼に指摘され、赤面させたこともあった。新任教師は、心の動揺を感じているようだったが、平然と「皆さんが私の授業をちゃんと聞いているかどうかを知りたかったのだ。幸一君は私の講義をよく聞いている」と幸一を褒めることによってその場を取り繕おうとした。幸一は「うまく逃げたなぁ。さすが先生」といった顔をしていた。新任教師も「われながらうまく切り返した」と幸一を向いてにやりと笑った。この教師が彼の事を「生意気なやつ」と思ったのか、「凄いやつ」と感じたかは知る由は無かった。

この新米教師が「誰にでもあるちょっとした間違い」と軽く受け流して訂正しておれば、変な言い訳をしなくても済んだのに、結果的には生徒たちの失笑を買ってしまった。見栄の強い幸一は涼しい顔をしていた。

小学低学年から父の見まねで三線を弾きこなしていた幸一は、楽器では特にその面が一際目立っていた。小中学校の学習発表会の舞台部門では、人気者になっていた。

だが、彼は、音楽は好きではあるが、それを生涯の仕事にしようとは思っていないらしい。

政治家か、公務員、もしくは弁護士になることが、夢のようだった。何事にも目立っていたので家族の自慢の種でもあった。二男二女で長男の繁治と末っ子の幸一とは六つ違い。幸一は家族や親戚から将来を楽しみにされていた。

二人の姉は、幸一が流行歌手か、民謡歌手になることを希望していたが、両親や繁治は、これに強く反対した。二人の姉は、「豊かな声量を持ち、抜群の音感を持ち合わしている幸一は、その道に向かって進むべきだ」と言い、事あるごとに音楽の才能を生かすよう勧めていた。

母親が「仲の悪いあなたたち二人が幸一の件では珍しく意見が合うね」と冷やかした。繁治は、母親や姉妹の話に不愉快そうな表情で「幸一に余計なことを言うな。彼は大学進学して音楽とは関係のない仕事をすることを決意している。将来については本人の幸一と私の間の約束事がある。本人も歌手希望ではない」と言い聞かした。

幸一には、どうしても大学進学をさせたいと言うのが繁治の強い思いである。幸一の二人の姉は繁治に「無理して幸一を大学進学させる必要はない。将来は、音楽の道に進んだほうが彼のためになる」と繰り返し話すが繁治は、全く聞く耳を持ってなかった。姉妹は両親にも「幸一は、音楽だと絶対に成功する」と悔しがったが、両親は、繁治の考えに従った。

幸一は、繁治の余りの押し付けに重苦しい気分になることもあった。兄さんの話は有難いが、私より兄さんの方が大学進学したらよかったのに。僕は、どちらかというと浮ついたところがあるし、一つのことに打ち込めない性格だ。友達も僕のことを飽きっぽい男だと評している。兄貴の方が、大学を卒業してからの成功率は高いよ。兄貴が仕事を辞めて今からでも進学するのであれば私は高校を卒業して働きに出てもいいよ。幸一が、こういうと、今更、何を言うかと幸一の大学進学は動かせないと決め付けた。

繁治は「私が学資はどうにでも工面する。あんたは、そんなことを心配せず、受験勉強に励みなさい」と、まだあやふやな気持ちでいる幸一に念を押した。どんなことがあっても大学進学させるんだと力む繁治の態度に幸一は頭が下がった。

幸一の二人の姉は、長男の繁治の考え方についていくことにしたが、果たして繁治が幸一の学資を最後まで面倒を見ることが出来るかどうか一抹の不安を抱いていた。手っ取り早く音楽家になれと勧めたのも家計や繁治の健康を考えての女性らしい配慮だとも受け止められる。

だが、姉妹も「その頃には、自分たちも高校を卒業して稼ぐようになり、どうにかやっていけるだろう」との考えに変わっていった。「家族全員で頑張っていけばどうにかやっていける」と両親は家計を心配する娘たちに話した。

長男の繁治は親戚の村会議員の口利きで既に地元の村役場に就職していた。繁治は、仕事の処理もすばやく、来客との応対も良かったので同僚や上司からも好感を持って迎えられていた。繁治は、同僚の残業も引き受けて我武者羅に働いた。

公務員のアルバイトは、別に法律で禁じられていた訳ではなかったので、彼は午後六時から翌日の午前四時まで近くにあった米軍通信隊施設でガードマンのアルバイトもした。徒歩で三十分くらいのところだったが。送り迎えの車もあった。ウツラウツラと居眠りしていても見回りの上司は、声はかけるが別に咎《とが》めだてはしなかった。それ程きついアルバイトではなかった。

○弟の学資作りで転職○

昼は、役所職員、夜は、米軍通信施設のガードマンという苦しい二股かけの生活を強いられていた。弟を本土の大学にいかすためには、安い役場の給料だけでは生活費がやっとで弟を大学にいかす資金づくりは、無理だった。

繁治の周辺には、公務員がアルバイトをしているのは珍しくなかった。繁治と同じアルバイト先には中学校の教師もいた。その教師は、授業中、コックリ、コックリ、居眠りをし、生徒の間では「コックリ先生」というあだ名で呼ばれていた。そういう状況を見過ごすというか、黙認しなければならない社会事情だったのだ。

繁治の父は米人家庭の通称ガーデンボーイ、正確に言えばガーデン・シルバーだったが、家計を支えるほどの収入にはならなかった。父は自分の晩酌代、たばこ、それに神経痛の通院費を捻出するのがやっとだった。母は、おかず代の足しにと家の近くの空き地で野菜作りをしていた。家計を支えているのは、長男・繁治の月給だった。ぎりぎりの生活ではあったが、幸い家族が健康に恵まれていたので、楽しい日々を過ごしていた。

しかし、こんな状態では、幸一を大学に進学させるのは、到底無理な話だ。何か高月給をもらえる仕事に変えなければやっていけないだろう。今の状況だと掛け声だけに終わってしまうと思った繁治は、実入りのいい仕事を求めて職安（職業安定所）通いを始めた。勿論、現在の仕事を続けながらである。

役場の信頼できる同僚には、この事情を話してあったが、繁治の話を聞いて「せっかく慣れた仕事だのに勿体無い。もっと景気がよくなってからでも進学は遅くないはずだ」と転職を思いとどまるように話した。繁治の気持ちは、変わらなかった。

幸一は、繁治の情熱と激しい思い入れに、もはや断ることも出来ず、彼の言う通り大学受験を目指さなければならなくなってしまった。幸一は頑張るより他にないと改めて心に刻み込んだ。

繁治が役場の仕事を終え、いろいろ思案しながら家に帰ると彼のテーブルの上に一通の手紙が置かれていた。送り元が「職業安定所」となっていたので、急ぎ開封した。

書面は「至急面談したい」というもので、そのほか面談日、職種などが記されている。繁治は、まだ寒さの残る三月の晴れた日に勤め先の役所の休暇を貰って午前九時ごろ家を出た。職業安定所は繁治の住む地域から八キロくらい離れた隣接市にあるが、時間をかけて徒歩で行った。事情を話すと、くたびれたような服を身にした風采の上がらない中年の職員が応対した。事情を聞いた職員は「何で地方公務員というい い仕事を辞めて転職するんだね。後で後悔するよ」と繁治の転職を惜しんで忠告した。この職員は、一応の事情を聞いた後、職種についての説明をした。

紹介されたのは、アメリカ在の大手石油会社のタンカーの乗組員だった。給料は高いが、危険度が高いので希望者は少ないという。月給は危険手当などあれやこれやを含めると繁治が役場で貰う月給の五倍以上だった。繁治は、応募することを係りの職員に告げ、申請書類を貰った。彼は、家に持ち帰り家族とも相談して一週間後に応募書類を職安に出した。

役場の上司に事情を話し、退職手続きをした。

「せっかく仕事にも慣れた段階で辞められるのは残念だ。しかし、あなたの事情を認めないわけにもいかないだろう。よく考えてのことだと思うので受理することにするよ」と彼の退職願いを受け取った。

タンカーの乗務員になった繁治は、アラビアからの原油をアメリカ向けに輸送する十万トン級のタンカーの甲板員として配置された。火災、タンカー破裂、沈没など危険度は高い。「金と命」を交換するのだから、相当の覚悟を必要とする職種だった。こういうことから実際に乗務員になってから辞めるのもいた。

「いかな貧乏《ひんすう》やそうてん、命《ぬち》とぅ換《け》えららんしが」と敬遠されているのが実態だった。それほど命がけの仕事だったが、繁治は、自分の命をかけて弟を大学進学させる気持ちを捨てなかった。

「死と隣り合わせ」という不安感の他に石油の積み、降ろし、輸送中の管理のきつさもあった。

それでも繁治は、家族の喜ぶ顔や弟に託した夢の事を思い浮べながら歯を食いしばって頑張った。唯一の楽しみは、家族や弟の幸一らからの「兄さんのお陰で家族は、元気で楽しく暮らしています。お父さん、お母さんは、兄さんへの感謝の言葉をくどいほど家族皆に話しています」という便りだった。

これが繁治の励みとなり、生きがいにもなっていた。月給は、人が羨むほどの高給だったため、繁治の家族は、戦後間もない頃のトタン葺き平屋を二階建ての鉄筋コンクリートに改築した。一階は父母が住み、二階は娘たちの部屋にした。それぞれ仕切りがされた個人部屋になっていたので、娘たちは大喜びだった。

親戚や近所の人たちは「船乗りってそんなに高給取りなんだね。社長や県知事より恵まれているんじゃない」とやっかみと羨望混じりで噂していた。だが、繁治が「命」との交換で働いていることは、全く理解されていない。

ただ繁治の月給だけに関心を見せ、羨ましがっている。幸一は、兄の繁治の期待通り東京の有名私立大学の法学部に合格した。その頃は、日本政府が面倒を見る「国費制度」があったが、これに受からず、不合格にでもなると「兄の綱渡り稼業がそれだけ長くなる」と懸念して幸一は、確率性の高い方法として私学を選択したのだった。

それに彼は、自分の力では、国費は無理だと認識していた。繁治は、誰よりも弟の合格を喜んだ。「夢を実現するよう頑張れ。勉強以外のことは考えるな」との祝電を打った。自分の夢は、弟が代わって実現させてくれると兄の繁治は幸一の合格で仕事にも一層張りが出てきた。同僚の船乗りは「あなたが合格したような喜びようだね」といいながら繁治の感激の表情に拍手を送った。

幸一は、兄の置かれた状況をよく理解していたので金遣いにも気をつけ、節約に努めた。

生活も切り詰めるように心掛けていた。それが学友との付き合いが増え、時が経つに従って金銭感覚が薄れていった。必要な金は、当然送られてくるものだと思うようになっていった。学資は兄貴が身を粉にして働いて送ったお金だという観念はだんだん脳裏から薄れていった。

「勉強ばかりせず、時には健康づくりを兼ねた気晴らしもしようや」という学友仲間の誘いに乗り、全国名所旧跡めぐり、映画、芝居鑑賞、コンパに積極的に参加、自らも主催者になったりした。幸一は、これも勉強のうちだと自分の心に言い聞かせていた。

○司法界への夢叶わず○

幸一は、司法試験に受からないのは、自覚と気の緩みが原因だと反省はしているが、四年次の現役を始め、それ以降三回も浪人して夢を果たすことが出来なかったことに完全に自信を失くしていた。何度挑戦しても合格できないので、沖縄に帰るとの手紙を繁治宛に出した。幸一が三回目の司法試験を受けた時には、繁治は船を降り、嘉手納基地近くの一号線沿いで自動車修理工場を経営していた。それでも幸一の学資は、これからも十分出していけると計算していた。幸一にもそのことを伝え、合格するまで何度でも挑戦するようにと励ました。幸一は四度目の不合格を確認した段階で沖縄に引き揚げた。

これ以上、兄貴に迷惑や負担をかけることは出来ないというのが幸一の気持ちだったが、それにしても「錦のみ旗」でなく「降参旗」を掲げて兄や家族に会うことが何よりも辛かった。故郷・沖縄に帰れば「就職戦線が待っている」と思うと心は重かった。

繁治のお陰で恵まれていたことが自分を甘やかし、油断させてしまった。彼は、自分の学生生活を省みて繁治への「すまない」という気持ちで胸がいっぱいだった。

繁治は幸一のこういった苦しい状況を察し、出来るだけ穏やかに話した。「船乗りは楽しい稼業だったよ。自分に適した仕事だと思っている。私の夢であった自動車整備工場の設立資金が出来たので船は降りたよ。整備工場であなたの学資くらいは余裕をもってつくれたのに。まぁ、あんたも、よくよく考えてのことだろうから、僕は、もう何も言わない。今後のことは、落ち着いてから、ゆっくり考えたらよい」幸一は繁治から優しさと励ましの言葉を受け、「もうこれ以上兄に頼るわけにはいかない」と早々と就職活動を始めることにした。

幸一は、帰省して一週間もすると友達からの就職情報集めを始めた。そんな折、車座になって夕食を共にしていた繁治が「琉球政府の上級公務員試験があるそうだが、受けてみてはどうか」と話した。自動車の修理に来たお客さん同士が話していたという。

「有り難う、考えてみるよ」と繁治には言った。公務員試験の勉強はしてこなかったが「物は試し」と軽い気持ちで受けてみようかという気になっていた。にわか勉強で受験したら合格した。幸一は、これを機会に行政マンとして自分の力を生かすことにした。

「初志を貫け」と最後まで司法試験にこだわっていた繁治も彼が琉球政府の公務員試験に合格したことで気が晴れた。司法界より琉球政府の公務員の方が良い。司法界だけに目が行き過ぎていた。幸一は司法試験以上の夢をかなえる事が出来たと繁治は評価した。幸一は繁治の満足そうな表情にほっとすると共に「これでいいんだ」と自分も納得した。

幸一が公務員に合格したことで「やっと我が家にも春が来た」と家族全員が喜び合った。幸一は初出勤する三日前に最も近い親戚と親しい友人数人を招待してささやかなお祝いをした。出陣式の前倒しだと笑って冗談を言う心の余裕を見せていた。

「高校を卒業したら流行歌手か、民謡歌手に」と強く注文していた二人の姉妹も、そのことはすっかり忘れたかのように幸一の公務員合格に拍手を送った。二人のうち、上の姉は結婚して家を出て行き、下の姉は、職場の都合で那覇に下宿した。お陰で二人の使っていた広々とした二階は、そっくり幸一が独り占めして住むことになった。二階の間取りは五部屋に仕切り、図書室、応接間、作業室、寝室とも好きなように区分した。幸一は、北谷村から勤め先の琉球政府のある那覇市まで毎日、一号線（現国道五十八号）を走る路線バスで通勤した。

当時は、まだ自家用車はそれほど普及してなく、金持ちでないとマイカーは、持ってなかった。一号線は、軍事兵器や物資を積んだ米軍車両、戦車などの往来が激しかった。大砲を牽引した車両、戦車も群れを成して往来する。毎日が米軍兵器や物資のオンパレードだった。民間車両は、その合間を縫って走っていた。アメリカ軍は、この道路を正式に「ハイウェー・ナンバーワン」と命名しているが、さすが命名通りの米軍道路だと痛感した。

もともと県道だったこの道路を米軍が上陸したその年の一九四五年に軍用道路として拡張、整備し、名護・那覇間の六十五キロを「米合衆国一号線（ＵＳＡハイウェー№１）とした。各所には、復帰前までその標識も立ってた。

アメリカ軍は、上陸前にその計画を立てていたといわれる。軍事優先で、中央分離帯や陸橋も取り付けられなかった。幸一は琉球政府に就職するまで、この道路がハイウェー・ナンバーワンであろうが、ナンバートゥであろうが別に気にしなかったが、いつもバスに揺られて時を重ねていくうちにこの道路が妙に気になり出した。

沖縄は、一九五一年三月十七日付けの極東軍総司令部発の文書で「日本帝国降伏受託及び占領国の権利義務に関する国際法の原則に従って米国政府が北緯二十九度以南の琉球列島の行政運営に関する責任をおうことになった。米国政府の軍事的必要の許す範囲において住民の経済的及び社会的福祉増進を図るとなっている。こういう事情を反映して「そこのけ、そこのけ米軍車両が通る」という状態だった。

これが信託統治というものだなぁーと幸一は、実際に体感することによって、その内容を毎日見せつけられていた。アメリカの沖縄統治の実態に当てはめると、アメリカ本国は「神様」であり、民政府は、神様の教えを説く伝道府ということになる。信徒に当たる米兵たちは、本国の神様から伝導府を通しての布教をかたくなに信じ込み、活動している信徒群ということになる。神の名を借りれば、何事も正義に転化できるということだろうか。

○公務員生活に終止符○

大学で法学を専攻したこともあって民政府との折衝窓口にもなっている渉外課に配置された幸一は、琉球政府の「お偉方」が米国民政府の若造にまでどやされるなど、厳しい現状を見せつけられていた。それでも黙々とその指示に従っている姿を目の当たりにして、いつも不愉快な思いをしていた。お偉い方のお供をして米国民政府を訪れる機会の多い若い幸一には、耐えられないことだった。

やり場のない公務員の中には関係のない住民に当て付けるのもいた。米国民政府には相談しに行くというより指示や命令、叱責を受け、ご意見を伺いに行くようなものだった。職場だけでなく、時には、通勤するバスの中や街中でも横柄な米兵の態度に腹を立てることもある。毎日がうっとうしい気分で通勤していた。

日本復帰後、道路の名称は、国道五十八号に変わったが、現実は旧態依然とした利用状況である。米軍の利用度は復帰前と同じように高く、軍用道路の機能を維持したままになっている。それに自衛隊も割り込んできた。在沖米軍の機構も民政府から四軍合同司令部に変わっただけ。組織の名称は変わったものの、それぞれの有する機能と権限は従来のままだと幸一は強く感じている。

米軍基地の集中する中部地区を始め、国道五十八号周辺の住民やバス利用の通勤客は、この光景をどう見ているのだろう。幸一は、少なくとも日米安保条約のローテーションは、ばっちり守られているとの感想が強かった。

幸一はバスに乗り込む人たちの顔と沖縄の現状とを結び付けて考える癖がついていた。それが車中での幸一の学習のようになっていた。バス内外の光景を見る乗客の表情は、さまざまだ。幸一は、だんだんとこの光景を見るのが辛くなり、嫌になっていった。バス通勤が辛いと言ってマイカーを買って通勤する程の高給取りではない。その度に「どうにでもなれ」と投げ槍的な気分になる。「この状況の中でうまく生きていくよりほかにない」との思いがした。いつも暗い気持ちでの通勤だった。バスに乗り込んできた米兵が「ハロー」と言うと、外見的には、幸一もにこやかに「ハロー」と返した。米兵に「鬼のような顔」で応対しても仕方がないと観念したからだ。鬼のような顔でにらみ合っても何の得にもならないし、効果もないだろう。米兵も沖縄住民も鬼の様相と態度でいるとお互い疲れもするし、人相も悪くなっていく。このように幸一の頭の中では、いろんな思いが錯綜していた。

仕事が終わると同僚と一緒に不夜城といわれた桜坂の飲み屋街を飲み歩くのを常としていたが、最近は晩酌に変わっていた。「一体、自分は、どう生きようとしているのか。人生の目標をどう作り上げていけばいいのだ」と自問自答を繰り返しているうちに今の生活が空しくなった。職場の同僚や友達との集いでも仕事に張りがないことを愚痴るようになっていた。酒は憂いの玉帚《たまははき》と言われるように酒が入ると琉球政府の米軍政府への腰の弱さをぶちまけた。隣の同僚は「皆、あなたと同じ気持ちだが、そこを我慢して頑張っているのだ。酔ってそんなことを言うものではない」と戒めたが、幸一は、ますます声を張り上げて熱っぽくなるばかりだった。

酔えば酔うほどに行政のあり方でしつっこく絡む幸一に同僚はいつも手を焼いていた。「また、幸一の酔い癖が始まった」と席を移るのもいた。彼は、いつの間にか職場仲間で「行政麻痺の男」とのニックネームで呼ばれるようになっていた。

幸一と同じように行政に不満を持っている同僚は多かったが、場所をわきまえるべきだと幸一のやり方に露骨に不快感を示すのもいた。特に中堅の先輩や定年退職前の職員は「またか」といった表情で幸一を冷ややかに見ていた。幸一は、仲間との呼吸が合わなくなり、いつも一人だけ浮いた格好になっていた。孤立無援の状況の中では、これ以上、我慢できないというところまで追い込まれていた。この雰囲気に耐えられなくなった幸一は、誰とも相談せずに退職願を出した。

隣り合って仕事をしている四人の同僚には退職願を出す一週間前に明かした。「お互い壁にぶつかることも多いが、我慢して頑張っていこう」と四人とも慰留した。だが、幸一の決意は変わらなかった。彼は七カ年も勤めてきた公務員を辞めた。

もちろん兄の繁治や家族は、猛烈に反対した。「せっかくいい仕事についたのに、それを棒に振るなんて。何か仕事場で面白くないことでもあるのか」と父親は、酷い剣幕でまくし立てた。

「公務員生活は私の肌に合わない。自分が気持ちよく働ける仕事に就きたい。家族に迷惑をかけないようにするよ」と面倒臭そうな言い訳をした。

もちろん、家族や繁治が幸一のこんな単純な説明に納得するはずはない。繁治は、幸一に託していた期待がすべて水泡に帰しただけに彼のやり方にがっかりした。「村役場を辞め、自分の命をかけた危険なタンカーの乗組員になった私の気持ちも少しは考えてほしい」と言いたかったが、そこまで行くと感情的になり、幸一を追い詰めることになると思い「悔しさと怒り」の感情を抑えた。

幸一は、繁治から意見されることが何よりも辛かった。この事を繁治は、よく知っていたので、幸一にどう対応していいか分らなかった。余りきつく言わないように気を遣った。幸一も繁治からきつく言われると返す言葉が見つからないだろうと思った。

公務員在職時の主管だった総務局長は「あなたは、仕事もよくこなしているし、将来の沖縄の行政を背負って立つ人材だ。あなたが辞めたい事情は、うすうす聞いてはいたが、年を重ねるに連れて考え方も現実的になっていくだろうと思っていた。あなたは将来の沖縄を背負って立つ一人だと期待している」と幸一の才能を惜しみ、盛んに慰留してくれた。

幸一は総務局長の厚意に感謝し「評価していただいて光栄に思います」と礼を述べた。これからどうするつもりだ。再就職のあてはあるのかなど詳しく聞こうとする局長をさえぎって急ぎ退席した。「何か相談したいことがあったらいつでも来なさい」と名残り惜しむような言葉をかけ、幸一の退職を残念がった。

「有り難うございます。いろいろお世話になりました」と幸一は深々と頭を下げて局長に別れを告げた。局長は、わざわざ局長室に呼んで労をねぎらってくれた。まだ二十代を過ぎたばかりの秘書がドアの外まで見送った。再就職の当てもないまま退職した当時の総務局長とのやり取りを頭に描きながら、家にこもって読書にふけり、気がふさぎ込むと繁華街に出てスナックの女子従業員と冗談を言い合ったり、民謡を歌ったりして鬱憤《うっぷん》晴らしをした。居合わせた客も「うまい」と言って幸一の歌に拍手を送ってくれた。単調な日々に退屈することが多かった。

だからと言って仕事を探す気にもなれず、自分自身どうしていいかわからなかった。時には学生時代の友達が来て、近況を聞いたり、お互い世間話をすることもある。「何をしたいのか」と言われても、「自分でも何がしたいのか分からない」

と訪れる友たちにはそう言うより他になかった。

何時までもぶらぶらしているわけにもいかないだろうと様子を伺いに来る友達は誰もが同じようなことを聞いた。幸一は、今の沖縄の乱《みだ》り世《ゆう》では仕事を探す気にもならないよ。「犬の遠吠え」のように聞こえるかも知らないが、これが私の本心だ。敗者の言い訳といわれても仕方がない。幸一は、友達にこのような心境を語った。

だが、そういう世相に、どう立ち向かおうとしているのか。そのために何をどのように是正しなければならないか、まだ迷っているのが本音だった。「正義と不義」の二つの思惑が頭の中で空回りし、精神的な葛藤を演じているだけである。その土台となるような仕事を幸一は探していた。

評論家的な口ぶりでしゃべるだけの自分が情けなくなることもあった。自分が見つけようとする仕事の総てが「米国民政府の糸」に繋がっている事も幸一の就職意欲を阻害している原因の一つになっている。彼は、親米でもなければ、反米でもない。ただ、米軍のやりかたに腹が立つだけの話だ。

○適職見つからず悩む○

家にいると顔を合わすたびに父母が「これからどうするつもりだ。最高学府を出た人とも思えない。あなたの同級生は、ほとんどが結婚し、家庭を持っている。あなたは、今の社会が気に食わないと言っているようだが、社会は、あなたのご機嫌に合わして動いているわけではない。子供のような甘い気持ちでいては困る。最高学府の大学まで出て、そのくらいのこともわからないのか」とやいのやいのと責め立てる。兄の繁治だけは、早く仕事を見つけた方がいいよーと優しい口調で両親の意見をとりなした。だが、その裏には、何の相談もしてくれない幸一への不満が込められていた。親兄弟に何の相談もせず、突然、仕事を辞めたことは、幸一と家族との感情的な溝をつくってしまった。幸一は、父母の小言よりもぽつりと言葉少なに話す繁治の言うことが胸に応えていた。

幸一が二階の花鉢の草花に水をやっていると下から「コウイチ」と呼ぶ声がした。手を休めて声のした方を見ると、高校から大学まで一緒に過ごした上地和夫だった。就職してからは、仕事が忙しいと言うことで滅多に会えなくなった。気心の知れた仲である。

上地は、「実家まで来たついでに寄った」と言っているが、彼が「泡盛」と「酒のつまみらしきもの」を持っていることから近況伺いに来たものと思われた。

上地は、「どうぞ」という幸一の声も待たずに居間に上がり込んだ。彼は、大手旅行会社の課長補佐に昇進したばかりだと話し、現在の仕事に満足している様子だった。幸一は旅行会社の社員として世界を駆けずり回る彼の話を聞いて羨ましくなった。

「あなたは希望通りの職に就けてよかったね。顔も生き生きとしているよ」

彼の輝く表情を見て本心からそう思った。同級生との接触の機会も極端に少なくなった幸一は、よく語り合い、遊んだ学友たちの消息を尋ねた。上地は「仕事が忙しく、私もそれほど学友たちと会う事はないよ。皆それぞれ仕事に追われているんじゃないの」と自分も友達とのお付き合いは、ご無沙汰していると話した。すると上地が話題を変えた。

「ところで、これからあなたはどうするつもりだ。いつまでもごろごろしているわけにはいかないだろう。何か当てでもあるのか」

上地は、幸一が公務員を退職した後、どのような日々を送っているか大いに気にしていた。二人は、大学と専攻科目は、違っていたが、小中高校とも一緒に学園生活を送ってきた仲である。大学の所在地は異なっていたが、二人とも両大学の中間距離辺りで一緒に下宿していた。寝物語でお互いの将来についてもよく話し合った。

上地が勤務の都合で家族と共に那覇でのアパート住いをするまでは家も隣近所だった。上地は、週刊誌や新聞などが散らかっていることや室内の状況からして、就職だけでなく、結婚もしてないと感じた。上地はあきれたと言った顔つきで幸一の部屋を改めて見回した。彼の様子に気づいた幸一は、照れ隠しのように言い訳をした。

「今の浪人生活から脱しようと思っているのだが、気に入った仕事が見つからず困っているよ」

「公務員を退職してかなりなるだろう。いつまでも高等遊民でいるわけにもいくまい。のんき過ぎはしないか。それに世間体もある」

上地は、真剣に幸一の事を気遣い、進言した。

幸一さえその気になれば、自分の勤めている旅行会社に紹介してもよい。専務は親戚筋に当たるので頼めばどうにかなるかも知れないとの思いが上地の頭にあった。それと同時に公務員で、しかも将来を宿望されていた彼がそれを受けてくれるかどうかとの迷いもあった。

ともかく、専務の意向を打診した後、幸一には、打診することにした。

「いつまでも宙ぶらりんではいられないだろう。私のところの会社も若干名採用するらしい。まぁ、それは別にして私に手助けできることがあれば遠慮なく言ってくれ」

上地は、遠回しに旅行会社への入社に対するサジェスチョンを与えた。

「全く、あなたの言う通りだ。まだ目処も立ってないんだ。それにどういう職種が自分に向いているかも分からない。いや、まだ、自分の人生をしっかり掴みきれていないといった方がいいのかも知らない」

幸一は、上地に済まなそうに自分の浮ついた心情を打ち明けた。そういう事もあって、なかなか仕事をしようという気になれない。心の中では、兄貴や両親のためにも、早くそれなりの仕事にあり付かなければとの思いに駆り立てられる。だが、あせればあせるほど戸惑ってしまい、何をどうやったらいいのか分らなくなってしまう。「今のところ私の気分に合う仕事が見つからないんだ。チャンスを待つより他にない」と苦しい胸の内を明かした。

ほろ酔い気分の上地との別れ際に「あなたにまで心配をかけて申し訳ない。日を改めて一緒に飲もう」と礼を言った。幸一も久しぶりにかなり飲んだ。

「次会うまでには仕事も見つかるだろう。心遣いありがとう」

幸一は、心から上地の思いやりに感謝した。「朗報を待っているよ。その時にうまい酒を飲もう」。二人は誰からともなく手を差し伸べ「約束の握手」をした。幸一の見送りを受けて上地は幸一の家を後にした。

○記者採用の広告○

幸一は、爽快な気分になった。上地が帰った後、自分にどういう仕事が向いているのかと考えてみると、まだ暗中模索のままである自分にがっかりした。これでは本格的な就職活動も出来ないじゃないか。上地には出まかせを言ったことになるとつぶやいた。

公務員を辞めてはいけないと家族や親友に意見されながら、強引に退職したことは、自ら墓穴を掘る結果になってしまった。自業自得のやり方は大きな負い目としてのしかかっている。家族や友達とも相談すればよかったと悔やんでも後の祭りになってしまった。

幸一は、いろんな思いが錯綜する時には「自分を取り戻すまで、自暴自棄にならず、冷静になることだ」と自分に言い聞かした。理想と現実の狭間で幸一は、いらいらしていた。

その日は、薄曇で、時たま小雨がぱらついていた。すっきりしない天気だと思いながら、幸一は、トーストとコーヒーの遅い朝食をしていた。一応目を通して側に畳んで置いてあった新聞を退屈紛れに手元に取り寄せた、コーヒーをすすりながら、何とはなしに「社員募集」の欄に目を移すと「記者職採用」と出ていた。

二段二行の小さい広告だったが、これまでにない興味を持って読み返した。なぜか知らないが熱いインスピレーションが体中に伝わって来るような感じがした。どんな社員募集の広告を見ても、話を聞いても経験したことのない反応だった。自分が求めていたのは、こういう職種だったのだと幸一は、我に返った。

その広告をじっと見ているだけで躍動感が湧いてきた。幸一は、闇夜を掻き分けてやっと光の在り処を見つけた思いだった。

「やっと自分の生き甲斐を掴むチャンスに巡り会えた」と記者募集の広告から、目を離さないでいた。記者に合格して正義のありかを見極め、道義に反することには、勇気を持って俄然と反撃し、質していくという啓蒙運動を培っていこう。幸一は、頭の中でこう思い描いていた。

これまでのもやもやした気分も晴れた。まだ入社試験も受けない前に、自分が考える新聞記者の世界にはまり、闘志を燃やしていた。新聞を見た翌日、彼は、新聞社を訪れ、採用条件など詳しく紹介されたパンフレットを貰い、広報担当から記者の活動内容について説明を受けた。ついでに社内見学もさせてもらった。

職場では、技術系の若い印刷工まで目を輝かし、生き生きと働いていることに共鳴を覚えた。彼の職場になる編集局内は、記者の多くが取材に出払っているため割りかし静かだった。広報担当の話では、原稿締め切り時間になると、取材から引き揚げてきた若い記者を中心に、わいわい、がやがや騒々しくなり、今は嵐の前の静けさだとのことだった。

彼は新聞社からの帰り国際通りをぶらぶら歩き

ながら、公務員時代によく利用した書店で履歴書用紙を数枚買った。「自分には、まだ青春の精神的な勢いが残っていたのだ」と活気にみなぎり、進むべき方向を探し当てて、安堵の胸を撫で下ろした。中途採用なので受験資格は三十歳代までとなっていた。幸一は、ぎりぎりのところでセーフだった。幸一が真剣に立ち向かったのは、司法試験の時以来である。

繁治や家族から「何事も独断で決める」と不平を言われている幸一は、兄の繁治を居間に呼んで新聞社の採用試験を受けることを伝えた。繁治は、これに強く反対し、適当な職種がなければ、公務員に再挑戦するか、大手企業に勤めるように勧めた。

新聞記者は生活が不規則で、人のあら探しばかりしている。危険でもあるというのが反対の理由だった。繁治は、別の職種に変更するようにと意見した。あなたには、不向きな仕事だと思うと再考するように話した。

三十代からの方向変更は厳しいだろうが、あなたなら、それが出来る筈だ。新聞記者だけはよしなさいと念を押すように言った。歳月が立つ内に繁治も落ち着き、幸一には穏やかに話しかけるようになっていた。その裏には幾ら意見しても聞き入れない幸一への失望感みたいな要素も含まれているような響きがあった。

繁治と幸一の会話が少なくなったのもその所為だと思われた。幸一と兄の繁治とは、全く異なる社会観と生活の中で生きていることを知らされた。大人になり、それぞれ自分の道を歩まざるを得なくなったことを意味している。幸一は、繁治との考えや意見の違いがますます大きくなってきていると思った。

幸一は、繁治の言うことにいちいち逆らっているわけではないが、新聞社への入社希望はどうしても変えることは出来なかった。幸一は、予定通り入社試験に挑戦した。中途採用のためか、幸一くらいの年齢も数人いたほか、多くが三十代ではないかと思われた。

幸一は、皆が自分と同じような社会認識で職種変更をしようとしているのか、どうかなど相手の考えにも興味を持った。殆どが職歴のある顔をしている。

自分は、あらかじめ新聞社などの情報も得て必死に取り組んで来たお陰で筆記試験は、うまくいったと思っている。幸一は九十点以上だと自己採点した。少し気になるのは「沖縄の現状と将来について述べよ」との論文である。その内容を審査員がどう受け止めるかだ。幸一は、「平和とは何か。社会不安のない生活を求めて」との持論を述べたが、これを危険思想とか、反米思想と解釈されないかが不安材料になっていた。

○不合格通知にがっくり○

幸一は、その論文の中で「公務員時代のバス通勤」で自分なりの感想を書いたものだったが、今にして思えば、かなり自分の感情が入っていたような気がした。「露骨な反米思想の持ち主」と思われてないか。もっと穏やかに書いた方がよかったのではないかと思ったりした。

あれこれ思い巡らしながら通知の来るのを待っていると、二週間後には「一次、合格しました。面接の二次試験は左記の日程で行います」とのハガキが届いた。二次試験の面接は、形式的なものだし、一次の筆記が好成績であれば合格したようなものだ。幸一は、既に合格気分でいた。

面接は、編集局長、総務局長、報道統括部長、資料室長の四人が代わる代わる質問していた。私の二次試験の論文を読んだという報道統括部長は「私も沖縄の現状についての考え方は、あなたと同感だ。だが、人間は、今を生きていかなければならない事情もある。将来の夢というか、沖縄のあるべき姿を求めていくためには、現実も直視し、それにどう対応していかなければならないかも考える必要があるのではないかと思う。沖縄はスクラップ・アンド・ビルドの状況にあることは確かだ。公務員時代いろいろ考えるところがあったんですね」。報道統括部長は、幸一の論文に対する読後感をこう語った。

経理が専門と言われる総務局長は「せっかく公務員に合格したのに、なぜ辞めたのですか。新聞社は、それほど恵まれた職場ではありませんよ。どういう事情や考えがあってのことかは知らないが、勿体無い」と幸一の退職を惜しむように話した。

幸一が一日千秋の思いで待っていた通知のハガキは、「出社せよ」ではなく、「残念ですが不合格」というものだった。自分にとっては、張りのある職場をやっと探し当てたと思っていただけに体中から力が抜けていく思いだった。得体の知らない怪物に後ろから、ドンと暗闇の谷間に突き落されたような心境である。

繁治は落ち込んでいる幸一を見かねて「別の仕事を探した方がいいよ。新聞社にこだわる事もあるまい。あなたぐらいの実力があれば仕事は、幾らでもある筈だ。くよくよせず、別の生き方を見つけたらいい。今がその絶好のチャンスだ」と元気付けた。繁治は、幸一が新聞社の入社試験を落ちたことを「よかった」と思っている様子だった。幸一が新聞社の入社試験を落ちたことを少しも意に介さないといった態度である。

繁治は、妻に「泡盛とつまみ」になるような物を幸一の部屋に運ばせ、幸一と差し向かいで飲んだ。「もう一度、ゆっくり職種を検討し、再スタートしたらよい。余り仕事を選びすぎると時間に置き去りにされるよ」。幸一は、これにちょっとうなずいただけで、返事はしなかった。「酒を飲んで気持ちを持ち直しなさい」とうまそうに水割りの泡盛を口にしながら、幸一にも勧めた。幸一は、コップを持つ繁治の手元を見ながら、つまみのカマボコを爪楊枝で突っつき回し、しばらくして口に運んだ。幸一は、どうしても飲む気分になれなかった。話し好きの幸一だが、ほとんど繁治の話の聞き役になっていた。

○悠然と進む船に羨望○

顔がほてってほろ酔い気分になった繁治は「明日も仕事だから」といって階下へトコトコ降りて行った。「いつも、兄さんにばかり迷惑をかけて申し訳ない」と幸一は繁治の背に目をやりながら詫びた。沈んだままの重い気分を払拭しようと幸一は、酒、つまみを片付け、行きつけの飲み屋に出かけた。

気晴らししないとそのまま寝付けないと思ったからだ。幸先よい人生に向かって再スタートできると張り切っていただけに、新聞社からの不合格通知は幸一に大きな打撃を与えた。繁治は、「別の生き方を見つけたらよい」と言ってくれたが、「はい、そうします」と、簡単に割り切れる問題ではない。進もうとした方向を完全に閉ざされ、何をする気にもなれず、漫然と毎日を過ごしていた。両親は、「幸一に余り厳しい小言を言わないように」と繁治に言われていることもあって、優しい声で話しかけるようになっていた。

だが、幸一の見えないところでは「いつまで、ごろごろするつもりだろうね」と夫婦でぶつぶつ言いあっていた。母親が「家庭でも持てば考え方も変わるはずだのに。まだ、そういう人は、見つからないみたい」とため息をついた。湯煙の立つお茶を飲んでいた父親は「これぱかりは何とも言えないよ。隣近所にでも適当な人がおればいいんだが」と同じ思いのことを話した。両親は、幸一の身の振り方をいつも気にしているようである。繁治も「両親が嘆くのも無理はない」と親の気持ちに同情を禁じえなかった。両親や繁治のこの思いは、幸一には通じていないのか、ひたすら我が道を探し求めていた。肉親や友達の意見は、「馬耳東風」といった感じだった。

幸一は精神的に行き詰まると、決まって恩納村の万座毛に行った。絶壁に砕け散る白波の情景は、幸一を奮い立たせるカンフル剤の役割をしてくれた。沖合いを流れるように進む客船、漁をしている小船の様子は自然が描き出す素晴らしいパノラマだ。澄み渡る青空と稜々とした海原は、いつも幸一の心に涼風をそそいでくれる。

何万トン級、何トン級の船でもちゃんと自分の接岸する港を目指して生き物のように左右に舵《かじ》を切って突き進む。その光景は勇壮の一言に尽きる。漁船には、漁を生業《なりわい》とする漁夫達が家族の喜ぶ姿を頭に浮かべながら、「海の幸」を手に入れようと必死に働いている。客船には、大きな夢や理想を持った人たちが目的地への接岸を辛抱強く待っており、客船の荷主は、自分の積荷が無事手元に届くことを楽しみにしている。どんな船でもいろんな人々のいろんな物が乗っているかと思うと、総ての船が行き先の港に着岸するよう願った。船は人と同じ宿命を担っていると思った。

何の不服も言わず、自分の任務に突き進む姿にある種の霊感さえ感じる。幸一も船のようにありたいと望んでいる。あんなにだだっ広い海原で行き先を間違うことなく、ちゃんと目的地につく事が不思議でもあった。帰りは、周辺の海岸を散歩し、新鮮な空気を胸いっぱいに吸い込んだ。無造作に海水浴をしたり、戯れる若者たちを眺めるのも幸一の心の慰めになっていた。押し寄せる潮騒に心が洗われたような気分で家に帰った。

車を車庫に入れ、二階の居間に上がると大学時代に友達になった高嶺誠が居間に上がり週刊誌を読んでいた。「やがて帰ってくるはずだから」と幸一の母が手をとる様に居間に上げたという。幸一の母はジュースとお菓子を出して接待し、幸一の近況など世間話をした。高嶺がそろそろ退席しようとしたところに幸一が現れた。母は「ゆっくりしていって」と幸一と席を入れ替わった。

「『もうすぐ帰るはずだから、上がって待っていて』と言うあなたのお母さんの言葉で上がりこんだよ。そろそろ帰ろうと思っていたところにあなたが帰ってきたという訳だ」

「そうか、済まなかった」

幸一は、久し振りに会う友人を懐かしんだ。高嶺は元気そうな幸一を見てほっとした。彼は、大学で農学部を専攻し、卒業後は父の経営する具志川村のパイン工場に勤めていた。いずれは社長になることが約束されている。

○週刊新聞の経営決意○

「元気そうじゃないか。零細企業なので、何かと忙しくて失礼しているよ」

「お陰さまで見掛けは元気だ。あなたは、行く行くは社長だと言うから大変だろう」

「社長といわれると恥ずかしい限りだ。頭のいいあんたの事だし、もうとっくに新しい仕事に就いていると思っていたよ。あなたがその気になれば仕事はすぐ見つかる筈だ」

幸一は、彼が何を考えているのかを探りながら

「いや、生き方も、仕事も全く暗中模索の状態だ」とニヒリスティックに話した。すると高嶺が

「最近、あなたはマスコミ関係に興味を持っているそうじゃないか」と幸一の反応を伺うかのように尋ねた。

「そうだよ。だが、あなたにも話した通り地元の大手新聞社の試験に落ちてしまった」

「現在もその分野の仕事にこだわっているのか」

「気持ちとしては変っていないが、狭い沖縄では、なかなか希望通りにいかず困っているよ」

幸一の話を聞いていた高嶺は、言いづらそうに躊躇していたが、思い切って切り出した。「あなたは、その程度の職しか私には紹介できないのか。私を見くびっているのか」と言われはしないかと気にしながら幸一の考えを聞いた。

「週刊紙の中頭情報社を経営している私の父の友人が転業のため、それを手放したいと言っているが、どうかね。あなたが引き取って経営してみる気はないか」

「いろいろ気を遣ってくれて有り難う」

「私は譲渡の話を聞いて、あなたがマスコミに強い関心を持っていることを思い出したんだ」

幸一は、高嶺の話に関心を示しているようだった。高嶺は、幸一が本気でその面の仕事を求めていることが分れば、もう少し詳しく聞き出せたのにと残念がった。中頭情報社の社長が何で転業するのかくらいは聞いておくべきだったと自分の迂闊さを責めた。幸一はすぐ反応して答えた。

「マスコミへの夢が消えたわけではないよ。いい話を持ってきたと思っている」

「あなたにその気があるなら、私が仲を取り持ってもいいよ」

幸一は、何かにつけ、気配りをしてくれる高嶺を得難い友だと大事にしている。高嶺は、無理に押し付けや売り込むようなことはしなかった。あくまでも幸一の判断に任せた。社交性があり、人当たりもよく、話もうまい。彼ならきっとやっていけると思っている。幸一も地域の情報紙としてやっていけるのではないかとの思いがちらっと頭をかすめた。

「しばらく考えさせてくれないか」

「あなたにその気があれば、いつでも連絡してくれ。出来れば早いほうがいい」

「その節はよろしく頼むよ」

高嶺は、幸一が強い関心を示していると感じた。だが、一週間余を過ぎても幸一からは何の連絡もなかった。中頭情報社の社長からは「どうなっているの。こちらにも都合があるので早めに返事してほしい」と催促が来る。その度に高嶺は、後しばらく待つように頼んだ。十日目になって幸一からの返事があった。

内容は、新聞社の社長と話したいから、取り次いでほしいとの事だった。高嶺はすぐに社長のアポイントメントを取り付けた。高嶺は折り返し幸一に電話をし、二人は明日の朝、高嶺の会社の前で待ち合わせ、情報社に向かうことにした。高嶺は約束の時間通りパイン缶詰工場の前で待って幸一の車に乗り込んだ。高嶺は中頭情報社についての内容を彼に説明した。質素で田舎の印刷工場といった感じのコンクリート造り平屋だった。二人は入り口に近い応接間に案内された。高嶺が話の口火を切った。

「友達の田港幸一君です」

社長は、五十代半ばの人のよさそうな穏やかな顔立ちをしていた。風采の上がらない「田舎おやじ」と思っていたら、全くのイメージ違い。風格と人間性が漂っていた。

「あなたの事は、高嶺君からよく聞かされていましたた。せっかくの公務員を辞められたそうですね」と言いながら社長は幸一に名刺を渡した。

幸一は「浪人中ですので名刺はありません。田港幸一と申します」と頭を下げた。高嶺は、社長に幸一の事をいろいろ話したらしい。何故公務員を辞めたのか聞きたがっていた。

高嶺は、何故私が公務員を辞めたかという理由については話してなかったようだ。幸一は、「公務員は私の肌に合わなかったようです」と逃げた。現在は、目下失業中なんです。早く身の振り方を考えなければと思っているんですが、まだこれといった職が見つからず困っているんですよ」と現状を話した。

「そうですか。高嶺君もあなたの就職の事を気にしているようです」

社長と幸一の挨拶代わりの話が終わったところで、「幸一君が社長の中頭情報社譲渡に関心を持っているようです。そこら辺りのお話をしていただきたい」と高嶺が告げた。「社長も忙しそうだし、私も勤務中ですので、余り長居は出来ません。お互い単刀直入にお話したらどうでしょう」と高嶺が提案した。幸一は今が丁度頃合だと見て具体的に話を切り出した。

○赤新聞との噂で倒産○

「印刷会社の買い手は、ついたのですか」

「いや、話は二、三件ありますが、どれも折り合いはついていません。それに高嶺君からも、あなたからの正式な返事があるまで待ってほしいとのこともありましたので、後しばらく様子を見ることにしていました」

「ご配慮、有り難うございます」

高嶺は、幸一の様子を伺いながら、社長が幸一の事情を配慮してくれたことに感謝した。後は幸一が話を引き継いで印刷関係に興味が出てきたことを話した。社長は「新聞というのは格好だけで、実際はチラシ、名刺、パンフレットなどが営業の中心です。新聞は刷れば刷るほど赤字になるだけです。そう儲かる商売ではないですよ」と業界の厳しさを語った。

この社長は、印刷会社を手放して不動産会社を立ち上げるつもりだとこれからの身の振り方について話した。会社が火の車である事を正直に語ってくれた社長に幸一は好感を覚えた。同時に「自分が経営していけるか」との不安も隠せなかった。夢が萎んでいくような思いもあった。しかし一方では「自分が公務員を辞めたのは、報道で人々を啓蒙することによって公平と正義の理想社会を実現したい。不正義の通る世の中を容認できない」との強い決意があったからこそではなかったのかと自分に言い聞かせた。

幸一は「思う念願岩をも通す」という信念でやりぬく気持ちを固めた。社長が経営内容について話している時は複雑な表情をしていた幸一の顔がだんだん輝きに代わっていくのを高嶺は見逃さなかった。社長も高嶺と同じ見方をしていた。

幸一は、会社を買い取るか、どうかの具体的な話は避け、この日は、主に社長の話を聞くだけに留めた。「譲渡などに関するお話し合いは、次回にさせてもらえないでしょうか」と言う幸一の頼みを社長は聞いてくれた。「こちらにも都合がありますので、出来るだけ早めにご返事を頂きたい」と社長も幸一に注文した。

幸一は、最後まで付き合ってくれた高嶺と一緒に席を立った。高嶺は、ハンドルを握る幸一の手に力がこもっているのを見て取った。黙って助手席に座っていた高嶺が前方を向いたまま話しかけた。

「感想は、どうだ」

「経営内容の悪さは、気になるが、やってみたいとの思いが強い」

「勿論、あなたがその気であれば、積極的に協力するよ」

幸一は、高嶺を彼の職場の前で降ろし、万座毛で心を休めてから家に帰った。気のせいか海の色も一層青く、天空を流れる雲もゆったりしていた。万座毛の天然の持つ美しさを率直に受け止めることが出来た。

社長と二度目に会ったのは、二十日後だった。彼は、買収資金の目処を立て、経営方針が固まったところで社長と面談した。紹介してもらった高嶺からは何回も返事の催促を受けたが、「やっていける」と決断できるまで待たしていた。印刷業界の厳しさについては、関係業者などからも情報を得ていた。

買収資金と経営資金は、琉球政府勤務時代の主管の総務局長の口利きで市中銀行から借り入れることが決まった。社長と三回目に会った時には、総ての譲渡手続きを終わり、引き継いだ。一段落し創業開始の前の日に世話になった人々や身近な親戚を招き、形ばかりの祝賀会を開いた。幸一は、出席者に挨拶というより、次のような決意表明をした。

「私は、この中頭情報社を沖縄の未来社会をどう作り上げていくかを考える場にしたい。今の沖縄をどうしなければならないかを地域住民と共に考えて行きたい。私を『反米主義者』と誤解しているのもいるようですが、強いて言えば私は、反軍・好米主義者だと思う。何もまして先ずは『中頭情報を中心にした印刷会社の経営の安定化』と『従業員の生活向上』を重大課題として取り組んでいきたい」と話した。従業員は、記者職二人を含め二十三人全員を継続雇用した。

幸一は、自宅から出勤していたが、社員と共に遅くまで働き、休憩室で寝泊りすることも多くなった。家庭持ちの社員は、出来るだけ定刻通り退社させるようにした。

印刷や出版事業に不慣れな幸一は、従業員のアドバイスを基に経営に当たった。兄の繁治は「あなたが今の仕事を続けていくのであれば応援するよ。何でも相談して」と弟の再起を喜んでいた。繁治は弟への「高望み」はとっくに諦めている。ぶらぶらせず世間並みに仕事をすればそれでよいと思うようになっていた。

幸一は、中頭新聞とその他の出版物に均等に力を入れている心算だったが、いつの間にかチラシ、ポスター、名刺、パンフなどの営業は社員任せになり、自分は中頭新聞に重きを置くようになっていた。新聞の発行費用の不足分は、他の出版物の売り上げで賄う計算だった。従業員には、各種の出版物の注文を増やしていくよう気合をかけた。幸一の指図で社員は一丸となって努力した。お陰でどうにか経営も上向きの兆しが出てきた。

だが、日本復帰を前後にして起こった不況の波や業界の乱立でダンピングによる市場の奪い合いが激しくなった。幸一の会社のように創業歴の浅い所は、次々に閉鎖に追い込まれていた。それに加えて幸一の会社が受けた一番大きいダメージは、幸一が反米活動で琉球政府の公務員を首になったという風評だった。現在も売上金の幾らかを反米運動の組織に流しているとのことだった。それに尾ひれまでついて基地の町の社交業界を始め、基地関係業者の間にその噂が広まった。

従業員や幸一の友達は、一生懸命にデマだと否定し、幸一は単なるリベラリストに過ぎないと説明しても「悪い噂は羽がある」と言われるように「うわさ」は尾ひれをつけて一人歩きしていた。せっかく新規開拓した読者も購読中止をした。チラシ、パンフレット、名刺、各種冊子などの一般印刷物の発注も日に追って減少した。

米軍雇用、米軍相手の商売、社交業など殆どの住民生活が米軍基地と何らかの関わりを持つ中部地域にとって「反米」、「アカ」というレッテルを貼られるとやっていけない世相だった。自主退職なのに、「首になった」と言い触らされ、「経営を維持するのがやっとなのに反米やアカの組織に資金を流している」というデマに幸一は追い詰められた。

笑い話にもならないと憤慨しても人の口には戸を立てられない状況だった。「会社の経営がうまく軌道に乗り、従業員が安心して生活できるようになるまでは自分の社会的信条は棚上げして商売人になろう」と張り切っていた最中に「噂の金縛り」に苦しめられた。

幸一は、どうにか会社を立て直そうと懸命に努力した。風評を跳ね除け、これまでの中頭情報読者や出版物発注などの得意先を回って事情を話し、従来通りの取引を懇願したが、体よく断られる始末だった。

一度思い込んでしまうと、その誤解を払拭することは容易でない事を幸一は身を持って知らされた。

○父が土地売って返済○

取引先の銀行も、これ以上、融資を続けるわけにはいかないと「貸し出しの打ち切りと残金の返済」を求めてきた。せめて従業員の給与分だけでもと頼んだが、銀行側は「出来ない」の一点張りだった。兄の繁治も資金の立て替えをしてやる余裕はなかった。八方塞（ふさがり）になった幸一は現状をどう乗り越えていったらいいか分からず、思案に暮れる日々が続いた。

銀行だけでなく、親戚から個人借りした分についても期限の再々延長は出来ないとの通知書が郵送で届けられていた。遠い親戚関係に当たるので、面と向かって言うのが気が引けたのだろう。返還期日も明示してきた。

「今度こそうまくいくだろう」とやったことが、最後はいつも裏目に出る。「浮世の風は、何で私にこんなに冷たく当たるのだろう」と幸一はこぼした。心身共に疲れ果てていた。

だが、口に出して弱音を吐くと、本当の敗北者になってしまう。これまでの人生を総て棒に振ることにもなりかねない。人生は長いのか、短いのか知らないが、歯を食いしばって生きていくより他にない。勇気を持って再出発だと心に誓った。濁流であろうが、暴風であろうが、どんな獰猛な河川《かせん》でも泳ぎ渡っていかなければならないのだ。四十近い壮年期を目前にしてまだ浮ついたまま黄泉の客になるのは、余りにも空しすぎる。幸一の心の中では、いろんな情感が錯綜し、なかなか気持ちの整理がつかなかった。「焦りと苛立ち」だけが広がるばかりだった。

このような幸一の悩みとは関係ないように一階の繁治の家族の住まいからは、一家団欒の賑やかな声が響き渡っている。

いつものことながら年老いた両親の笑い声や戯れる孫たちの様子が手に取るように伝わって来た。まだ、午後六時前だというのに夕食を済まし、父と長男の繁治は、泡盛で晩酌を始めたところらしい。繁治の中学二年生の三男坊が「美味しい酒があるから飲みに来てとお父さんが呼んでいるよ」と誘いに来た。

幸一はその気になれず「伯父さんは出掛けなければならない用事があるから、御免なさい。お父さんにそう言ってちょうだい」と断った。

幸一は、三男坊が去ると急ぎ着替えをして本土資本の大手スーパーに行った。もともと予定したことであり、言い逃れのための口実ではなかった。繁治に一言侘びを入れてマイカーで出かけた。

不思議なことに繁治は、幸一の後ろ影に「まだ力強さ」が残っているように感じた。繁治は「また何かやり出すのではないか」と思った。自分の信条や人生に敗北するような人ではないと繁治は信じている。

中頭情報社の負債は父が嘉手納基地内にある土地を処分して返済してくれた。二人の姉は、これに反対したが、繁治は何も言わなかった。二人の姉の頭の中には「歌手になっておれば、こんな目に遭うこともなかったはずだのに」との思いが残っていた。

確かに今度こそは、成功するだろうと取り組んできた幸一の夢は、ことごとく蕾のままで萎んでしまった。

社会や人生にも価値ある事として取り組んできたことが、ことごとく挫折し、中途半端の繰り返しになっている。これでは無駄な一生で終わってしまう。酔生夢死の人生は、ご免だ。

幸一の辛《つら》い思いを慰めてくれているのは、天性の美声と音感だ。三線と歌は、更に磨きがかかり、幸一の心を癒す最大の武器になっている
買ったばかりの本を片手にスーパーのロビーで座って店内を行き交う人々を漫然と眺めていた。どの顔もそれぞれの動きの模様、生き様が表れていて面白い。「キョロキョロ、ジロジロ、コウマン、ウツムキ、オダヤカ、ジアイ、アワレ」など十人十色の実感を浮き彫りにしている。すぐ帰るつもりが、展示された人物像を鑑賞する気分でつい長居をしてしまった。

幸一の様子を見ていた五歳位の男の子が幸一の足に躓いた。足を投げ出して組むような格好でいたせいだろう。まさか故意に蹴飛ばしたのではあるまい。その子は幸一を向いて悪戯っぽく笑った。我に帰った幸一も「気にしないで」という意味で手を振った。

皆が同じ方向に歩いているようでも求める物や品定めの仕方はそれぞれ違っていると思いながら、家路を急いだ。自分の信念を貫《つらぬ》き通す事が人生の勝利者だと幸一は思っている。今買い求めた本も、自分を奮起させる内容のものだった。

(終)

―心と情念の窓―

定型詩

(一)琉歌　(二)川柳　(三)短歌

(一) 琉歌　やしま・恩納琉歌会

世の先の戦争
お真人や心配し
反基地に集りる
命のために

大城　英喜（恩納村）

くぬ歳なて知ゆる
二親ぬ情
今になて思みば
悔やむびけい

大城　和子（恩納村）

春の暁に
ふきる山鳥ぬ
いそさぎさ声に
肝んとりて

大城　節子（恩納村）

我身生ちえる母や
世界にただ一人
面影やいつも
目の緒さがて

照屋　君子（恩納村）

里が形見やる
三線ゆ弾きば
いち聞ちん音《ぐ》色《いん》や
肝に響ち

当山　弘子（恩納村）

我した首里城
戦禍から孵て
まじゅんくい戻さ
御茶屋御殿

長嶺八重子（恩納村）

春節になりば
海山んちゅらさ
年寄たる我身ん
若くなゆさ

山内　輝信（恩納村）

摩文仁板干瀬に
打ちやい引く波や
海神ぬ声ゆ
平和う願け

古波蔵　弘（恩納村）

春節になりは
我身まさいまさい
花忍で飛ぶる
ハベル愛さ

古波蔵光子（恩納村）

ないさがるゴーヤや
夏負きぬ薬
親ぬテーアンダ
忘りぐりさ

古波蔵静子（恩納村）

たまさかに行逢る
古里《しま》の同年《いぬとし》の
い言葉の愛しや
別かれかねて

松田　静子（恩納村）

長浜　利子（恩納村）

形見三線や
　床の間の飾て
弾きゆる人をらぬ
　肝ぬさびさ

登川　清子（恩納村）

藍芭蕉ゆ着ちよて
　踊る袖とりば
形見着物香ばさ
　手振い忘さ

舟津千恵子（恩納村）

大和あまくまに
　咲ち誇る桜
テレビうて観《ん》じゆる
　肝の嬉さ

伊藝　峯子（恩納村）

いくつ歳なても
　習ひ事すれば
肝も若わかと
　なゆる心地

仲村　千代（恩納村）

眺みぶさあゆる
　十三夜う月
はじかさがあゆら
　雲に隠れ《くわっき》

伊藝　源一（金武町）

孫《まご》も丈程《たきふど》に
　座敷《ざしち》狭《いば》いばと
嘉例吉《かりゆし》の正月
　笑ひ福て

基地中の郷よ
　村人と連れて
廻て懐かしゃや
　語る昔

源河史都子（中城村）

鶏や鳴き終て
　いきやうそじさべが
きぬぎぬの御衣に
　袖の涙

浦崎　永啓（うるま市）

朝夕踏み均《なら》す
　庭の芝だいんす
しので待つはるや
　緑ほこて

平良　恵子（沖縄市）

緑増す野山
　はなも色清らしや
やふぁやふぁと吹く風も
　春の匂ひ

比嘉八重子（北中城村）

咲き誇る花も
　散る定めと思ば
白雲の包む
　心寂しや

神里千代子（那覇市）

荒波も忍じ
　弟《ウトゥ》妹《ジャナ》の腰当《くさ》て
兄者の神願や
　体果報

粟國　良子（沖縄市）

雨風や吹きも
渡て来やる浮世
春風の心
思ひ忍ぶ

比嘉　芳子（北谷町）

黄金綾雲の
立ち勝る空に
勒《ミルク》世《ユ》よ願て
若くなゆさ

山川　静子（中城村）

寄らて語ゆらば
寄たる年忘て
石なごの時分
戻る嬉しや

玉城　信子（沖縄市）

暁《あかちち》の鶏《とい》や
夜明け知らすとも
基地の島沖縄
夜明けないらぬ

幸地　光英（沖縄市）

恋の深山路に
踏み迷て入りば
無蔵待つ道も
見らのあもの

大城　弘（金武町）

若夏やデイゴ
紅色ぬ花や
青空と調《うらや》和《て》して
県花だいもの

比嘉　恒夫（豊見城市）

（二）川柳

北中城三水会

川柳とは全く無縁だった連中が毎月第三水曜日にあつまり句会を開き毎回ほぼ皆出席で酒を酌み交わしながらの歓談を楽しんでいます。

小松　呑水（新垣　秀昭）
彼氏見て　顔くもらせる　父がいる
（娘の男友達はどんな奴でもダメ）

髙松　呑海（花崎　為継）
鬼コーチ　汗をふくふり　初勝利
（弱小チームをきたえ上げついに得た）

稲福　呑雲（稲福　日出夫）
縄のれん　晴れより雨が　似合ってる
（一人座る雨降りのカウンター、高倉健）

国吉　呑安（国吉　安子）
憧れの　君の弟　まず口説く
（まさに孫子並の兵法家）

宮城　呑好（宮城　好博）
笑い声　外まで響く　三世代
（核家族ではこうはいかない）

大屋　呑卓（大屋　みゆき）
愛猫家　金魚の数を　たしかめる
（戦々恐々の金魚の身にもなれよ）

佐久本　呑湖（佐久本　盛明）
赤ちゃんが　座ったとたん　人に見え
（座って人格を立って歩けばどう感じる）

大城　呑車（大城　勉）
火の中に　飛び込む思い　今いずこ
（命まで賭けた恋の結果がこれかいな）

轟　呑博（轟　博美）

タイミング　回転扉　孤独感

（一瞬閉じ込められた感の回転扉）

玉城　呑若（玉城　若子）

あの子へと　続いているんだ　この空は

（世界中どこに居ても同じ空の下だ）

伊達　呑仁（伊達　政仁）

天晴だ　バツ二の母が　玉の輿

（バツ二を物ともしないたくましさ）

（三）短歌

伊波　瞳（うるま市）

風のごと美ら島海道わたりゆき
歌の翼を空へと放つ

豊漁を祈る平安座のならいなり
タマンの輿《こし》を担ぐサングッチャー

若夏の月のひかりにしろたえの
つぼみさしぐむ月桃の花

●十六日祭《じゅうるくにち》を詠む

田島　涼子（沖縄市）

亡き兄に会えるやもと
　島の墓地死者も生者も賑わう十六日祭《じゅうるくにちー》

慌ただし雨の晴間に
　紙銭《ウチカビ》を焼きつつ祈る十六日祭

焼き終えし紙銭フワリ飛ぶ先に
　天蛇《てんぽう》※は生れぬかの世の道か

※は虹のこと宮古島の方言です

●八十路を詠む

伊波　邦枝（嘉手納町）

素晴しき青春の無き戦中派
　老いの春ほぎ懐メロうたふ

友どちと惚けとつっこみ交はしつつ
　生き来て八十余歳となりぬ

平成の平均寿命は
　八十歳楽々と超ゆ其の先如何に

茶寿なれば茶の間に集ひ
　百八歳を祝ひ踊らむ長寿日本

嘉手納の歩みと未来
空港の民営化で中部の核都市へ

伊波　勝雄

『談笑会誌』の「古里を愛し、古里にこだわる」のフレーズがいたく気に入った。談笑会諸氏がどういう思いで寄稿文を寄せるか、小生にはその目指す意図がよくわかる。

かつて、小生は恩納村立山田中学校で社会科の教師を11年間務めた。その間、放課後子供たちを引き連れ、山田グスクや座喜味城を度々訪ね、築城にまつわる話をよくした。ところが、歴史の教科書には、沖縄の記述が全くない。沖縄に住む子供たちが、沖縄や自分たちの住んでいる地域の歴史を知らないとは、片手落ちではないかと思った。それ以来、授業の中で琉球の歴史をいかに位置づけ、実践化を図るかについて取り組んできた。このことが発端となり、沖縄の歴史や地域史に興味をもつようになった。

今回は、談笑誌諸賢に倣い、我が郷土嘉手納町にこだわり、「嘉手納町の歩み」と題し、嘉手納町の先史時代から現代までの歴史の変遷を駆け足で辿ってみることにした。

第1章　先史時代の嘉手納

第1節　琉球史のあけぼの

琉球の島々には、数万年前から人間が住みつき、長い時間をかけて琉球の社会や文化の基盤を築きあげてきた。この先史時代の世は12世紀頃まで続く。

遙か遠い昔の琉球列島は、アジア大陸と陸つづきであった。その証拠に、太平洋戦争前に宮古島

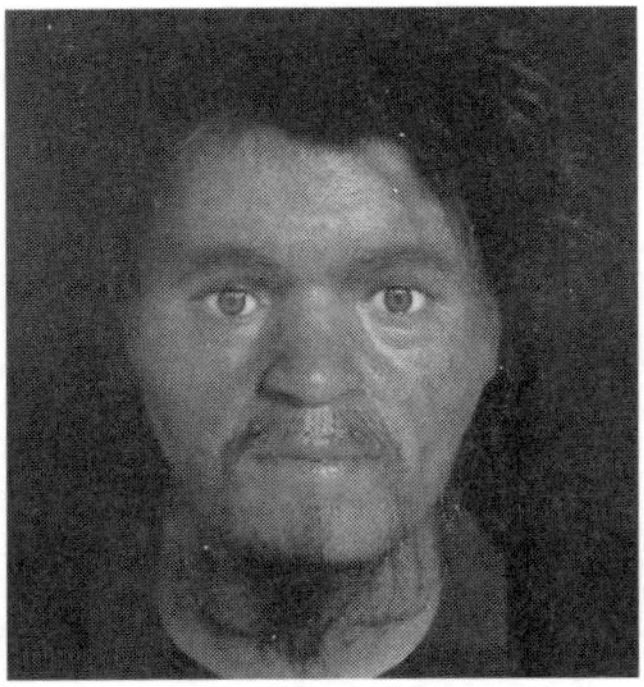

2万8千年前の複顔模型

の洞穴から中国に住んでいたナウマン象の化石の発見をみた。そして、1万年ほど前には、日本列島はアジア大陸から切りはなされ、ほぼ現在のような琉球列島が形づくられてきたとされている。

沖縄旧石器時代の人骨としては、3万2千年前の那覇市の山下洞人や1万8千年前の港川人が知られ、今また石垣島の白保竿根原洞穴遺跡から国内最古の約2万8千年前の頭骨が見つかった。2018年4月20日、デジタル技術を用い3次元プリンターで出力した模型に肉付けされた顔が復元された。死亡年齢が30代から40歳前後の男性で、顔の長さが短く、彫りが深く、額の幅が広い。石垣島旧石器人は、琉球列島以南の東南アジアや中国南部に起源をもつグループであることが推定された。

これらの発掘例から、先史時代から琉球列島には、大陸から渡ってきた人びとが住んでいたことがわかった。しかし、これらの人びとが、直接わが沖縄人の祖先であるとの解明はいまだになされていない。

2011年には、玉泉洞西側の一角にある「サキタリ洞遺跡」が発見され、貝殻片を加工して道具として用いた40点余りの貝器が出土した。これらの貝器は放射性炭素年代測定の結果、1万4千年前のものとわかり、この時代琉球列島に人が住み着き魚貝類を採集しながら生活していたことが判明した。これは沖縄の旧石器文化解明につながる一大発見である。

沖縄旧石器時代の長い空白の時を経て、やがて土器文化を持った人達が登場してくる沖縄貝塚時代を迎える。

第2節　貝塚時代の嘉手納

沖縄貝塚時代は、日本史の縄文から弥生時代を経て平安時代の半ば頃に相当し、数千年にも及んでいる。出土した土器や石器などの道具類の変化をめやすとして、その発展段階を「早期」・「前期」・「中期」・「後期」の四期に分けられ、年代的には約3千500年代から約千年前頃の時期にあたる。

嘉手納地域から、貝塚時代各期の遺跡が発見され、沖縄では他に例をみない。

では、嘉手納貝塚人の残した遺跡から人びとの暮らしぶりを読み解いてみたい。

1、沖縄貝塚時代　早期の人びと

沖縄貝塚時代早期の遺跡は、読谷側の比謝川河口近くで見つかった「渡具知東原遺跡」とネーブルカデナ入り口のローソン南側の米軍の排水溝から発見された「野国貝塚B地点（1975、6年の発掘調査）」である。この両遺跡からは九州で起こった爪形文土器や曾畑式土器が発見され、九州と同じ系統の文化を持った人々が住みついて生活していたことがわかる。

野国貝塚B地点からは、食料残滓として貝殻や獣骨、さらにはイノシシの骨661頭分が出土した。これらの出土物をみるに、その当時の嘉手納飛行場辺りは鬱蒼とした森に覆われ山海の幸に恵まれ、多くの動物たちがいた。野国川の河口付近に居を求めた人びとは、小動物をとらえ、漁労を

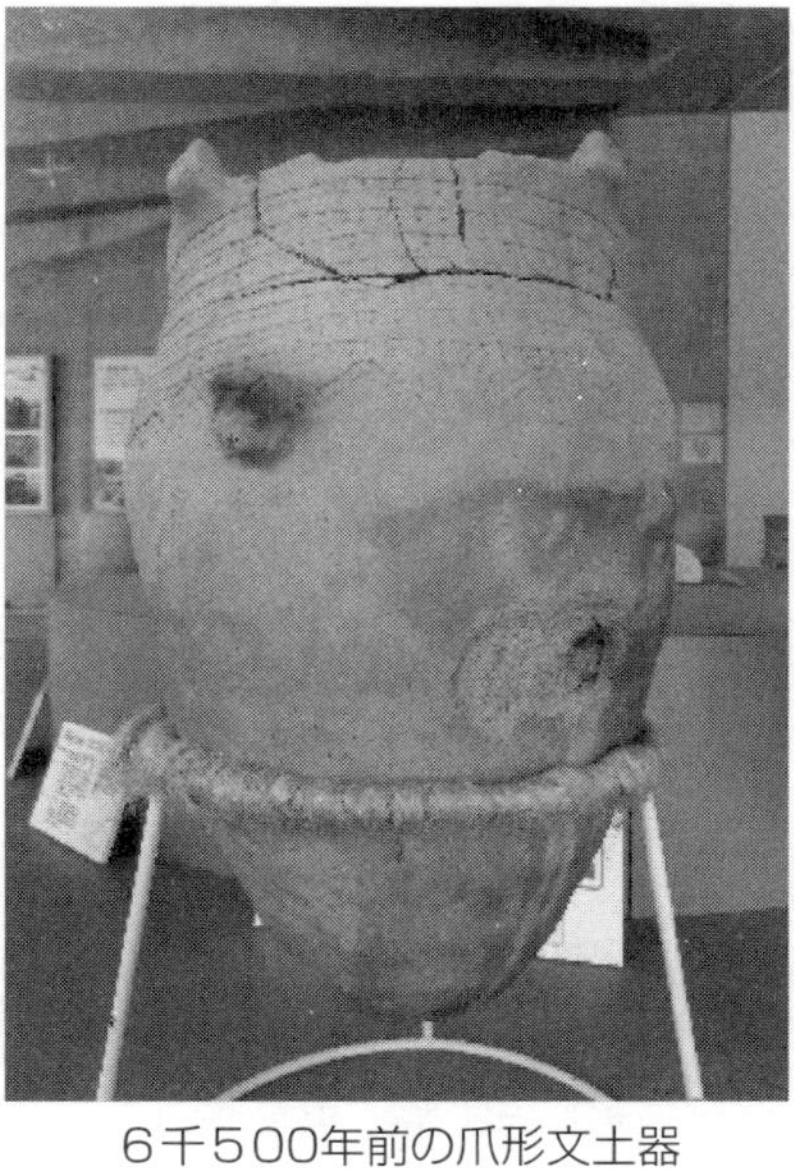
6千500年前の爪形文土器

行い、木の実や貝類を採集して生活を営んでいたことが推察できる。

2、沖縄貝塚時代　前期の人びと

沖縄貝塚時代前期は、3千500年前に相当する。この頃の遺跡として、「嘉手納貝塚」がある。「嘉手納貝塚」は比謝川大橋東方約200メートル右手、嘉手納公園の台地上に位置する。貝塚というのは、遠いむかしの人びとが食べた貝殻や動物の骨、木の実、土器のかけらなどを破棄したゴミ捨て場である。現在の我々は、その廃棄物に因って当時の人びとの生活を探る手がかりとなる貴重な遺跡ということになる。

「嘉手納貝塚」からは、生活用具として煮沸用や水入れなどに使用した甕形や深鉢形の土器片が出土した。嘉手納貝塚を残した人びとの生活の本拠は、比謝川周辺の琉球石灰岩地帯の崖下の洞穴を住み処とし、食は近くの川や海で魚介類や山野で狩りや木の実などを採取して生活し、かなりの進歩のあとがみられる。

3、沖縄貝塚時代　中期の人びと

沖縄貝塚時代中期は、2千500年前に相当する。2007~8年にかけて嘉手納基地内で発掘調査が行われ、貝塚時代中期の遺跡が発見された。場所は、国道58号線沿いの池原内科から南に200メートルの嘉手納基地内、一帯の小字名から「野国後原遺跡B地点」と命名された。

この期になると、人びとの生活の場が台地上や海岸砂丘地に

2千年前の集落復元模型

移り、遺跡として竪穴住居跡が発見された。竪穴住居は「地面を掘って床とし、その上方に屋根をかけた半地下式の住居。深さ50センチメートル前後。炉やかまどを供え、柱穴を掘り、周囲に排水溝のあるものが多い」(広辞苑)という。野国後原で発見された竪穴住居にもこれらの特徴が見られる。

竪穴住居には4~10人程度の家族が住み、まだ稚拙といえる道具で狩りや採集を中心として食料を確保したと思われる。ともあれ、小規模ながらも集落の形成が見られることから、人びとが集団で力を合わせて食料を手に入れ収穫物を平等に分け合い、集落単位で生活が営まれていたと思われる。

4、沖縄貝塚時代　後期の人びと

貝塚時代の後期、1000年前後頃になると、人びとの生活のステージが台地上や海岸砂丘地に拡大するようになる。キノコ状の岩のある米軍のマリーナ海水浴場周辺に形成されていた「嘉手納貝塚群A地点」は、まさにこうした遺跡の一つである。ただ、残念なことに戦後の基地建設などに供するための採砂により砂丘が消滅し、住居跡も埋没した。大きな損失だが、1995年の調査により沖縄で初めて「開元通宝6枚」が発見されたのは大きな収穫であった。開元通宝は、621~966年にかけて中国唐代に鋳造された貨幣である。発見当初こそ、偶然にまぎれ込んだものだとする見方であったが、久米島や石垣でも発見されたことから、中国交易の際に貨幣として使用された可能性もあるという見解が出された。

嘉手納貝塚群A地点で集落を形成した人びとが中国交易にも乗り出したことを考えると、沖縄古代史を飾る貴重な遺跡であることが改めて思い知らされる。残念なことに、敗戦の爪痕はここにも残る。

この頃の遺跡からはほぼ万遍なく貝製の網の錘が出土する。このことは網による漁法が確立普及し、定着していたことを意味する。網による漁は個人単位で行うのではなく、共同作業として遂行したと思われる。だとすれば、集落もそれぞれ孤立していたのではなく、隣接する集落同士の間で生活共同体的な意識の萌芽を促し、より大きな集落形成へとつながっていったのだろう。

比謝川河口や野国川河口を中心とした嘉手納地域は、原始・古代より人びとが生活を営むのに非常に恵まれた自然条件を備えていたのであろう。貝塚時代各期に相当する遺跡が発見されるということは、この嘉手納の地に人びとが絶え間なく生活の場を求めて生活していたとの証左であり、沖縄の原始・古代史を解き明かすのに極めて有用な情報を秘めた地域であることが理解できよう。

第2章　古琉球・グスク時代の嘉手納

数千年以上も続いた沖縄の貝塚時代は、12世紀の終末期を迎え、麦・粟・稲作を中心とした農耕を営む新しい時代に入る。人びとは、農耕に適した土地をもとめて集まり、やがて定住し、集団としてのムラ（集落）を作って生活するようになる。一方では、各地に按司（有力者）が台頭し、対立から統一へと続き琉球王国が成立する。対外的には、中国や東南アジアと外交・貿易を展開するようになる。琉球の「古琉球」と称する「グスク時代」の到来である。その期間は、12～15世紀頃まで続く。

第1節　古琉球・グスク時代の嘉手納の村々

1、ムラ（邑）の成り立ち

現在の嘉手納町のもととなる屋良、嘉手納、野国のムラは、この当時に形成された古い集落だとされている。比謝川周辺の自然の洞窟に住んでいた人びとは農耕が開始されると、今の嘉手納高校辺りの水田で稲作を始め定住し、屋良ムラを形作る。嘉手納ムラの場合は、旧嘉手納の中央公民館の南側の台地に嘉手納ムラを形成する。野国ムラは、野国川沿いに野国のムラ建てを行う。『おもろそうし』（1623年）や「琉球国由来記」（1713年）『琉球国旧記』（1731年）には、古いムラの記述がみられる。

ムラの中では、農耕によって豊かな富を蓄えた（農産物の蓄積）者が集団の指導者となり、ムラの草分け的な存在となって首長と呼ばれるようになる。指導者を輩出した家は「宗家」（ムートゥヤー）と呼ばれ、その長は「根人」（ニーチュ）、その姉妹は農耕儀礼などの呪術を司った「根神」（ニーガン）と呼ばれた。

2、ムラの祖先神を祀る

沖縄の古いムラには、北を背にした小高い丘や森があり、グスク・ウタキ（御嶽）と呼ばれている。この地は、ムラの最も神聖な場所で、神の依代（よりしろ）として神木（マーニ・クロツグ）があり香炉が置かれ、ムラの祖先神・守護神である「イビ」（威部）を祀った。屋良には「屋良グスク」、嘉手納には「嘉手納ウグヮン」がある。野国の根所には「御子野国大国」、ノロ殿内には「御子野国大主」が祀られている。

第2節　琉球王国の成立

1、按司の登場と屋良グスクの築城

ムラ社会が定着し、生産力が向上すると、富と権力を手に入れた有力者が生まれた。こうして誕生した支配者を「按司」と呼ぶ。13世紀に入ると、按司たちは、それぞれの支配地域にグスクと呼ばれる施設を築くようになる。

このグスクを巡って、1960～80年代にはグスク論争が起こった。争点は、グスクの起源説を巡り、按司や国王などの城郭説、墓・拝所説、集落説などが論じられた。

グスクは、北は奄美諸島から南は宮古・八重山諸島に至る地域に分布している。その数は、沖縄諸島とその周辺離島を含めると297カ所ある。その内訳は、北部地域で45カ所、中部地域65カ所、南部地域で113カ所、宮古諸島16カ所、八重山諸島58カ所を数える。

これらのグスクは、すべて戦に備えた城郭とは考えられない。首里城や今帰仁城、勝連城、中城城、南山城などは戦闘施設を伴った城塞であるが、他の小中規模のグスクは、戦闘のためではなく、按司の館（住まい）や集落、墓・拝所としての機能をもったグスクだと思われる。

屋良グスクは、伝承によると、元々は屋良ムラの祖先神であるイベを祀るグスクであった。そこに中山英祖王の流れをくむ湧川王子を祖とする今帰仁グスクで生を受けた子孫が内乱により今帰仁グスクを追われ屋良ムラあたりまで落ちのび、屋良ムラの人びとの信望を得て屋良グスクを築き屋良大川按司として君臨したとされている。

この屋良大川按司は、4代まで続いた。5代目の若按司が夭折したために、娘婿に安慶名按司の次男を迎え、後を継いだ。前政権を「先大川按司」、後の政権を「後大川按司」と呼んで区別した。後大川按司の庶子が「阿麻和利」だとされる。

屋良大川按司の領域は、屋良ムラを中心に今の嘉手納町域まで拡大し、屋良グスクの造営は少なくとも1300年代の初頭、北山王統が滅亡する前のことと思われる。

1987年、都市公園化事業に伴い屋良グスクの発掘調査が行われた。城郭の平坦地の地下の遺構から掘立柱の建物跡や敷石建物跡が検出された。遺物としては、グスク系の土器と中国産の陶磁器や貨銭や玉、鉄釘類等が出土した。また、一個だけ灰色瓦や「線刻画石板」も出土した。青磁器類などは13~14世紀に中国で作られたもので、屋良グスクもこの時期中国と貿易を行ったと思われる。

2、琉球第1・第2尚氏王統の成立

12~14世紀に入ると、グスクという聖域を囲った城を拠点に、按司同士が覇権を競い合う時代に突入する。14世紀の初めごろには、3人の実力者が登場し、中国の明朝廷に貢物をおくって貿易を開始した。中国の皇帝は、この3人の按司にそれぞれ北山王・中山王・南山王の称号を贈ったといわれている。この三山の按司たちは、中国や東南アジアとの間で盛んに貿易を行い、富を蓄え地歩を固めた。

伝説によれば、按司が登場する以前の琉球を支配した王統は、源為朝の子尊敦が築いた舜天王統、浦添の伊祖グスクの太陽子（ティダコ）が樹立した英祖王統、天女の子察度が立てた察度王統が続いたとされ、各王統を合わせると、219年間続いたことになる。

察度王統2代目の武寧の時代になると、国が乱れ1406年（応永13年）、南部の佐敷按司巴志によってほろぼされる。巴志は、父思紹を中山の王にして、琉球全土を統一する準備を進める。やがて1416年（応永23年）に北山王の攀安知、1429年（永享元年）には南山王の他魯毎をほろぼし、三山統一に成功した。巴志は、父の亡き後琉球国王となり中山の都を浦添から首里に移し、王都とした。

巴志は、南山をほろぼした翌年の1430年（永享2年）には、中国皇帝に国家統一の報告をし、皇帝から「尚姓」を賜り、第1尚氏と名乗る。

第1尚氏7代目の王尚徳は、1469年（文明元年）に伊是名島出身の金丸に政権をうばわれ、王権の座を明け渡した。金丸は56歳で王位に就き尚円と名乗る。ここに第2尚氏王統が誕生した。

第2尚氏王統は、1879年（明治12年）の廃藩置県（琉球処分）までの19代尚泰王まで、410年間も琉球国王の座に君臨した。

古琉球・グスク時代の中央の政治は、国王を中心とした支配体制のもとに政治が行われた。地方の統治は、尚真王の前後（1477～1526年）頃に確立された「間切り・シマ制度」のもとで行われた。この制度は、いくつかのシマ（村落）を一つの間切りとし、地方（じかた）役人を配し、按司や大やくもい（後の親方クラス）が領有・支配するという形で地域の支配が行われた。

嘉手納地域では、この間切りに相当するシマ（村）が野国、嘉手納、屋良の各村である。

3、琉球の古英雄　阿麻和利

舜天王統から第2尚氏王統まで琉球国を揺るがす大事件といえば「護佐丸・阿麻和利の乱（1458年）」をおいてほかにはない。沖縄の歴史上つとに有名な大事件である。片方の雄・阿麻和利は、わが屋良村の伊波一門はその血筋を引くといわれる。現に、阿麻和利の位牌は、わが伊波一門で祀っている。

古代からの伝承として、阿麻和利は、屋良後大川按司と百姓のリンドウ家（伊波一門の本家）の娘との私通により生まれた子・加那だという。幼少期は、身体虚弱で6～7歳になるまで歩行もままならず、裏山に遺棄される。常人と異なり、幼くして自立する術を身につけ流浪の旅に出る。行く先々で尋常ならざる叡智を働かし、勝連城主に上り詰める。ここに、『ヤラヌ　アマンジャナーカッチンヌアジ』と、颯爽と登場する。

野望に燃える阿麻和利は、さらに天下取りを企てる。まずは、勝連城から西の空に聳える目の上のたんこぶに映る中城城の攻略である。一計を案じ護佐丸の中城城に攻め入る。護佐丸は、不意打ちをくらい、態勢を立て直すいとまもないまま劣勢に陥り、最後は自害し果てた。世に言う『護佐丸・阿麻和利の乱』である。

阿麻和利は、宿敵・護佐丸を討ち果たした返す刀で王宮・首里グスクに攻め入る。阿麻和利の動きを事前に察知した王宮・首里グスクでは万全の態勢を施いて勝連軍を待ち受けていた。阿麻和利の大誤算であった。王宮攻め失敗のツケはあまりにも大きく、勝連まで追い詰められ、いかなる難攻不落を誇る勝連グスクといえども陥落は目前に迫っていた。阿麻和利は、勝連城を脱出するも最後は力尽きて、読谷の大木が原で討ち果たされてしまう。ここに、阿麻和利の野望は潰えてしまった。

古代であれ近代であれ、体制に楯突いて敗れる者は常に悪者であり、その時その体制側の者は英雄視される。「勝てば官軍、負ければ賊軍」というたとえであり、阿麻和利とて例外ではない。以後、「忠臣護佐丸・逆臣阿麻和利像」が流布する。我々伊波一門の先人たちも肩身の狭い思いで、ひっそりと阿麻和利を祀ってきた。

元琉球大学教授の高良倉吉は「阿麻和利は逆臣になり、とする短絡した見方は最早歴史の道程がそれを許さない。確かに首里王府にとってみれば、王府に弓を引く不逞の輩、大いなる謀反人にちがいない。しかし、政情定まらぬ世の中にあって、有力按司が覇を競い、天下人を狙って深慮遠謀相争うのは、古今東西ありふれた歴史の事象ともいえる。その中で独り阿麻和利のみが〝勝てば官軍、負ければ賊軍〟の誇りを受けるいわれはないのである」と述べている。これ以上ことばをつなぐ必要もないであろう。

今、野望尽き果て孤高の勝連グスクだけが過去の勇姿を見せているものの、琉球最後の古英雄としての阿麻和利の名は、決して忘れてはなるまい。

第3章　近世の嘉手納

第1節　近世琉球のはじまり

グスク時代までの古琉球は、琉球王国を中心に中国との密接な外交・貿易関係を築き、独自の歴史や文化を発展させていた。その頃、日本では、16世紀後半から17世紀前半にかけて織田信長や豊臣秀吉による天下統一を経て、徳川家康の江戸幕府の成立など日本列島は激動の時代を迎えていた。この日本列島の動向は、太平の世を満喫していた琉球にも押し寄せてきた。

1609年春、琉球王国を揺り動かす大事件が起こった、島津侵略である。薩摩藩の領主島津家久は、徳川家康の出兵の許可をとりつけ3千の軍勢を琉球に送り込んだ。4月1日、島津軍は浦添小湾から上陸して浦添城を攻め首里に上り首里城を攻め落とし、尚寧王は城を島津軍に明け渡すことになった。

島津侵略を契機として、琉球王国はそれ以前の社会とは異なる琉球の国家と社会の大きな転換点となった。これを境に、琉球は「独立国」から「異国」とみなされ、この時代を称して「近世琉球」と呼ぶ。「近世琉球」の時代は、1609年の島津侵略から1879年の明治政府による琉球処分までの270年間をいう。

第2節　島津侵略の背景と実際

島津侵略の原因について、従来は薩摩藩の琉球の進貢貿易の富をうばうためであったという説が主流を占めていた。近年の研究では、徳川幕府の途絶えていた対明外交を復活する一環として島津氏による琉球侵略が行われ、それに付随して薩摩藩内部の権力の再編成に絡めて島津侵略が行われたとする説が有力になりつつある。

次に、島津侵略後の琉球の政治体制下のようすを概観してみることにする。

第1点目は、琉球の領土であった北の奄美大島・徳之島・沖之永良部島・喜界島・与論島を薩摩の領土に割譲された。南の伊平屋島から八重山までの地域は琉球王の支配地とした。

第2点目は、1610年（慶長15年）に沖縄の検地を行ない、総石高8万3千石と決め、首里王府へ納められた年貢の50％を島津氏が取得する税負担が課されるようになった。1637年（寛永14年）、宮古・八重山には、15歳以上の男女に人頭税という特別な税をかけた。

第3点目は、琉球の進貢貿易を薩摩藩の管理下に置き、中国貿易の利益は島津氏に横取りされてしまうことになった。

第4点目は、琉球の統治は島津氏の命令通りに行われ、琉球王府体制を強化するために身分制を定めた。身分は士族と百姓に分けられ、各職能の精励を促した。また、税収を高めるため土地の開墾をすすめ、さとうきびなどの新しい作物の導入などを進めた。

第5点目は、琉球は薩摩藩を直接の管理者として、全国の各藩同様の幕藩体制下の封建国家に組み込まれた。

1、琉球における政治改革

国家が存亡の危機に瀕した時や歴史の過渡期には、社会の立て直しや改革に乗り出す傑出した人物が登場する。琉球では、羽地朝秀と蔡温がそれである。

羽地朝秀（1617〜1675年）は、中国名を向象賢といい、1666年（寛文6年）に、尚質王に変わって政治を行う摂政に就く。彼は日本文化の奨励に力を入れ、琉球王府の財政の立て直しのために、土地の開墾を進め、王府の役人や庶民に質素倹約の奨励に努めた。

蔡温（1682〜1761年）の名は中国名、日本名は具志頭文若という。那覇の久米村に生まれ、首里王府の三司官（首相）を務め、農業技術の改良や農耕地をふやすことに力を入れた。そのほか、道路の整備、防風・防潮林、護岸工事などを行い、沖縄各地に琉球松の植林を進めている。

この2人の政治改革は、支配者島津氏の伺いや顔色を見ながらの行政改革であり、首里王府の財政の立て直しにあったために、庶民の救済措置には至らなかった。

2、産業の発達

沖縄の産業は、17世紀の島津侵略期から発展をみた。甘藷は、1605年に北谷間切（今の嘉手納町）の野國總管が中国から苗を持ちかえり、儀間真常の普及活動により多くの人びとの生命が救われた。沖縄の代表的な農産物である砂糖は、1623年、儀間真常による黒砂糖の製造法の確立により、沖縄の基幹産業として発展した。

3、文化の興隆

18世紀の尚敬王時代には、沖縄文化は本土文化の影響をうけて発達した。『おもろそうし』の編集や羽地朝秀『中山世鑑』（1650年）、『琉球国由来記』（1713年）、『琉球国旧記』（1731年）、『球陽』（1745年）などの歴史書が編纂された。

学問・文学では、程順則（1663～1734年）が中国の明の太祖の教えを書いた『六諭衍義』を広めた。この本は、寺子屋の教科書にも使われた。

日本文学では、識名盛命の『思出草』や平敷屋朝敏の『貧家記』などの作品がある。17世紀になると「おもろ」に変わって、日本本土の和歌の影響をうけた8・8・8・6の30音の定型の抒情詩「琉歌」がさかんに詠まれた。歌人として、恩納ナベと吉屋チルの傑出した二人の女流歌人が世に出た。

やがて、琉歌は中国から伝わった三味線にのせて歌われたのが、「琉球古典音楽」、古典音楽にあわせて踊られたのが、「琉球舞踊」である。

芸能では、踊奉行に任命された玉城朝薫（1684～1734年）は、歌と踊りとセリフを組み合わせた沖縄の戯曲「組踊」を創作し、「執心鐘入」「二童敵討」「銘苅子」「孝行之巻」「女物狂」の組踊五番を上演した。

第4節　間切時代の嘉手納

1、間切・村役人

地方制度は、従来の間切・シマ制度を改定して新しい「間切・村制度」を制定した。「間切」は、現在の市町村にあたり、間切のなかにいくつかの村があった。北谷間切の嘉手納地域には、野国、屋良、嘉手納の3つの村があり、間切の分割・新設により、1671年に野里村が誕生した。

北谷間切の「北谷番所」（役所）には、間切りの長として地頭代が置かれ、間切り内のすべての行政を指揮監督し、耕地の地割り（分配）及び林野の保護等に当たった。庶務担当には、首里大屋子、大掟、文子（てこご、書記）が置かれた。

間切内の各村には「村屋」（事務所）があり、村掟と呼ばれた役人が置かれ、地頭代の指揮監督の下に、農務、財政、地割、村の治安等あらゆる末端の行政を担当した。

2、ヤードゥイ集落の発生

近世琉球の時代になると、町方と呼ばれる首里・那覇の貧乏士族が急速に増え、職がなく生活難に陥るケースが多く見られるようになった。首里王府は貧乏士族の救済のために、1725年に士族層の転職を許可し、1730年には転職の奨励に努めた。貧乏士族のなかには、商工業に従事する者、田舎下りをして農耕に従事する者も現れた。

田舎下りをした貧乏士族は、農村の一角に居住するようになり、農業を営みつつ一定の村を形成した。その集落は、田舎下りをした貧乏士族が農村に宿ったことから、「屋取（ヤードゥイ）」と称した。この屋取の「居住人（屋取人）」に対し、本村（ドゥームラ）の人びとを地人（ジーンチュ）と呼んだ。この時代になると、上納できない百姓地を王府に返上された払請地というのがあり、王府はそれを士族や百姓に払い下げる政策をとった。特に、払請地の購入者は、北谷間切と具志川間切に集中、両集落には多くの屋取と士族の人口が増えた。この屋取人たちのなかには、耕地を購入した地主も居れば、田舎の百姓地の一部を小作しながら暮らす人たちも居た。

北谷間切りの野国村には千原屋取、野里村には国直屋取、屋良村に屋宜屋取、嘉手納村には水釜屋取などが形成された。

第4章　近代の嘉手納

近代沖縄は、明治政府による1879（明治12）年の琉球処分で琉球王国が崩壊し「琉球藩」を経て、「沖縄県」の設置をみた時代である。新生「沖縄県」の誕生は、沖縄が自ら望んだものではなく、日本社会の一員に強制的に編入されたものであり、それが、沖縄戦に至るまで続く。

第1節、明治維新と沖縄県の設置

1867年、薩摩・長州・土佐・肥前などの雄藩は、国難に瀕した徳川幕府を倒し、1868年天皇を中心とする明治新政府を樹立した。この近代国家への出発点となった政治的・社会的変革を「明治維新」という。

新政府は、中央集権国家を確立するために1871年廃藩置県を実施した。薩摩藩は鹿児島県となり、琉球は島津氏の支配から明治政府の支配下に置かれ1872年には琉球王国を廃して「琉球藩」とした。1875年琉球藩に対して、中国との進貢貿易をやめることと、日本年号を使うよう命令した。しかし、琉球藩の一部の役人たちは、中国との関係をたちきられると琉球藩の存在が危うくなると考え、中国に助けを求める使者まで送り強く抵抗を示した。

この対抗処置として、明治政府は琉球を処分する断を下し、1879年3月松田道之を琉球処分官に任命、160人の警官と400人の陸軍歩兵部隊を沖縄に派遣した。松田処分官は、「廃藩置県」の断行をいいわたし、尚泰王に東京へ移住することを命じた。こうして500年近く続いた琉球王国はなくなり、「沖縄県」がおかれることになった。明治政府のとったこの強固な処置を「琉球処分」という。

第2節、北谷村時代の嘉手納

1908年の「沖縄県及び島嶼町村制」により、これまでの間切は町村になり、村は字と改称された。当時、北谷村の字となったのが野国、屋良、嘉手納、野里の4カ字である。その後、首里那覇の士族が田舎下りし屋取集落は明治30年代、大正時代、昭和年間（戦前期）に入ると、野国村から兼久、屋良村から久得、東、伊金堂、嘉手納村から嘉前、嘉手納通り、水釜、野里村から国直、千原が字として独立、嘉手納町域には13カ字の誕生をみた。

嘉手納大通り以外の字は、すべて農業によって生活をいとなむ純農村であった。ここで、戦前期までの屋取人も含めて農民の生活のようすを紐解いてみよう。

農業形態では、人口の7~8割を占める農民のほとんどは零細農家で、さとうきびを主作物とする農業を営んでいた。廃藩置県後は、換金作物としてさとうきびを栽培する農家が増加し、自給自足であった甘藷の栽培面積と水田面積を縮小させた。その結果、砂糖を売って生活用品を買うという零細農家の生活形態をつくりあげた。

砂糖生産中心の経済形態は、自然環境や経済変動の影響を受けやすく、ことが起こればすぐさま深刻な食糧不足や経済恐慌に見舞われるという脆弱さをもっていた。１９２０年の第1次大戦後の戦後恐慌の長期不況は、沖縄の農村にも大きな打撃を与え、砂糖の値段が大暴落した。そのため、人びとは甘藷さえも口にすることはできずに、野生のソテツの実や幹を食べて飢えをしのぐという生活難に陥った。ソテツには、猛烈な毒性があり、調理法を誤ると死を招く恐れもあり、現に死者も出た。この悲惨な窮状を「ソテツ地獄」と形容した。

日本政府は、こうした沖縄の経済を立てなおすために、１９３３年「沖縄県振興15カ年計画」を立てたが、やがて日本と中国の戦争のためにこの計画は中止になってしまった。したがって、沖縄県民は苦しい生活からぬけ出せないままで、長い戦争の時代を迎えることになった。

嘉手納の地は、沖縄本島のほぼ中間という地理

戦前の嘉手納駅

的条件に恵まれ、その地の利を生かし、1922年ケービン鉄道（一般の鉄道より簡便な規格で建設された鉄道）嘉手納線が敷設された。路線は、那覇の古波蔵より分岐し、与儀、安里、内間、城間、大謝名、大山、北谷、桑江、平安山、野国、嘉手納に至る23・6kmのコースである。人と物資を運ぶ混合列車で1日8往復し、片道93分を要したという。このケービン鉄道は、1912年に創業を開始した嘉手納製糖工場へは側線が敷かれ、さとうきびの搬入や砂糖の那覇港への輸送も行われた。

嘉手納は県営鉄道の終点に位置したために県立第二中学校、県立農林学校をはじめ、官立青年師範学校、嘉手納警察署等が所在し、嘉手納大通りという商店街が生まれ、中頭郡における経済、文化、教育の中心としての役割を果たした。さらに沖縄八景に数えられた水量豊富で風光明媚な比謝川には、県下各地から家畜を積んだ汽帆舟が比謝橋付近まで出入し、中頭郡における家畜の一大集散地としても栄え、人と自然と産業の調和のとれた町として発展を遂げた。

第3節　沖縄は戦場と化す

1、アジア・太平洋戦争

大陸侵略を目指した日本軍は、日中戦争を引き起こし、南方へ進出するようになり、米英やオランダ、中国との対立を深めていった。１９４１年の初頭より開始された石油の輸入などを巡る日米交渉は決裂し、戦争回避の最後の望みが断たれてしまう。そして、同年12月８日の日本軍の真珠湾奇襲攻撃により、ついに日米決戦の火ぶたが切られ、アジア・太平洋戦争がはじまった。

　戦闘開始の当初は、日本軍が優勢であったが、１９４２年８月には連合軍は軍備を整え反抗に転じ、ミッドウェー・ガダルカナル・サイパン・硫黄島等において日本軍は致命的な打撃を受け、主導権は完全に連合軍の手に移った。

　１９４４年６月、サイパン喪失後は、日本本土は米軍の激しい空襲にさらされるようになった。

２、沖縄戦と嘉手納

　政府は、１９４４年沖縄を本土の防波堤にするため多くの兵隊を送り込み、読谷村の陸軍飛行場の北飛行場、屋良集落を中心とした地域に中飛行場を建設した。同年には「10・10空襲」と呼ばれる米軍の空爆を受け、那覇は焼野原になってしまい、７８５名の死傷者を出した。

　時の大本営の命令は、「現地軍の兵力増強、兵器や食糧の補給は現地の人的・物的資源を最大限に活用せよ」の通達である。アメリカ軍と戦うのは兵隊だけではなく、沖縄県民も戦場にかりだされ、中学生や師範学校の生徒たちも健児隊として戦闘に参加、女学生は姫百合部隊の従軍看護婦として動員された。

　一方、沖縄県民及び嘉手納の人びとは、１９４５年３月に入ると、山原への疎開を始めた。北谷村民の疎開先は羽地村が割り当てられた。

　アメリカ軍は、１９４５年３月26日に慶良間諸島に上陸し、つづいて４月１日には嘉手納水釜沿岸から上陸を決行した。嘉手納の多くの人びとは、疎開により間一髪米軍上陸の惨禍を免れた。その後、３カ月間沖縄は、アメリカ軍の陸・海・空から爆弾をうちこまれ、島全体が激戦場とな

水釜海岸に上陸する米軍

り、「鉄の暴風」といわれる攻撃をうけた。

この沖縄戦による日本の犠牲者は、沖縄県民の戦闘員をふくめて9万4千人を数え、一般県民も約10万という数にのぼった。この沖縄戦では、約20万人の尊い人命を奪っただけではなく、沖縄の美しい山河を一変させ、1945年6月23日沖縄での組織的な戦闘は終わりを告げた。

アジア・太平洋戦争は、1945年8月15日に日本が連合国側に無条件降伏して終戦を迎えたが、沖縄では1945年9月6日までゲリラ戦が続き、なおも戦死者を出した。同年9月7日を期して、沖縄の日米両軍は嘉手納基地内で降伏文書への調印式が行われ、5カ月余にわたる沖縄戦はやっと終わった。

第5章　戦後の嘉手納

沖縄の戦後は、アジア・太平洋戦争での日本の敗戦により日本社会から分離され、アメリカの統治を経て、日本社会に復帰した今日に至るまでの時代である。

第1節、27年間のアメリカの統治

1、米軍占領下の沖縄

米軍は、沖縄上陸後ただちに日本国家の権限の停止と南西諸島の占領統治を行う旨「米国海軍軍政府布告第1号」というニミッツ布告を発し、軍政の施行を宣言した。以後、沖縄は米軍の支配下に置かれた。

嘉手納のキャンプに収容された日本兵捕虜（米軍記者の見た沖縄・1945）

　米軍は、１９４６年軍政府（後の民政府）をつくって、沖縄を直接支配した。１９５０年12月15日には、それまでの米軍政府を廃して「琉球列島米国民政府、民政府あるいはユースカー（USCAR）」を設立した。この民政府のもとで、沖縄の統治は、司法、立法、行政の全般を統括し、住民福祉は軍事的必要の許す範囲内で行われた。また、布告、布令、指令などの制定公布権、琉球政府立法院の可決した法案の拒否権、琉球民裁判所による裁判権を米国民政府裁判所管轄に移すなど強権を発動した。

　１９５７年6月5日公布の「大統領命令」で米国民政府の長には、沖縄の帝王といわれた「高等弁務官」制が敷かれ、沖縄の１９７２年の日本復帰までその地位は存続した。

　１９５２年4月1日には、「琉球政府」が設立され、形のうえでは行政府・立法院・裁判所の三権による政治が行われた。しかし、行政府の主席や琉球上訴裁判所裁判官の任命はアメリカ民政府の高等弁務官によって任命され、琉球政府はアメリカ民政府の支持や命令にしたがう米国の傀儡政権であった。ある民政府の高官は「軍政府はネコで、沖縄はネズミである。ネコの許す範囲でしかネズミは遊べない。民衆の声は認めもしないし、ありうべきものでもない。」また、高等弁務官のなかには「自治とは現代では神話であり存在しない。琉球が独立国にならないかぎり不可能」であると豪語している。

1950年に朝鮮戦争がはじまると、沖縄はその出撃基地として重要な役わりを果たした。その後、アメリカ軍は軍事基地を拡大するために、カービン銃とブルドーザーで、農民から強制的に土地を取りあげていった。土地を接収されてしまった人びとは、生活の基盤を失ってしまい、基地で働くか、アメリカ軍相手のサービス業などで生活をささえるより道はなかった。

「4・28」ってなんだろう。アメリカ世時代の人は知っているだろうが、復帰後の世代は知らないであろう。それは「1952年4月28日」のこと。「サンフランシスコ平和条約」が発効した日である。この日は、日本にとっても、沖縄にとっても戦後の歴史の転換点になった歴史的な日である。あれから66年が経過し、歴史の年輪を感ずる。

この日をもって、日本は、敗戦に伴う連合国軍の占領統治が終わり6年8カ月ぶりに独立を回復、「祝講和発効」の日となった。一方、沖縄にとっては、この平和条約第3条によって日本から切り離され、その後27年間アメリカ軍の統治下に置かれた「屈辱の日」である。しかも、この条約とともに「日米安保条約」も結ばれ、米軍の沖縄駐留を認め、東アジア最大の米軍基地が建設された。日本の安全保障は、沖縄の犠牲の上に成り立ち、沖縄は憲法の番外地と化し、今に至っている。

2、アメリカ世の沖縄

アメリカ軍上陸時の沖縄県民は、沖縄各地に設けられた収容所に入れられ、わずかな食料が配給され、その日暮らしの生活をおくった。収容所生活を送っている間に米軍は軍事基地を築きあげた。1945年10月頃になると、地域によっては収容所からそれぞれの出身地にかえることをゆるされるようになった。

沖縄戦で生産施設のほとんどが破壊された沖縄では終戦直後の物々交換期を経て、1946年に貨幣経済が復活した。ところが、物資の絶対的な不足を背景に闇取引が横行し、激しいインフレの物価騰貴で庶民を苦しめた。公務員の初任給は、月額180円に対し、たばこ1箱20円というありさまであり、物価高の苦しい生活を強いられた。

アメリカ占領時代の沖縄は「外国」扱いとなり、就職や進学などで本土に渡る場合にはパスポートが必要であった。沖縄は、日本の蚊帳の外に置かれた存在であった。

第2節　沖縄の祖国復帰

1、再び沖縄県へ

アメリカの軍事優先政策は、県民の民主的な自由や権利をふみにじって進められた。一方では、米軍による事件や事故が頻繁に起き沖縄の人びとの間には、怒りや反発が高まってきた。

1960年代に入ると、米軍支配から脱し、「祖国復帰」の要求が各地で叫ばれるようになった。復帰運動の高まりにより、1968年には琉球政府の長である行政主席は、米軍の「任命制」から住民投票で決める「公選制」が採られ、復帰運動のリーダーであった屋良朝苗が当選した。この当選は「祖国復帰」を願う住民の意思が明確に示されたことになる。

1969年の佐藤栄作首相と米大統領ニクソンとの会談で、1972年度中に沖縄が日本に返還されることが合意された。1972年5月13日、琉球行政府ビル前で、琉球政府の閉庁式が行われ、15日には日本政府や沖縄県による復帰記念式典が行われ、１９４５年から続いた米軍の沖縄支配は、27年間で終わりを告げた。

沖縄県民が望んだ復帰は「即時・無条件・全面返還」であったが、沖縄のアメリカ軍事基地は日米安保条約によって復帰後も引き続き存続し「基地のない平和の島」からはほど遠いものであった。なお、本土から自衛隊も駐屯するようになった。

第3節、戦後の嘉手納

1、分村から町制へ

嘉手納の地は、米軍上陸の際集中砲火を浴び住家をはじめ一木一草に至るまで焼き尽くされ、戦後は無からの出発を余儀なくされた。

旧日本軍の中飛行場は、嘉手納飛行場として米軍が使用し、１９４８年4月頃まで部分的通行が可能であったがその後拡張工事が行われ、全面的な通行立ち入り禁止となった。これにより、北谷村は北と南に分断され、日常生活をはじめ村行政運営にも著しく支障をきたした。

嘉手納地域の人びとは、１９４８年12月4日、沖縄民政府告示第24号の認可を受け、人口約３千８００人をもって北谷村より分村、「嘉手納村」の誕生をみた。この告示によって嘉手納村に編入された区域は、国直、東、野里、千原、野国、伊金堂、久得、屋良、嘉手納名、兼久、水釜の11区であった。

戦後は沖縄中が混乱期であり、産業皆無の状態。必然的に基地依存の生活に頼らざるを得ず、基地に隣接している嘉手納村には自ずと就業と稼業の場を求めて、人や各種事業所が急増し、村の様相も次第に都市的形態を備えるようになった。

こうした都市的形態に応じた新しい時代の新しい「まちづくり」をめざし、尚一層の発展向上を図るため、１９７６年1月1日を期し、これまでの「嘉手納村」から「嘉手納町」へ移行し、県下で7番目の町としてスタートした。

町政施行後、40年目を迎えた今も基地の町と言うイメージは払拭されず、町の行政、経済、生活

下勢頭からカデナ飛行場を望む

等すべてにおいて基地との関わりが続いている。

町づくりについては、2009年度を初年度とする第4次嘉手納町総合計画を策定し、「支え合い」「人づくり」「安心」「賑わい」の4つの理念を基軸に、町民との協働を前提に、誰もが安全で安心して暮らせる環境づくりを目指し、まちの将来像「ひと、みらい輝く交流のまち　かでな」実現に向けた取り組みを推進している。

2、今後の嘉手納町

2018年時点において、40~50年後の世界は質的に、確実に変化する。情報技術の発展、人工知能（AI）やドローン（無人機）の進化などの科学技術の変容によって、軍事基地は要らなくなる時代が到来し、嘉手納基地は無用の長物と化してしまうかも知れない。この変転極まりない世界情勢の変化により嘉手納基地の返還がなされないとも限らない。返還後の跡地利用も念頭においた未来の嘉手納町づくりを構想する必要がある。沖縄県の「国際都市」の拠点に嘉手納町が位置づけられる可能性だってある。

嘉手納町は沖縄本島の中間点にある。その地理的優位性を生かし、世界に開かれた玄関口としてのグローバル化の発進基地となる。それこそ、未来に輝く、「基地の町嘉手納」から「国際都市嘉手納」へと、明るい展望が開けてくるような未来に期待したい。

（元嘉手納町教育長）

郷学への活眼と未来思考
——談笑一決のこころを求めて——

水野　益継

序（郷土愛の視点と方法）

先ずに小学館の大百科事典で「郷土」にまつわる固有名詞をチェックしてみると「郷土愛・郷土史・郷土誌・郷土色・郷土芸術・郷土芸能・郷土舞踊・郷土玩具・郷土教育・郷土研究・郷土主義・郷土植物・郷土料理」などの細かな解説が施されている。

いわば、郷土研究の広大な素材ともいうべきか、深い描写をみるのである。そこには各種の洞察力（discernment）や郷土愛のみなぎる活眼力（Deep insight）で述べられており、成程とうなずくばかりである。そこで次の「郷土論」に注目してみたい。

「郷土論」とは、地方特有の風土、風物、情緒、習慣等を表現した芸術の上に、民謡、舞踊、祭礼装飾、建築装飾、玩具・各種工芸品などの種類も教示しているのである。そのことは、一名「郷土主義」ともいい、地理的にも近い複数の国家が政治的・経済的に関係を深めている「地域主義」（例えばＥＵのような地域的特性（regionalism）にも関係するという。即ち、郷土のすばらしさを再認識しつつ、その風土と人々とのローカルな結びつきを強化したいとする考え方のことである。以上のようなことを深く研究展開していく学問のことを、一名「郷土学」（ドイツ語では、Heimerkunde）と称するようである。

このような郷土学は、18世紀から19世紀にかけて西洋社会では伝統社会への関心が高く、例えばＪ・Ｈペスタロッチにあっても、「郷土における生活体験に即した教育哲学」こそ必要性だとの存在を説き、郷土ないし郷土学への愛情と関心を強化したのである。このように、近代ヨーロッパでは、各地に郷土博物館や資料館が整備され、住居、商家、農地、道路、林など前代の都市や村落の全貌を復原した野外集落博物館なども19世紀末以来北欧をはじめ、諸国に設立されていった。

ところでわが国にあっては、欧米の近代化やその科学理論の普遍性に注目するあまり、ようやく一九一〇年以降、柳田国男や新渡戸稲造らが結成した「**郷土会の結成**」が注目された。当「郷土会」の理念は、中央文化への偏重や近代科学の表面的な外国文化の摂取を退け、郷土の実地調査をもとに、生ける土着の価値を掘り起すべく、各地の調査報告を収録した雑誌としての「**郷土研究**」も発刊されるようになったのである。

当時、ヨーロッパ民俗学に注目した柳田国男は、日本における「**常民文化**」（日本民俗学の創始者とされる当柳田の造語で人民間伝承を保持している階層の意で、英語のfolkに当る）の実態とその意義を解明し、独自の民俗学を大成させたとされる。

新渡戸稲造にあっても、ドイツの農業史家・ベルリン大学教授のマイチェンの古集落や農地の形態分析に示唆を得て「地方学《ジカタガク》」（じかたがくと称する）という農学の樹立をはかった。またペスタロッチの影響をうけた地理学の牧野常三郎にあっても、郷土の学習をもとに、小学教育の組織化をはかり、「教授の中心としての郷土化」（一九一二年）を出版し、理想的な教育論を樹立したという。さらに、当「郷土会」に参画した多分野の学者も多くなって来たとも言われるけども、ヨーロッパに匹敵する「郷土学」はまだまだ下火な日本の大学事情でもあり、在野の人々のささやかな研究にゆだねられていたとされる。今日的にも、人口流動の激しさは、都市化現象の進行とともに特色の薄れた「郷土の喪失状態」が続き、一面、暗い社会状況になりかけたと嘆く声もあった。しかし、一九七〇年代から力を得てきた「地方の復活化」となり、「郷土芸能」の復活やら郷土博物館の新設等もあり、いくばくかの郷土の再認識が興って来たともいわれる。荒廃する村落の実情を救うべく、例えば、「グリム童話集」で知られる「グリム兄弟」などは、ドイツの各地に散逸しがちな民話採集やら田園の風物や民俗の意義の探求にも尽した民俗学の先駆者にもなったと言われるように、わが沖縄にあっても、今後の、各人それぞれの郷土への関心を未来社会への活眼を注ぎつつ、若き「具眼の士」たちを養成していく活学も志すべきとの声も上ってきた。

　さて、大言壮語の衒学的余談《クサムニー》になるかも知れないが、すばらしいわが「談笑」誌を刊行する「談笑会」において、このドイツ式又は柳田国男調の「郷土学」(Heimerkunde) を推挙していくという「議題」が提示されたとすれば一体どうなることであろうか。

　勝手ながら、今年は、明治元年（一八六八）から一五〇年に至り、平成天皇も退位記念に沖縄来訪とのニュースのせいか、かの「五か条の御誓文」を思い出すのである。即ち、その第一条の「広く会議を興し、万機公論に決すべし」の語句である。上枠の御誓文の全文でも解るように西郷らが江戸城総攻撃を予定した前日に京都御所の紫宸殿に、群臣を集めて、新政府の礎となる方針を天皇を中心に誓ったとされるものである。

　ここで「万機公論に決すべし」といえば、反射的に「衆議一決」の言葉が出て来るように、「古里をこよなく愛し、古里に寄りそって書く」と言えば、すぐさま「談笑一決」の同義語が自然と口ずさむことになる。この御誓文を郷土繁栄のための「談笑会」の新しい指針と考えるとすれば将に「談笑会のこころ」にも適合するのである。わが沖縄を愛する心は、ペスタロッチや日本の草創期の民俗学者たちにも敗けない20年前の「談笑会設立」の心意気の「時間活用」にも通底するものではなかろうか。

五か条《じょう》の御誓文《せいもん》

一、広《ひろ》ク会議《かいぎ》ヲ興《おこ》シ万機《ばんき》公論《こうろん》ニ決《けっ》スヘシ
一、上下《しょうか》心《こころ》ヲ一《いつ》ニシテ盛《さか》ンニ経綸《けいりん》ヲ行《おこな》フヘシ
一、官武《かんぶ》一途《いっと》庶民《しょみん》ニ至《いた》ル迄《まで》各《おのおの》 其《その》 志《こころざし》ヲ遂《と》ケ人心《じんしん》ヲシテ倦《う》マサラシメンコトヲ要《よう》ス
一、旧来ノ陋習《ろうしゅう》ヲ破《やぶ》リ天地《てんち》ノ公道《こうどう》ニ基《もとつ》クヘシ
一、知識《ちしき》ヲ世界《せかい》ニ求《もと》メ大《おお》イニ皇基《こうき》ヲ振起スヘシ

ここに、少しく教育論を展開してみるとなれば、凡そ次のように立論可能となる。

「人間が互に愛情を示し合うところ。神は直ぐ近くにいる」とか「教えることに忍耐心を持たねばならない。苦痛を持つようでは、教育者として落第である。愛情と喜びを共有しなければならないのだ」とのペスタロッチの言葉や「言葉さえあれば、人生のすべての用は足りるとの過信が行き渡り、人々は一般に口達者になっている」との時間労費者への皮肉や「将来の読書士が歩み入る文の林は、嘗て私たちの跋渉したものよりも、遥かに広漠たる樹海でなければならない」との柳田国男の言葉を繙くにあっても、未来思考への「郷土学」が光って来るのである。

このように執筆者の精神は、我々にしても黙して学びつつ前進あるのみである。そこにおいての我々の社会的行為の広がりと社会的時間の配分をどのようにバランスよく按配して行けばいいのだろうか。試みに次の図柄を参考にして、自己それぞれの生活階梯を高めていくしかないのではなかろうか。思考は行動の種子だともいわれるし、人間は誰しも「思索する人として行動し、また行動する人として思索せねばならない」と、多くの先達たちの教学も聞くからである。例えばイギリスの社会人類学者が説く、時間概念には「人間は基本的に異なる二つの仕方で時間を経験する」といい、「誕生、成長、老化、死という生命体がもつ操り返さない時間」と「昼夜の交替、月の満ち欠け、季節の循環などの繰り返す時間」があり、必

ずしも、我々の持つ「時計の直線的、物理的な時間」だけではないとするのである。

社会学的視点での時間の形式的認識では、次図にみるように、「線分的な時間」（ヘブライズムの思想）「直線的時間」（近代社会人の観念）、「反復的な時間」（原始共同体の理念）、「円環的時間」（ヘレニズム思想）といった四つの基本的類型で整序され、また左右二面からの横圧的な【具体的な質としての時間】と【抽象的な量としての時間】があり、さらに、上・下への【不可逆性としての時間】と【可逆性としての時間】が広がって行くという。

そしてまた四周からの難解な外圧がかかっているように構成されるのである。

今久し、当『新社会学辞典』の解説を読解してみることとする。

近代社会の時間認識とは、「直線的」な時間の意識であり、又、原始共同体の時間意識は「反復的」な時間の意識となっている。この両者は、二つの「特質」をもち、現実の歴史的流れの中では、相関しているけれども、理論的には、一応別個の社会的基盤を持つのである。この二つの過度的な社会や文化の形態をたどりつつ、「ヘブライズム」（古代ユダヤ人の思想・文化・宗教）と「ヘレニズム」（ギリシャ精神）の時間を対照して理解できると説かれている。

Ⓐの抽象的な量としての時間の観念は、共同態（Gemeinschaft）から集合態（Gesellschaft）へと進化する。いわば共同性からの「個体性の自立（independence）と疎外（alienation）の過程に照応するものだという。一方、Ⓑの不可逆性としての時間の観念は、自然性からの人間性の自立と疎外だと説く。即ち近代人のもつ社会的な「死の恐怖」や「ニヒリズム」（虚無主義）などは、この不可逆的な無限性の感覚を前提にしていると説かれているのである。

以上のような複合的な「社会的行為の広がる各人の社会的時間」活用の存在が展開されている

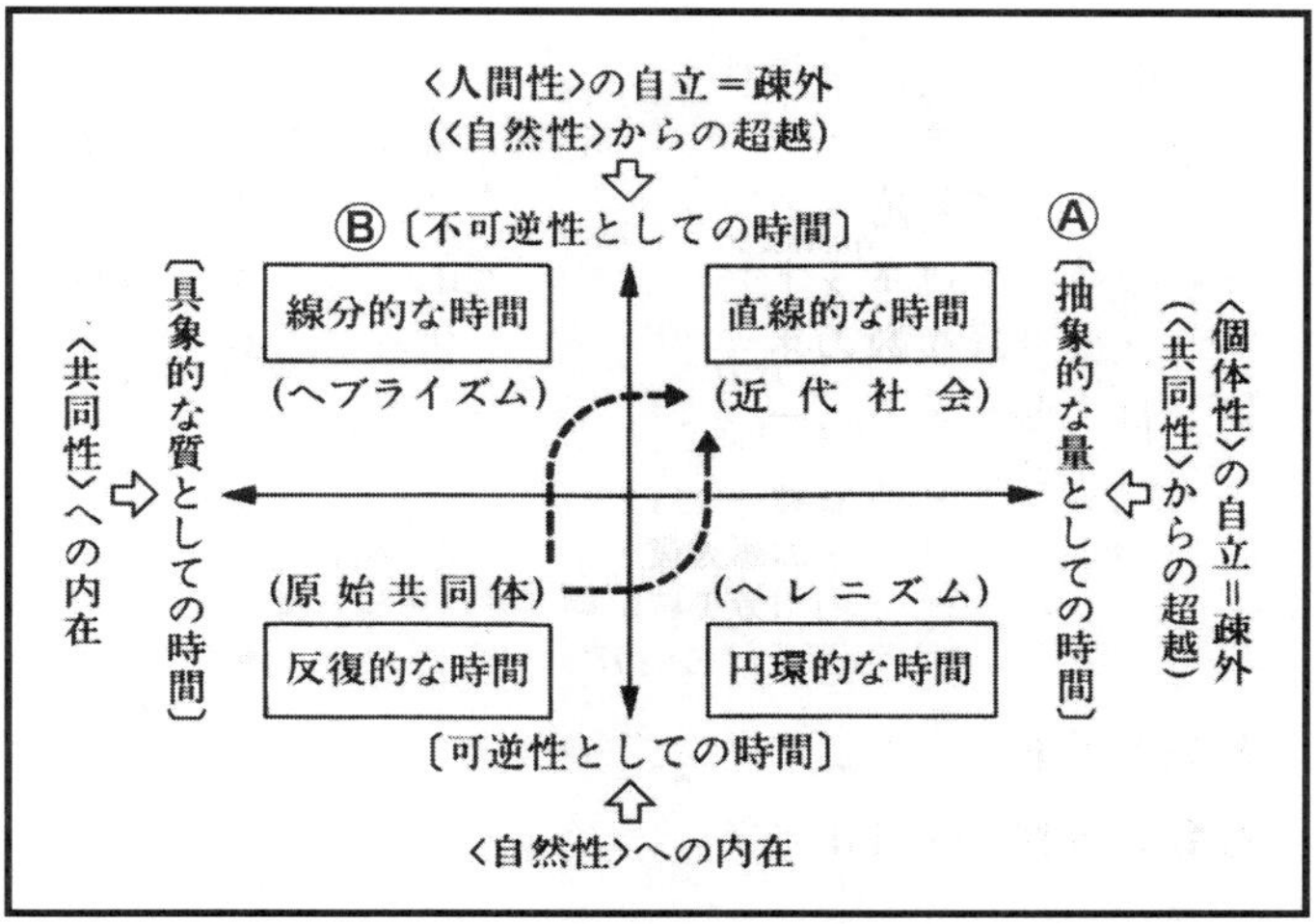

編集代表　森岡清美、塩原勉、本間康平　『新社会学辞典』638 頁
有斐閣発行、1993 年

が、我々普通人の時間活用は、はてさて、如何な過し方をしているのだろうか。

多角視点又は複合写像として考える郷土愛のあり方は、それこそ自由であり、談笑会の執筆努力も「古里をこよなく愛し、古里にこだわって書く」との憲法的なこころを求めながらのゆるやかなキャッチフレーズであろう。その辺から「談笑一決」のこころを求めていくことにしたい。

そこには、故郷への活眼と未来思考が、はばたくのではなかろうか。

自己の「時間活用」を豊かにして、興味ある「郷学へのテーマ」を展開し、古里に貢献する「執筆蓄積」が可能となれば、それこそ「郷土愛の花」が咲くのではなかろうか。

一、郷学概念の底流と地方創生論

前述の「郷土論」と似通う『郷学』とは底流は等しいものである。当初の郷学概念にあっては、①村里の学校又は「ごうがく」という。更らに、②江戸時代にあっては、各藩校にならって、各地に設けられた初等程度の学校のことで、「各物六帖—宮室箋」の書中に「サイショノガクモンジョ」の記録があるとされている。

東京大学の教育学研究科紀要（第51巻）にみる〝『日本教育史料』における「郷学」概念の成立と変容〟（森田智幸著）の論文にあっては「郷学」（Gogaku）概念の特質として、明治二二年時の文部省の「概念規定のあいまいさ」が指摘されている重厚な論稿もある。しかし、ここにおいては、現今にみる実践的人間学として修学を推進する「公益財団法人・郷学研修所・安岡正篤記念館」によって、刊行される郷学理念を礎石として学んで行くこととしたい。

先ず次に見る二つの図表Ⓐ表の『郷学概念と安岡人間学の原点』の枠組みとⒷ表の郷學１０２号の定義」も精読して頂きたいものである。

Ⓐ表では、昭和四十九年十月に「郷研の意義」として「郷研清話」（安岡正篤著）の劈頭《へきとう》に記されたものである。ついで「成人研修会館設立趣意書」として次の「郷研清話」にも記されている。

《むつかしい時世になりました。輝かしい二十一世紀という楽観は消えさって、日本の今世紀末に対する悲観や警告が深刻となり、中でも敗戦の窮乏から一途に財利と安逸享楽を求めるに汲々として成功した日本の反動的危局は最も著しいものがあります。

とにかく、これからの急務は形式的資格や功利の追求ではなく、心がけを練り、信念識見、才能を養って、仕事の為に国家の為に、立派に役立ってゆく人物人材の修練養成にあり、これが真の成功の条件であります。

この根本的な時世の要請に応ずる道業として、戦前より長い歴史と業績の上に立って鎌倉武士の典型であった畠山重忠の史跡で、日本教学の粋を謳われた日本農学校の故蹟に設けられました恩賜文庫郷学研修所に、新たに成人研修会館を設立し、志有ある各業界の青少年を始め成人教育を旨とし、多年道縁のある各界の指導者を動員して、真生日本の確立発展に貢献することを期する次第でありますﾕ》となっている。

Ⓑ表では、前記論文にあるような郷学《きょうがく》のことをＧＯＧＡＫＵ、と、読むことなく、「現代風の定義」になっているけれどその哲学的理念はⒶ表に変わるものではなく、多衆の全国的賛同者の中にあって、筆者自身（水野）も、細々ながら「安岡郷学」の愛読者の一人でもある。

前記の「郷土学」もこの「郷学」も原流は、各時代を反映した「郷土研究」の学問の様式となっているのである。ⒶⒷ両表にみるように、現代風の古里を愛する郷土研究者たちの雄志そのものではなかろうか。わが「談笑誌執筆者」の心意気にも通底しているように思えるのである。

安岡正篤先生は、多大な著作とともに、終戦後の玉音放送（詔勅）の推撝など日本を代表する陽明学者である。日本の伝統的「ＧＯＧＡＫＵの精神」をも凌駕《りょうが》する「安岡学」となり今では、「郷学」といえば、民俗学で用いる「郷土学」(Haimerkunde）も江戸時代の「郷学概念」(Gogaku conception）も、等しく「郷学概念」(A research into native land）と理解出来るのである。そこで勝手ながら、その精神に通底した自著としても『環金武湾の地方創生論』を書いたのである。その詳論としては次のⒶ表の「環金武湾の Sanrise 構想原論」として八個の論点をまとめてみたが、その理念はこのⒶ表の通りである。

総論として、すでに『環金武湾の地方創生論―新沖縄の海と空で考える―』（新星出版・二〇一六年）を公刊したことである。尚、各論的考察の手順としては、次のⒶⒷ両表の二つの論に沿って基本的視点と方法としてまとめ、今後ともその路線で「郷学」を学んでゆきたいのである。

二十一世紀の生涯教育時代の現状と未来に投影される仕組革新を考察しつつ、まずもって滋味にあふるる人間学のふるさとは、あの治国・斉家・修身を説いた陽明学派の良知の中に生きていること

郷学概念と安岡人間学の原点（Ⓐ表）

〖王陽明〗

【郷学の窮極的目標】

學人清規

一 自然を愛し素朴を重んじ偽巧浮文を恥づ

二 隣人を愛し生業を重んじ利己怠慢を恥づ

三 祖國を愛し傳統を重んじ空疎獨善を恥づ

四 讀書を愛し交游を重んじ曲學阿世を恥づ

五 素心を愛し神佛を重んじ放逸無賴を恥づ

安岡正篤 謹書

郷学研究の定義

郷学とは抽象的一般的主知的な学問ではなく、郷土・郷国（日本）の歴史・人物・文化に基づいて、現代世紀末文明の公害破壊からわが民族と国土とを救ふ為の学問である。公害研究の専門大家の結論は、志ある人々の自覚と精進の結集に持つ外ないといふことである。人間学の結論は、最高の教育を受けた人間も、その後の自己陶治を無くしては立派な人間になれない。各人の自己陶治によってのみ大業も成し得る。研は砥石にかけて磨きをかけること。郷研は人間と国家を救ふのが使命。

（昭和 49・10）　　出典：『郷学清話』（安岡正篤著 20 頁）

現今の定義（Ⓑ表）

【郷学とは】学問には知識を広め事物の理法を究めることと、己を修める修養の学とがある。

修養の学とは第一に、人生如何なることが起きてもそれに湛然と処し得るように「人間の学」を修めることである。

第二は、地方郷党の先賢を顕彰し、その風土に培われている学問を振興して志気を振起することであり、これを「郷学」と言う。

歴史を繙くと、民心が頽廃した時にこれを救ってきたものは、中央の頽廃文化の影響を受けず純潔な生活を保っている地方郷村の志士の力であった。この道理はいつの世でも変わりがない。

かかる意味から、常に郷党の先賢の事蹟を探り、その人物学問によって夫々の郷里に確乎たる信念と教養を持つ人材を養成することが「郷学」の目的である。

公益財団法人 郷学研修所・安岡正篤祈念館

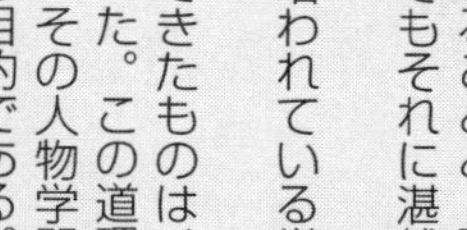

102号

平成30年新年号

を感得したいのである。この激変するシステム・ブレークの時代にあっても「その人の好むを見て、その人物の哲学を知るべし」との言葉のあるごとく、人間はいかに純粋持続の生活を工夫すべきか、静粛にも深慮すべきではなかろうか。

無為からの放心脱却（前記の時間活用法）、未来に対する明徳大観の生活決断、未来萌芽への推進的で科学的知性の創造などといった古くて新しい「格物知致」の哲学観こそ、今日的要請ともいえよう。しかし、法律観や道徳観念も、四季の移ろいにも似るけれども、「達道の窮極は、良知の光となる」と説いた王陽明の言葉は、今日的にも輝いている。琉球版・「郷学」への出発点ともしたいものである。何故なら、ここらに「談笑一決」の和を保つ精神《ちむぐくる》が宿っているようにも思えるからである。

さて、次の筆者（水野）が構想した八つの「環金武湾のSunrise構想原論」としてまとめたものであるが、第二表の「サンライズ構想戦略の交叉布置論」の考察法として、第一表の①「金武岬と伊計島間の海中トンネル掘削案」と⑧「二つの図書館の充実案」を今一度、繙いてみたい。

先ずに「交叉布置」(The crossing configuration) とは、「万物を作り支配する二つの相反する性質をもつもの」を交叉して置けば、そこには、連環的な研究構図が生まれ来ることをいう。例えば「文明の交叉布置」(The crossing configuration on civil nation) といえば、単眼思考から複眼思考での考察方法が生まれるとされる。東洋学の易学でいう「陰陽五行説」などのように、世界観や宇宙の動き、世界の動き、人事の吉凶などがわかると説かれるように西欧の合理主義にあっても等しく対峙する合流地点では偉大なる「関係概念」が生まれるというのである。

例えば、多くの学問論にあっても、「実体概念」(Substantive concept) から「関係概念」(relation concept) が展開され、そこに「交互作用」(interaction) が起こり、その理論的階梯を高めて行くとされるのである。ドイツの哲学者E・カッシーラーにしても、自分の哲学的意図にあっても、旧来の「存在概念」を「関数関係」で駆逐することであったとし、「科学的認識が進めば進むほど、実体概念は関係概念に取ってかわられる」と説かれるに似て、歴史学や科学論や風土論などの「近接学」(Proximics ＝人間に必要な個人的・文化的空間の度合を説く学問) も次第に具体化して写像 (mapping) 可能となるのである。

①金武岬と伊計島間の海中トンネルの掘削案と⑧の「図書館の充実対策」の理念との「関係概念」はどのようになるのであろうか。

今やクルーズ船などの往来が激しくなるにつれ観光客が増大し、私の著書にみる「沖縄版山手線」の円周60キロメートルが整備される事となる。即ちこの環金武湾に「長期滞在者」の希望者が増えること必定となる。そこで金武町か、うるま市に、埼玉県に所在する安岡正篤記念館をモデルにした「環金武湾・沖縄陽明学研究所」と、小

環金武湾の Sunrise 構想原論 **(第1表)**

《アイデア》

Ⓐ文献収集→『海と空の港大辞典』(成山堂書店)
Ⓑデータの咀嚼→知的発想技術の渉猟深化
Ⓒデータの組み合せ→金武町民とうるま市民の連携作業
Ⓓ原理の発見と行動→創造的事業への応用
Ⓔ発想のチェック→意識的活動とシステムの開発

《視角》

①金武岬と伊計島間の海中トンネル掘削《くっさく》案
(千葉県と東京都を結ぶアクアラインに学ぶ)
②宮城島におけるアジア一の港湾築造の夢
(アジア一の水深を誇る大コンテナ時代の到来)
③海上飛行場の建設と県経済の起爆剤
(航空機のメンテナンス基地と雇用の拡大)
④浜比嘉島から薮地島への架橋案
(勝連平島高台に高層ビル街の誘致)
⑤薮地島へのパイロット養成学校の創設
(県内大学にパイロットコースの設立認可を)
⑥勝連城の復元と文化振興の拠点化
(組踊・オペラ座の野外劇場と観光拠点)
⑦マリンレジャーとアウトドアスポーツの立ち上げ
(ヨット・クルーザーのクルージング基地と沖縄版山手線構想)
⑧二つの図書館の創設と両自治体のモラル振興
(安岡正篤の陽明学と二宮金次郎への哲学回帰)

サンライズ構想戦略の交叉布置論　（第2表）

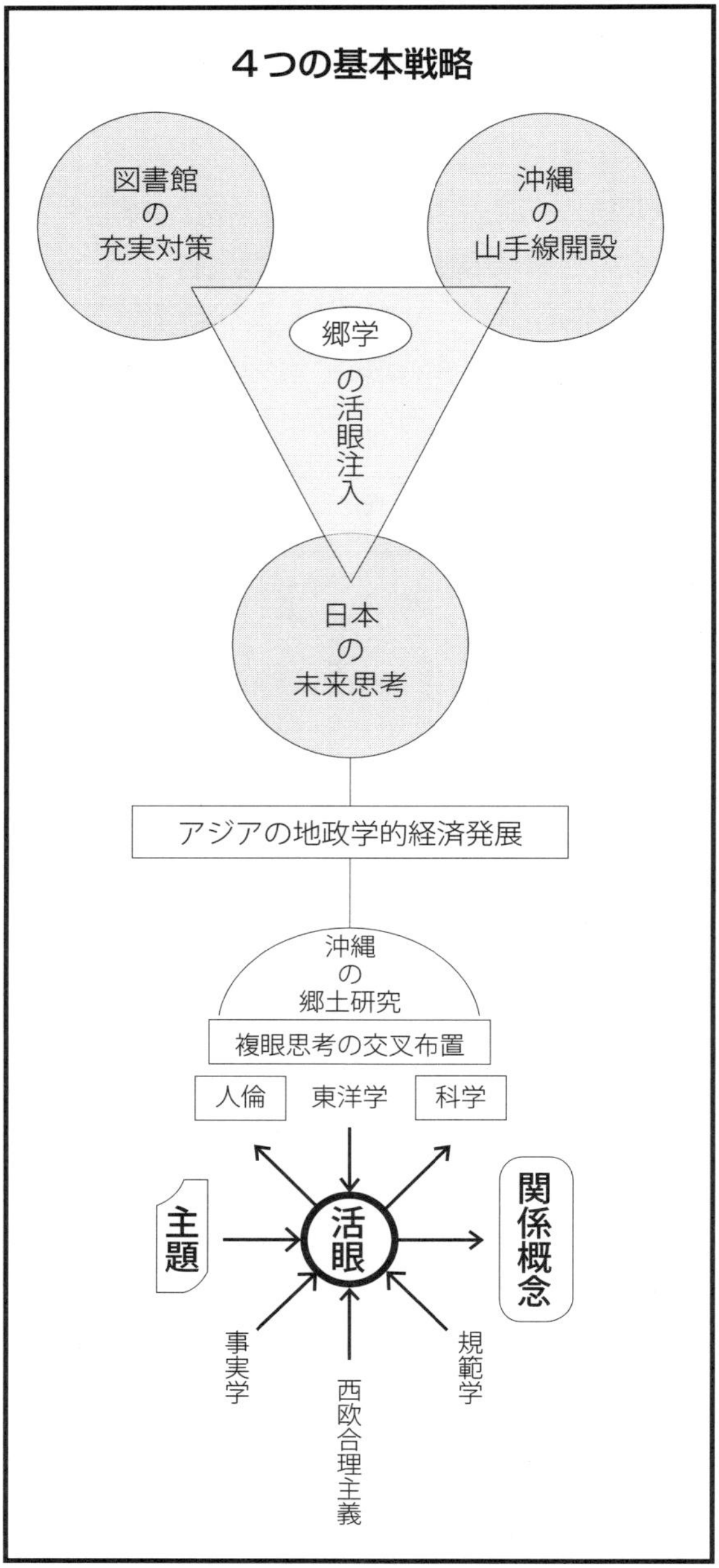

田原市にある二宮金次郎の報徳博物館をモデルの「環金武湾・二宮金次郎哲学館」の二大図書館を建立し充実していけば、そこを根城にして、のんびりと走る「トラム＝沖縄路面電車」を乗り、昔日の東京山手線で見た読書風景のように飛行機同様に「スマホ禁止」下にして読書励行をすれば、修学旅行地にも活用されて、将に全国的な「**関係概念**」を形成することになる。

これまでの「**実体概念**」（**現状維持**）だけでいれば、未来のない片田舎にとどまるだけである。東京の山手線は一周約35キロメートルであるが、沖縄版は凡そ2倍の60キロメートルにもなるとされるのである。それに加えて、近々着工予定の「那覇から名護まで一時間で走る鉄軌道」に連結すれば、沖縄全島にまたがり現在の那覇市を凌ぎ、太平洋に添うサンライズライン（東海岸線）の大都市の拠点となるのである。次の第3表を俯瞰すれば、首里城にも対峙する「勝連城」の御来光をみるように沖縄中部都市圏の中心地になるのである。

昨今スマホ社会の状況を説くお茶の水女子大学名誉教授藤原正彦氏の論稿にみるように、政治家、官僚、経済人に大局観が欠けているのは、読書をしないからで、つまり教養がないとされる。ありとあらゆる情報にアクセスできるインターネットは、一見便利に見えて、「情報氾濫」の落とし穴が隠されており、昔日の山手線などでみた中学生、高校生、大学生、一般人の読書風景が、消えてしまった。今や、つまらぬ情報を排除して、有益な情報を選択するかが重要となり、選択に必要な価値観は、独自の「知識」に格上げし、様々な分野の知識を統合しつつ自己の体験や情緒に加え、健全な「教養」にまで高めないと立派な未来の見える価値観は生まれないという。その創作的能力をつくる選択能力として「人間とＡＩ（人工知能）」を区別する特性を取り戻すには、読書によって培われた教養なくしては不可能だという。将に「賢者の風格は読書にあり」でスマホ

サンライズ構想の俯瞰地図（第3表）

◎屋慶名中道号とは、おもろに歌われる名歌《屋慶名中道》よりの命名である。

太平洋の御来光

◎戦後、主に西海岸線《サンセットライン》が開発されたが、太平洋を背景に、最近、東海岸線《サンライズライン》の開発が注目されている。**環金武湾の《八大プロジェクト》がそのサンライズ構想である。**

を禁止する沖縄版山手線で実践し、積極的に青少年の「スマホ禁止の沖縄版の山手線」を早く設置すべきであろう。単なる交通便利主義だけのものでなく諸学問の礎定可能な読書を高めるための昔日の「JR線風景」を沖縄から復活していくことも、未来思考への実践方法であろう。本を読まなくなった大学生が50％にもなったとあれば国家存亡の危機であろう。マクルーハンの「メディアの法則」（談笑21号参照されたし）を想起するまでもなく、一人ひとりの「地方創生論」の出発基地は「紙の本の復活」ではなかろうか。

結（新風土記への気概）

風土記とは、地方別にその風土・産物・地方の由来や歴史・文化などについて記されるものである。本稿も、郷学への活眼を広げて、未来思考に挑戦するつもりで、沖縄の様々な風土の現況について書いて来たつもりである。

何方にとっても、自己の人生を最高に生きるためにはどのような文化環境をめざすべきか。そして、郷土に根ざす人間について、どのような理解をもって進むべきか。先ずに自己をどのようにコントロールして生きるべきかも重要である。一体、生きぬくための「時間活用」をいかにすべきか、更らに心を豊かに持つために、未来社会をどのように構想していくべきか等々、愛のある人生を生きるために、どのような「道をひらくべきか」自問自答して「郷学概念」を書くことにしたのである。未来への希望について考えてみれば、かつてヘレンケラー女史は「希望は人を成功に導く信仰である。希望がなければ、何事も成就するものではない」と語っていたが次の中国の格言は当り前であるけれども、静かに読むと成程と思う。

希望

一年の希望は春が決める。
一日の希望は暁が、
家族の希望は和合が、
人生の希望は勤勉が決める。

沖縄人は、家族の和も大切にするが、集団的な心の和も尊ぶようになって来た。何故なら、外来の毒物が多分にも参集して来て、平和をめざす筈の人が戦《いくさ》を鼓吹する中国人・コリヤン・左翼派《リベラル》が、捏造史観で、沖縄を破局に導く可能性を危惧《きぐ》する声もある。さらに、早く「オール沖縄戦略」が「パート活眼派」に転化することを願っている沈黙の人々が増えて来たとの見解も出てきたのである。

そこで、元来の沖縄の地政にマッチした希望の歌も見ておきたい。

沖縄の哲学と南十字星

哲学とは南方航海の南十字星である。
南海を渡る人々が南十字星を見失わなければ
羅針盤がなくても航路を誤ることはない。

この歌に似る「夜（ユル）行（ハラ）す船（フニ）や北極星（ニヌファブシ）目標（ミアティ）我生（ワンナチェ）る親や我どぅ目標」（夜に出航する船は北極星を目標に出て行く。同様にわが親も、私を目標として生きているのだ」との「ちんさぐぬ花」で知られる沖縄の童歌（わらべうた）である。今後、沖縄の青少年達《ワラバーター》は、いろいろと錯綜するこの社会変動の中で一体、どのような、「教育理念」をめざすべきか、愛のある人生を生きてゆくために「考える人」の作品で知られるフランスの彫刻家ロダンの言葉を見ておくことにしよう。

「真理の司祭でありたいと思う青年諸君。君たちに先立つ大家たちを心を傾けて愛されよ。しかしながら、君たちのおかしな先輩を模倣せぬように戒めよ。伝統を尊敬しながらも、伝統が含む永久にあるものを識別することを知れ。それは《自然の愛》と《誠実》とである。それは天才の二つの強い情熱である。辛抱だ。神（例えば現状のイデオロギー闘争）を頼みにするな。そんなものは存在しない。真理探求者の資格は、ただ努力による知恵と忠信的誠実一路の意志だけだ。正直な労働者のように、君たちの今の仕事を歯をくいしばってやりとげよ！」と渇破しているではないか。

深い郷学研究にあっても、談笑の日々、先哲たちを読みながら、郷土愛も歴史観も進めるべきではなかろうか。今一度、先哲武者小路実篤先生の言葉もかみしめて、頑張ることとしたい。

わが行く道に茨多し
されど生命の道は一つ
その外に道はなし
この道を行く

山と山とが讃嘆しあうように
星と星とが讃嘆しあうように
人間と人間とが讃嘆しあいたいものだ

「はるかなる山々は近づきやすく、登りやすそうにみえる。高峰はさし招くが、近づくにつれて険しさが姿を現わしてくる。登れば登るほど旅は苦しさを加え、頂上は雲の彼方にかくれてしまう。でも登山は骨を折るに値するものであり、独自の喜びや満足感を与える。恐らく人生に価値を与えるものは、その終局的な結果ではなくして、闘争の過程であろう」と述べられる。

一般には、日本人はよく「正直者の頭に神が宿る」といわれて、二宮尊徳先生も「一日働けば働いただけ利益があるが、一日働かねばそれだけ損失が大きい。こういう分かり切ったことがなかなか行われないのが人間の有様である。明日をたのまず、今日一日働くべきである」と、働き方改革の精神も夙《つと》に述べられているが、面白い次のイギリスの言葉に、びっくりする。

床屋に行けば一日幸せ
妻をめとれば一週間
新馬を買えば一ヵ月
家を建てれば一ヵ月
正直に暮らせば一生幸せ

とある。これからすると文明国のイギリス人よりも、日本人の生活指針の方が矜持な生き方をしているのかなと思う。何故なら「正直に暮らせば」との条件付きの「幸せ」であれば、現実は「不正直者」が、多いかも知れぬと邪推されかねないからである。今一度武者小路先生は、

「何のためにあなたたちは生きているのですか。国のためですか、家のためですか、親のためですか、夫のためですか、子のためですか、自分のためですか。愛するもののためですか、愛するものをもっておいでですか」と桎梏、問い迫っているが、かの有名な哲学者西田幾多郎先生は、寸言でもって「知は愛、愛は知なり」と断言されるように、年輪を重ねて、沖縄の地域社会を愛する気概を持って学びつつ「郷学」も書き続けたいものである。

ねん-りん【年輪】㊔①［植］樹木の断面にみえる、同じ中心による輪の層。②一年一年きずきあげていく歴史。

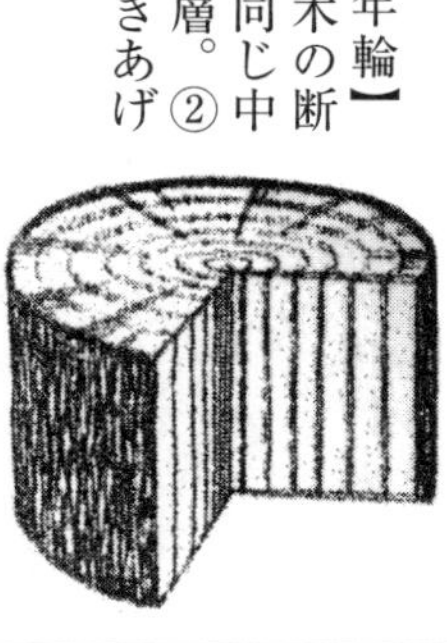

（琉球大学名誉教授）

続

二眼レフ都市構造への道程《みちのり》

幸地　光英

コザ市・美里村の合併に伴う沖縄市の都市計画の基本となった『沖縄本島中南部における都市基本計画報告書』を見る

　全国的にも珍しい片仮名の市名で親しまれたコザ市が美里村との合併により、その市名が役割を果たして消えていく時期を少し振り返って見ると。

①　一九七二年（昭和四七年）五月十五日
　日本復帰の実現。

②　一九七三年（昭和四八年）五月三日～六日
　祖国復帰記念・若夏国体。

③　一九七四年（昭和四九年）四月一日
　沖縄市誕生（コザ市・美里村合併）。

以上の様な日々・年々・目まぐるしい歴史的な流れの事業を成し遂げた時代でありました。

祖国復帰に際しては、琉球政府時の法律が日本国の法律に替わり、行政における諸事務手続きを移行するのに役所職員が大変苦労をしたものです。

　沖縄の祖国復帰を祝う若夏国体は、毎年行われる国民体育大会とは別の臨時の国体で諸体育施設を短期間に整備しなければなりませんでした。県内の各市町村は、競技種目の誘致をはかり、この際に体育施設整備をする目論見からそれぞれの役所職員は懸命の仕事をしたものです。

　その様な時期と並行して、新市沖縄市誕生に向けての作業が執り行われていたのです。

　合併当初の土地利用・都市計画についてはコザ市と具志川市（現うるま市）が都市計画をしてお

りました。両市に挟まれる形の美里村は一九七三年（昭和四八年）十二月にコザ広域都市計画美里村美里地区土地区画整理事業の調査報告書を沖縄県がまとめた段階で、まだ都市計画の決定はみていませんでした。

沖縄市誕生と同時に、私達都市計画を担当する職員は、新都市計画法に基づく土地利用と用途地域を定め、無秩序に延びてスプロール化する市街地整備の計画を急がねばなりませんでした。私達は沖縄市の将来人口を十五万人の受け皿となる都市域を想定して計画を立案いたしました。

上記の様な状況の時点に奇しくも、沖縄総合事務局（国）・沖縄県及び那覇市が都市計画協会に『沖縄本島中南部における都市基本計画』の策定を目的として委託されていました。（以下　都市基本計画と称する。）

一九七三年度（昭和四八年度）に委託発注された都市基本計画は、

1、沖縄本島中南部地域の現状分析として土地利用の現状
2、整備・開発・保全の基本方針
3、都市交通の現況
4、都市交通計画の基本方針
5、交通需要の見通しと需給の検討
6、大量輸送機関の検討（都市モノレールの検討）
7、公園緑地整備計画
8、都市開発プロジェクトの計画
9、地域地区指定の基本方針

等々を検討した結果、土地利用のパターンを比較案Ⅰ・比較案Ⅱの二案に絞り込んで、一九七四年（昭和四九年）三月に報告されました。二案に絞り込んだ比較案Ⅰ・比較案Ⅱの結論を一九七四年度（昭和四九年度）事業として、一九七五年（昭和五十年）三月に向けて持ち越されたのです。

都市基本計画の土地利用パターン

○比較案Ⅰは、中心的都市機能の集積地を那覇市とし、沖縄市との中間の位置にあたる西原町と宜野湾市にまたがる琉球大学一帯と普天間基地跡地利用を想定して、新都心を開発し、那覇市・新都心・沖縄市に連なる団子の串刺のような形の構造が提案されました。

○比較案Ⅱは、中部圏の重点的開発によって沖縄市を中心とした都市形成をはかり、那覇圏と中部圏の二眼レフ構造を目指す土地利用を提案されました。言い得て妙な表現で、要は沖縄本島中南部の土地利用にふたつの核をもつ圏域をつくり共に発展させる計画であります。

提案されている都市基本計画は、前述の通り沖縄総合事務局（国）・沖縄県・那覇市の三者で委託発注されており、二つの土地利用パターンの内の比較案Ⅱを採択させないと、沖縄市の政策的開発は望めなくなるのです。

私達は、都市基本計画の結論を出す一九七五年（昭和五十年）に向けて、是が非でも沖縄市が都市基本計画に参加して、合併後の新しい都市計画を立案する必要にせまられたのです。

そこで、沖縄市においては、町田宗徳市長が直直に上京して折衝していただくことになりました。

沖縄県と都市計画協会を通して、都市基本計画策定の幹事長をなさっておられる並木昭夫氏建設省計画局計画調整官（現国土交通省）に面談する機会をつくって頂きました。

沖縄市も応分の負担をして都市基本計画策定の一団体として参加させていただくことになったのであります。

この事は、都市基本計画策定の段階で、沖縄市が意見を述べられる道を開いたことになり、沖縄市の新しい街づくりの基本となる骨格つくりの大きな原動力になりました。

図１－１　土地利用パターン

比較案－Ｉ

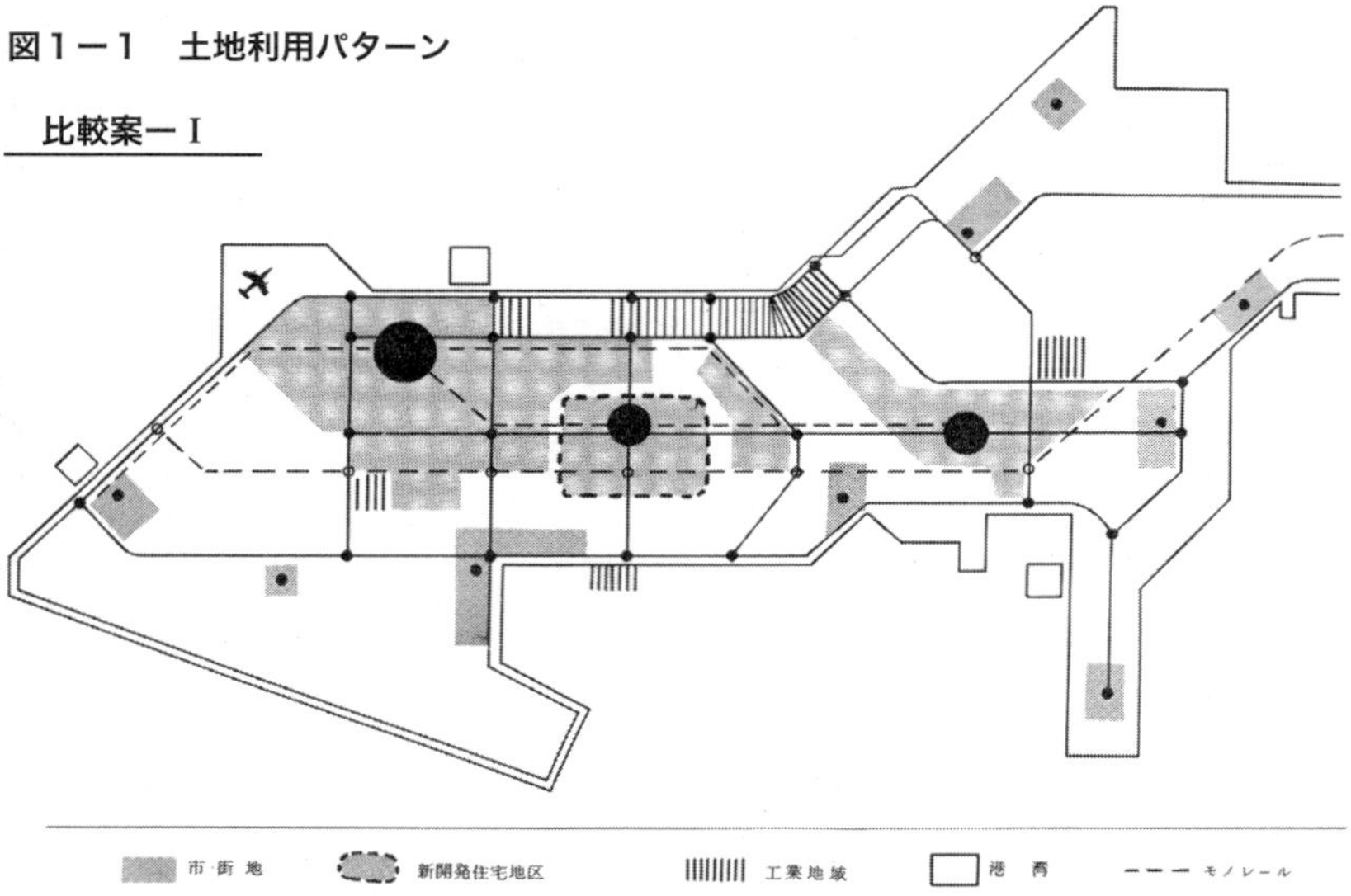

図１－１　土地利用パターン

比較案－II

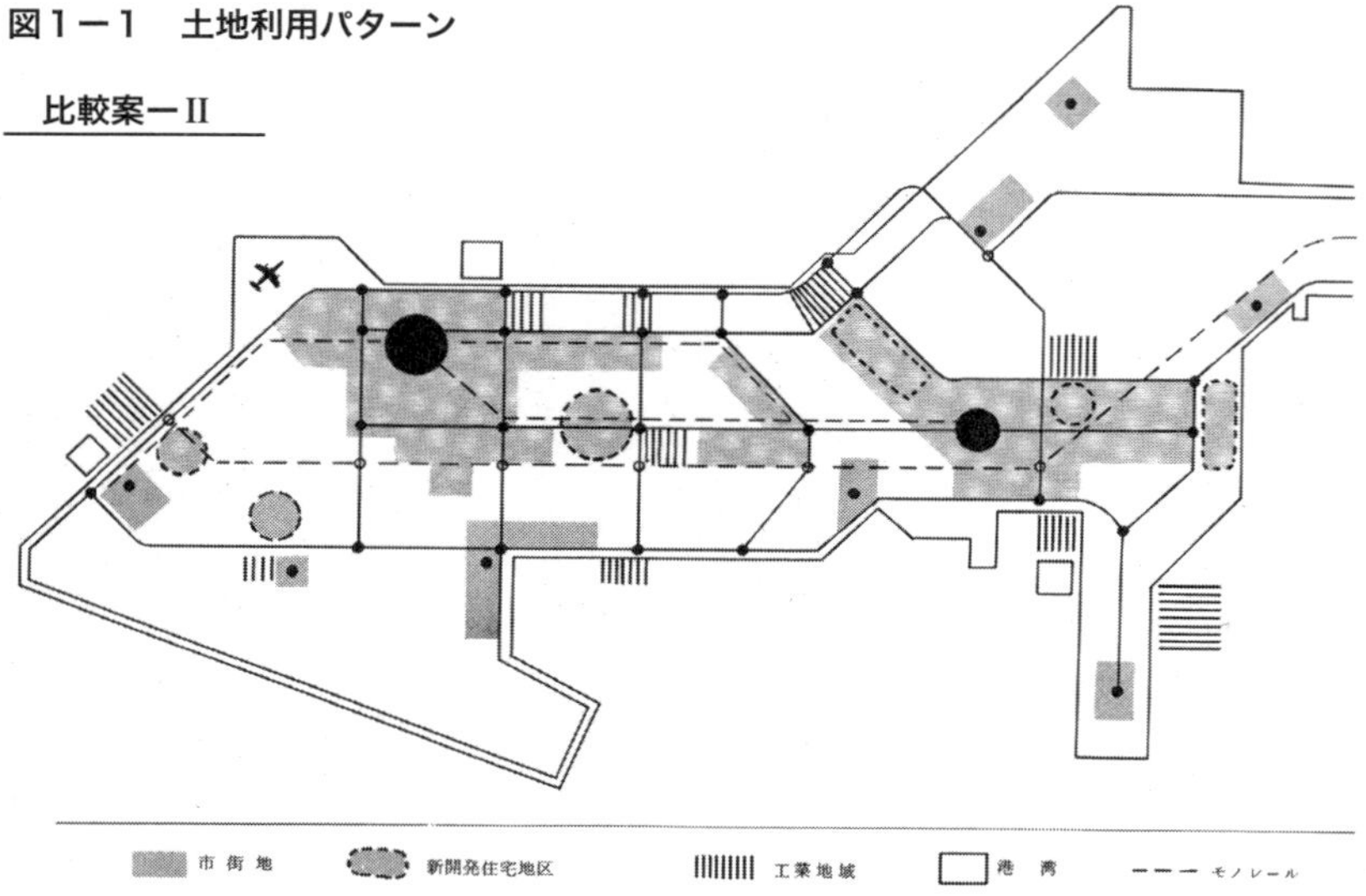

中南部地域土地利用パターンの設定

土地利用パターン比較案の評価と選定

中南部地域における都市内土地利用計画の作成に際して，広域的な観点からの指針を与えるのが，昭和４８年度調査で提案した中南部地域の土地利用パターンである。（比較案ⅠおよびⅡ）

これらの提案では，地域全体としての開発，整備，保全の基本的な考え方にもとづいた地域内各都市の位置づけ，人口，産業のフレーム，市街化のおおまかな方向と規模などの想定を行なっており，比較案毎に，かなり異なった内容を持ったものであった。

したがって，これら比較案の選定作業を，都市内土地利用計画に先立って行なう必要がある。

比較案の選定は，まず比較案における考え方と内容の整理および評価を行ない，それらをもとにした県，市町村におけるヒアリングの結果をもふまえて行なった。

比較案－Ⅰ	比較案－Ⅱ
イ．新しいセンター地区(副都心)の開発によって，那覇市に集中した都市機能の計画的な分散をはかる。	イ．中部圏を重点的に開発，整備することによって，那覇圏に偏まった現在の地域構造の変革をはかる。
ロ．新しいセンター地区開発によって，市街地の発展方向を誘導する。	ロ．中部都市圏の都市機能の集積度を高めることをはかり，そのためには那覇圏から移転させることも検討する。
ハ．新住宅地区の開発によって，新市街地の計計画的形成をはかる。	ハ．中城港の建設，流通・工業用地の造成によって産業を誘致し，中部圏における雇用の増大と安定をはかる。
ニ．那覇市の既成市街地においては，新しいセンター地区へ移転させる施設の跡地や軍用地の跡地を利用して，都市施設の整備を中心とした再開発を行なう。	ニ．新しい住宅市街地の開発によって，既成市街地における今以上の人口増を防ぐ。
ホ．新しい市街地のパターン，人口配置のパターンに見合った工業用地の配置を行なう。	ホ．とくに那覇圏においては，交通網の整備とも合わせた計画的な住宅地開発によって，スプロール的な市街化を防ぐ。
ヘ．昭和６５年における人口は，那覇圏６４万人，中部圏２３万人とする。	ヘ．昭和６５年における人口は，那覇圏６０万人，中部圏２７万人とする。

（計画の成立に必要な条件）

比較案－Ｉ	比較案－Ⅱ
イ．新しいセンター地区を形成し，諸都市機能の集積を促がすためには，その核となる中心的な機能を誘致することが不可欠の条件となり，それらの施設が新規のものであれ，あるいは那覇都心からの移転によるものであれ，その実現が保障されている必要がある。	イ．中部圏において，流通，工業などの産業の立地がはかれること。 とくに，中部圏の都市成長を裏付ける基幹的な産業の立地が必要であり，それを受入れるための条件を整え得る保障がなければならない。
ロ．新しいセンター地区開発およびその周辺での新住宅地区開発を一体的かつ計画的に進めるためには，用地，事業手法，事業主体，資金，地元の協力などの条件の整備が必要である。	ロ．中部圏の中心として，沖縄市およびその周辺で都心部の再開発，軍用地の跡地利用などによって，都市機能集積の場が確保されること，また核となる都市機能の誘致，とくに那覇圏からの積極的な移転が必要となる。
ハ．新しいセンター地区の活動を支えるためには，交通条件を整える必要があり，とくに那覇都心とは緊密な連絡を可能にするために，新しい交通機関の導入が望まれる。	ハ．中部圏を一体的な都市活動圏として機能させるために，交通網の整備が必要となる。
ニ．その他，那覇圏において新しい機能配置，雇用の分布，人口の配置などのパターンに導くために必要な，社会的，経済的な手だてが用意される必要がある。	ニ．とくに那覇圏において，新住宅地区開発プロジェクトの成立条件が整っていること。

（比較案の評価と問題点）

比較案－I	比較案－II
イ. 新しいセンター地区の開発や新住宅地区の開発によって，那覇市の都市問題解決に寄与する程の直接的，間接的な効果が得られるか。	イ. 中部圏の振興を意図通りに達成するためには，思い切ったエネルギーの投入が必要となるが，この地域にそのポテンシャルがあるか。
ロ. また，期待通りの効果を上げるためには，どの位の規模の開発が必要となるのか。	ロ. また，地域外にそのようなエネルギーを求める場合に，それらをコントロールして，調和のとれた都市圏の形成をはかることができるか。
ハ. 新しいセンター地区の開発は，沖縄市を中心とする中部圏の都市機能の整備に向けられるべきエネルギーをも吸収してしまうおそれがあるのではないか。	ハ. 那覇圏の都市的な集積の魅力に対して，中部圏の魅力をどのようにしてつくっていくのか。
ニ. 現在の市街化の動向には，ある程度合致した提案といえるが，それだけに那覇市を中心とした地域への人口集積を助長することになる。	ニ. 都市的なサービスの拠点として，北部地域に対する利便性を高める効果を持つ案である。
ホ. 那覇市と沖縄市の間の大規模な軍用地を都市的利用に活用しようとする方向とは馴染む案であるが，計画実施のスケジュール上の問題は残されている。	ホ. 那覇市の都市問題の解決に対しては，どのような効果をもち得るのか，とくに短期の問題として検討を要する。

〈192～195ページ、出展〉沖縄本島中南部における都市基本計画報告書（I）
昭和50年3月　財団法人都市計画協会　沖縄市

県および関係各市の都市計画担当者からヒアリングを行った、その結果を整理すると次の通りである。

（那覇市）

イ．比較案Ⅱに賛成

ロ．沖縄市が都市的な機能を分担することは賛成であり、那覇市からの移転も考えるべきである。

ハ．比較案Ⅰの副都心開発は、かえって那覇圏への人口集中を加速するおそれがあり、逆効果となることも考えられる。

ニ．那覇市への人口集中は極力抑えたい。

ホ．浦添・宜野湾は、那覇・沖縄のベッドタウンとして整備する。

ヘ．名護まで含めた三眼レフ案を考えるべきである。

（沖縄市）

イ．比較案Ⅱに賛成

ロ．現在進めている沖縄市の計画では、比較案Ⅱに示されている大きい方の規模を安全側の数値として採用している。

ハ．中城湾港の開発と関連した産業開発を目指している。

ニ．開発用地としては、泡瀬の埋立地・通信隊の跡地利用を考えている。

（浦添市）

イ．比較案Ⅰに賛成

ロ．財政の運営上、ベッドタウン化は問題がある。

ハ．人口増はおさえたい。

ニ．那覇市からの人口流出によって、急激な市街化が進行しつつあり、様々な都市問題が発生しているが、比較案Ⅱを進めた場合、沖縄市においても同じことがおきるのではないか。

（具志川市・現うるま市）

イ．比較案Ⅱに賛成

ロ．金武湾の開発を目指している。
ハ．住宅の立地が盛んに行われている。
（糸満市）
イ．比較案Ⅱに賛成
ロ．南浜に埋立計画を持っており、内容は大型漁港の建設の他に、水産加工などを検討している。
（沖縄県）
イ．現在、県が行なっている作業は、国土利用計画法にもとづく土地利用計画、工業用地の選定、用途地域指定の素案作成である。
ロ．用途地域の素案作成段階で、工業地域の規模が、市町村の反対で小さくなってしまったが、都市計画を考える際には、産業構造の展望との斉合性を保つ必要があるのではないか。

比較案の選定とその理由
上記の検討結果から総合的に判断して、この調査における結論としては、比較案Ⅱを選定し、今後の作業の基本とすることを定めた（中略）、選定の理由は次の通りである。
イ．那覇市に集合した人口、都市機能の分散を目指して、比較案Ⅰの新センター地区開発が目論まれているのであるが、現実的に見るとかえって那覇市あるいは那覇圏への集中を助長するおそれがあると考えられること。
ロ．新しいセンター地区の開発プロジェクトを成立させるためにふさわしいまとまりのある用地を確保するためには、普天間飛行場などの軍用地の利用を前提とすることが必要となるが、（中略）それに応え得る状況にあるとはいい難く（中略）困難であるといわねばならない。
ハ．比較案Ⅰでセンター地区としての開発が目論まれていた一帯に対しては、比較案Ⅱにおいても大学＋《プラス》住宅地の計画的開発程度のものは位置づけることが可能であること。

二．中南部地域における産業フレームを達成するための基幹的な産業を立地させ得る空間的な余地は、中部圏に多く分布していると考えられること。（都市基本計画より。）

以上のような理由あるいは背景から、那覇圏（那覇市・浦添市・宜野湾市・糸満市・南風原町・その他）と中部圏（沖縄市・北谷町・うるま市・読谷村・嘉手納町・その他）の二眼レフ構造である比較案Ⅱが選定し採択されました。

沖縄市における将来への都市計画が安全側の都市域を確保する見通しが立ったのであります。

中部圏の中心都市としての沖縄市や近隣市町村における開発を俯瞰してみると。

一．沖縄環状線（うるま市・沖縄市・北中城村を通過）が開通。

一．南伸自動車道の開通。

一．中城湾港の開港。

一．沖縄県総合運動公園開園。

一．沖縄市山内・美里・登川・比屋根・泡瀬土地区画整理事業が竣工。

一．沖縄市中の町都市再開発・山里都市再開発が竣工。

一．うるま市江洲・宮里・安慶名・みどり町土地区画整理事業が竣工。

一．沖縄こどもの国リニューアルオープン民間大型商業施設として、うるま市サンエーメインシティ・北中城村ライカムイオン等々が開発され中部圏の都市域が整備されつつあります。

中部圏の中核都市としての沖縄市やうるま市は、無秩序に延びてスプロール化する都市域の外堀は予防的手段となる土地区画整理事業等々で、市民の住み良い安全な街づくりには応えてきていると思われます。

今後は、中心市街地の外科的手術の様な都市再開発事業等が、市民からより求められる街づくりの課題になるでしょう。

沖縄市誕生当初に十五万人口の器として想定し

た都市計画も、二〇一八年三月一日現在において、一四万一八四一人に発展しております。沖縄市は都市計画・土地利用の総合的計画の再検討を要する時期にきているのではないでしょうか。

沖縄市は、よく基地経済の街と表現されました。大山朝常先生や桑江朝幸前沖縄市長は、いかにして基地経済からの脱却を目指した「街づくり」が出来るかと腐心されて、市政の運営に当ってこられました。

大山先生は、中城湾港の開発を夢みて、美里村との合併を成し遂げました。

桑江市長は、沖縄市の東部海浜開発に向けて着手されました。

沖縄本島東部の中城湾港開発は、沖縄市・具志川市・勝連町の二市一町で立ち上げた、中城湾港開発推進協議会によって始まりました。与那原・西原の両町は、マリンタウンプロジェクトを立ち上げて成功を収めています。

沖縄の諺に「何時《イチン》も上《ア》が《ガ》り《イ》太陽《ティダ》ど《ドゥ》拝《ウガ》む《ム》る《ル》」とあり、サンライズの街づくりは、朝起し日の出を拝み、健康の地域づくりのイメージをいだかせます。

一方、沖縄本島西海岸はサンセットの街で美しい夕日の入りを見て、ロマンチックな夢に誘《さそ》われます。

この沖縄本島における東西海岸の地域経済の格差は大変に大きなものであります。

糸満市から那覇市そして58号線に沿って北上するサンセットエリアの経済の重さは、サンライズエリアのおよぶところではありません。

経済の均衡ある発展のために、東部海浜に面する市町村は、大いに梃《てこ》入れをする必要があります。その一端としても沖縄本島中部圏は努力をしなければなりません。

その様な事を考えながら、つらつらと沖縄本島の地図を眺めていると、沖縄環状線をはじめ安慶田バイパス道からうるま市の天願まで、そして美里区画整理地域から登川・池原を通り天願まで、沖縄市とうるま市は一帯的に連《つら》なる都市域を形成しています。

石川から伊計島・宮城島・平安座島・浜比嘉島・浮原島・南浮原島・津堅島・中城湾港を結ぶ海域とうるま市の陸域をあわせると、うるま市の大きさは、島尻郡より広い面積を有するのです。

沖縄市は、うるま市と提携して、中城湾と金武湾の海の二眼レフ構想を立て「サンライズの地域開発・健康な街づくり」に夢を広げても良いのではないでしょうか。

中部圏においては、現在進められている辺野古新基地、もしくは沖縄県外へ普天間飛行場と米国海兵隊が移転をしない前に、中部圏の都市計画・土地利用の見直しや生産緑地・工業用地等々の都市機能・農業施設を整備しておく必要があります。

なぜならば、普天間飛行場が開放されて、新たな新都心が誕生すると、中部圏との競合が生じ限られた市場の奪い合いが始まる恐れがあるからです。

宜野湾市に新都心ができることは、都市基本計画で検討された比較案Iである那覇圏・宜野湾新都心・中部圏と連《つら》なる都市構造の形になるのです。

その時点において慌《あわ》てることなく、都市機能の分担・住み分けが円滑にいくような段取をしておく必要があるのです。

那覇圏と中部圏の二眼レフ都市構造が提案されている今日において、中部圏の市町村が結束して、中部圏の総合的土地利用と都市計画を検討し、沖縄本島中部に大きな華を咲かせることを関係機関に要望するものであります。

二眼レフ都市構造への道程《みちのり》は計画にとどまらず、中部圏の土地利用・都市計画の企画と行動力が求められるのです。

（元沖縄市建設部長）

公・私にわたる組織改革論の一考察
―人間尊重へのモラルと実学を視点に―

金城　誠栄

1、公・私にわたる組織のミッションとは何か

日本経済は、バブル経済崩壊以降、内外の金融危機、度重なる大震災・豪雨等による自然災害、グローバル化の進展、円高進行等の影響により長いトンネルを抜け出せなかったが景気は上向いてきている。しかし、地方では人口減少と高齢化に伴い、税収は伸びず行政サービスの負担は増え財政危機を憂えている。そのため、各自治体では創意工夫や経費節減とふるさと納税制度等で地域の個性を活かし、税収増に取り組んでいる。

一方、そのような厳しいときに官民で組織ぐるみの不祥事が頻発している。政府内の財務省で文書改ざん、防衛省で公文書隠蔽。大阪市では、職員が手続きを怠り、国保・市税１０５億円の滞納金を帳消し。さらに、日本を代表する大企業でも不正が相次いでいる。スルガ銀行で融資書類改ざん、東芝の不正会計、東洋ゴム工業の免震ゴムデータ改ざん、神戸製鋼所の品質データ改ざん、三菱・スズキ自動車の燃費データ改ざん、スバルと日産自動車の無資格者による完成検査等の問題が起こっている。いま、政府や企業でのリーダーの在り方が問われている。

このように、公・私組織のなかで不祥事が相次いでいるが、公と私組織はそれぞれ違うのかを概観しながら双方のモラルや組織改革について考察してみたい。公・私組織のモラルと改革について述べる前に、ここでは、「公組織を自治体」「私組織を私企業」として定義する。

更に加えて人間学的で実践的な実学的考察で追及してみたいのである。

ここに実学（useful lerning）とは、「実際生活に役立つ学問、一名『修己治人の学』とも呼称されるもの」である。

概念的に、公（public）と私（private）という2分法はあり得るが、それは極端に単純化された類型である。それぞれの概念について十分、明確に定義されているとはいえない。また、公組織と私組織の間には、公益法人や第3セクターのような中間領域が無辺に拡がり、また、医療、福祉、教育等ヒューマン・サービス組織も、公と私の役割が相半ばする領域である。現実には、公と私は互いに重なりあい混じりあいながら、厳密には区別できない複合的な状況に向かいつつある。

現今では、私組織である企業などでも、社会的な責任が強調され、顧客のニーズに真剣に対応しなければならないとされ、無関心ではいられない。公的な、役割にも配慮しなければならないとされている。法的規制が多く課せられ、自由な企業活動も厳しく制約されることがある。

他方、公組織においても、コストの節減や合理的な組織経営が必須のこととされ、住民や関係団体の意図や関心に合わせる、いわば営業的な活動も強化しなければならないと考えられるようになった。

千葉市長の熊谷俊人は「官民の境界線がなくなりつつある今、民間に対して公共分野の門戸を開くことが大切である」と言っている。

このように、現今では組織は、公と私を互いに別個のものとして対比されるよりも、これらの2つの特性が融け合うような状況に向かいつつあるものと考えられる。現実的には、公組織と私組織がそれほど大きく相違するとは考えられない。管理運営に関する一般的な機能、つまり目標を設定して、それを実現するために計画を策定し、権限を配分し、資源を割り当て、採用訓練配置などの人事管理を行い、達成度を評価するという一連のプロセスは、公と私を問わず一般化された図式で議論されている。

組織過程の相違点を明らかにしようとすれば、公私組織の差異よりもそれぞれのカテゴリーの中での分散の方が大きいこともあり得ることである。例えば組織規模は公と私の区別よりも管理運営に与える効果は大きい。現代組織の経営論は、主に企業をモデルにしているので、妥当性に欠けることはあり得るが、ほかに手だてはないので企業と比較をするのが最善であると考える。

2、企業倫理や公務員のモラルとは

いま、政府内では、行政の根幹を揺るがすような大きな問題が発生している。財務省の「森友学園への国有地売却をめぐる決済文書の改ざん問題」陸上自衛隊の「イラク派遣部隊の日報隠蔽問題」「南スーダン国連平和維持活動の日報隠蔽問題」森友学園の決済文書改ざん問題では、佐川宣寿国税長官が辞任に追い込まれた。さらに、追い討ちをかけるように今度は、財務省事務次官の福田淳一氏がテレビ朝日の女性記者に対するセクハラで辞任。「最強官庁」の信用が失墜したといわれている。事務次官、国税庁官の2トップを失い事務方トップを欠いた財務省は機能まひに陥り、財務省が主導する消費税や財政再建への影響が危惧されている。医師・弁護士の資格を持つ、超エリートの米山隆一新潟県知事が、インターネットの出会い系サイトで知り合った女性に金品を渡して交際していたということを自ら告白し辞職。財務省の森友問題では文書改ざん問題に係わった責任を感じた職員が自殺し、尊い人命が失われている。

大阪市では、平成二十七~二十八年度の二年間に滞納された国民健康保険料や市税が適正な手続きを怠ったため時効が成立し105億円の市税が帳消しになっている。これは、市議員が催促を行い、応じなければ預金、不動産などの差し押さえをするとかの手続きを怠ったためである。市は「怠慢と言われても仕方がない。負担の公平性から問題がある」と言っている。市民の血税をムダにしているという意識があるのか、自分のサイフから出ないので気にならないのか、公務員の責任感の無さが問われる。

このようなことで政府や官僚、政治家、公務員に対する信頼が揺らいでいる。

静岡県の地方銀行、スルガ銀行が、ずさんな審査で融資をした不動産会社が倒産した。スルガ銀行は不動産会社の「スマートデイズ」が手掛けた女性向けシェアハウスの物件所有者の大半に購入資金を融資していた。融資総額は二〇一八年三月末時点で２０３５億円、顧客は１２５８人に上る。購入した物件は借り手が少なく、家賃収入だけでは借入金の返済のめどが立たず困っており、自殺するしかないという人もいる。なぜ、ずさんな審査が行われていたのかというと営業部門の幹部が審査部門をどう喝するなど圧力をかけ、審査機能が十分に発揮できていなかったという。

ずさんな融資が行われた理由として「増収増益の全社的プレッシャーから営業部門が審査部より優位に立ち、審査機能が発揮できなかった」という。融資斡旋する不動産関連会社では、顧客が全額をローンで購入できるようにするため、自己資金の偽装、預金残高の改ざん等をする行為もあったという。複数の行員が融資の審査書類に関し「自己資金について、年齢、収入を踏まえると不自然さを感じた案件もあった」と感じていたにも拘らず、それ以上疑いを追及することは無く、融資を実行した。米山明弘社長は「お客さま、株主に多大なるご迷惑とご心配をおかけしたことをおわび申し上げる」と謝罪している。

また、東芝の「不正会計」は、二〇〇八年から約7年間で合計１５００億円以上の水増しをしていた。それは、歴代社長たちが無理な目標をつくって、それを達成するよう部下に強制していたという。社内には、適正に業務を行っているかを監査する「監査委員会」があるにも拘らず、委員長は自分がうそに大きく関わっていたから、問題として取り上げなかったという。社外の「監査法人」もチェックしたが、東芝社内でうその資料を作ってごまかしていたので発見が遅れたという。東芝は、うそが分かるような仕組みを持っていたが、まったく機能しなかったのである。

さらに、三菱・スズキ自動車の燃費試験データ改ざん。日産自動車とスバル自動車の工場で、完成した車両の安全性をチェックする「完成検査」を無資格の従業員が行っていたことが相次いで発覚した。スバルは無資格検査やタカタのエアバッグ問題を受けたリコール費用がかさみ、二〇一八年三月期決算は純利益が前の期比22％減となった。「安全」や「信頼」が何よりも求められる自動車メーカー内で行われていたのである。

東洋ゴム工業の、耐震ゴムのデータ改ざんでは、当社はこの10年間で品質をめぐる不正を4度も繰り返していた。これらの不正により、一千億円もの損失を出している。また、品質検査データ改ざんをした神戸製鋼所の製品は、航空機や自動車、新幹線などにも使われている部材であり、国内外にある23の工場や子会社でデータ改ざんなどの不正が行われていた。同社の調査報告者は、一連の不正について「主な原因は、収益評価に偏った経営や閉鎖的な組織風土にある」と指摘している。

いま、日本を代表する大企業内で製品の品質を巡る不正問題が表面化している。人間の生命に関わる重要なデータを、企業ぐるみで改ざんしていたのである。このような不祥事が惹起される背景には、道徳観・倫理観の欠如と人間尊重の精神を忘れ、利己主義になるからである。これまで、幾度となく不祥事が起こるたびに抜本策を取らずに、うやむやにしてしまうところに問題がある。

現今では、二〇二〇年の五輪景気で日本の経済状況が上向いてきている。こうした事業環境の好転の兆しは、個々の企業にとってもちろん追い風ではある。

しかし、複雑かつ激変の時代にあって、この風を最大限に享受し、上昇気流に乗れるか否かは、企業自体の経営革新の優劣にかかっていると言っても過言ではない。

さて、時代は違うが、江戸時代にも不正が横行し、賄賂の要求や不当な寄付の要求をしたりして農民や町人を困らせていた時代があった。そのようなとき、組織改革のため「人間尊重主義」を説き、農民や町人から支持され財政再建に貢献した、松代藩家老の「恩田杢」がいた。現今のように、不祥事が続いている政府や企業に、杢の人間尊重主義に学ぶ点があると思う。そこで、杢が実践した人間尊重の経営哲学を見てみたい。

3、恩田杢の藩改革の背景

恩田杢は、松代藩家老として一千石を知行する恩田民清の長男として、松代（現・長野県長野市松代町）に産まれる。享保二十年（一七三五年）家督を相続。延享三年（一七四六年）家老となる。

松代藩の財政は三代藩主真田幸道の時代より徐々に困窮し、杢が家督を相続した頃にはかなりの財政難に陥っていた。寛保二年（一七四二年）には松代城下を襲う大水害に見舞われ、復旧のため幕府より一万両の借財を受けた。そこで、五代藩主真田真安は小姓より登用した原八郎五郎を家老に抜擢し藩政改革に当たらせた。原は享保十四年（一七二九年）より始まっていた家臣の知行・俸禄の半知借上を踏襲し、更に、領民より翌年・翌々年分の年貢を前納させるという藩政改革を実行した。しかしこれが家臣の反発を招き、延享元年（一七四四年）足軽によるストライキという事態となった。

宝暦元年（一七五一年）に原は罷免、変わって赤穂藩浪人と称する田村半右衛門を勝手方として財政再建に当たらせた。しかし、性急な改革は農民の反発を招き、同年には「田村騒動」と呼ばれる藩内初の一揆が起こった。田村は同年に失脚した。原や田村の時代、賄賂を行ったものには納税額を減額したり、商人からの寄付の一部を横領するなどの汚職が横行した。彼らはこれにより失脚したが、汚職の横行により藩内の風紀は乱れていた。

宝暦二年(一七五二年)信安の死により藩主となった真田幸弘により、宝暦七年(一七五七年)杢は「勝手方御用兼帯」に任ぜられ藩政の改革を任された。質素倹約を励行し、贈収賄を禁止、不公正な民政の防止など前藩主時代に弛んだ綱紀の粛正に取り組んだ。また、宝暦八年(一七五八年)藩校「文学館」を開き文武の鍛錬を奨励した。

4、杢の「うそ」をいわない藩経営改革12の方針

恩田杢は就任後、領内の百姓、町人や家老職及び諸役人を集めて松代藩の経営改革、12の方針を述べた。方針は次の通りである。

第1は、「自分一人の働きでは財政改革はできないのであるから、皆に協力してもらいたい。まず自分の考えを言うから、一通り聞いた上で、皆の意見を出してほしいと言うことである」財政困難な事態のもとで長い間、苦労している百姓や町人たちの苦難に同情し、その労をねぎらってから勘略奉行の大役は自分一人では、到底満足に遂行できるものではないとして百姓、町人たちの協力を謙虚な態度で依頼した。

杢は、百姓、町人に対し「自分のような不調法者が勘略奉行になって、皆様一同に難儀をかけることはお気の毒にたえない」と言っている。今までの権力主義のもとでは百姓、町人の人格意識は抑圧され自己卑下していた。しかし、最高責任者の杢が謙虚な態度をとることによって、彼らは自分の人格意識に目覚めた。第2は、「今後は一切、うそをつかないということ、一度言い出した

ことはいい換えはしない」ということ、すなわち正直宣言である。また、「今後は、私と皆様方と肌を合わせて万事、相談していかなければ財政再建の仕事も成就せず、私の、働きばかりでは任務を果たすことはできないので、何事にも心安く、私と相談ずくにしてほしい」と言った。

藩の収入不足が、財政危機の主な原因である。表高は十万石であるのに、実高は七万石しか上がらなかった。つまり、生産性が7割しか上がらないのである。その理由は、百姓がうそやごまかしをしているからである。病人が出たと言っては仕事を休み、洪水にあったからこれ以上納める米はない、といってごまかしたのである。権力主義者はこれを見て百姓は根っからの不正直者だと言って、苛斂誅求を行った。結局は自己保身のため、うそやごまかしに知恵を絞ることになり、不正直者となってしまう。

しかし、杢は権力者とは違って「百姓は本来、うそつきではない」百姓がうそをつくようになったのは、為政者がうそをつくからである。勤勉な百姓が生産に励み、収穫高を上げて正直に規定どおりの年貢を納めると、藩の財政困難を理由にして、一方的な命令によって翌年、あるいは翌々年分の年貢まで納めさせられた。これでは、賢い百姓はうそを言って年貢を納めなかったのは当然である。つまり、為政者がうそを言うので、これに百姓は不信感を持ちうそを言う結果になり、それが財政危機を招いたのである。そのために、杢は「私は一切、うそは言わない」という方針を約束したのである。

1）テイラーの科学的管理法

実は「うそをいわない」ということは経営上大変重要なことである。アメリカの有名なテイラーの科学的管理法は今日の経営学の根本をなしている。それも労働者や経営者がうそを言う問題を解決するために編み出されたものである。20世紀の初頭、アメリカでは労働者の能率を刺激するために、一般に出来高給制がとられていた。今日の請負給の一種である。だから、経営者は、労働者が自分の賃金収入を増やすために最高の能率を上げるだろうと予想していた。

ところが、実際には期待通りには能率は上がらなかった。労働者は能率を適当に押さえ、組織的な怠業が一般化した。可能な生産性に比べて、実際の生産性は3分の1ぐらいしかあがらなかった。何故であろうか。労働者が思わぬ能率を上げると、その労働者の賃金収入は、世間並みに比べて高いものになる。すると、経営者の方が前に約束していた賃率を、その次からは適当に下げる。つまり、賃率のカットを行う。経営者がまずうそをついたのである。そこで労働者の側も、能率を上げれば賃率を下げられ、結局賃金収入は増えないから能率を適当に抑え、適当に怠業する。つまり、10の生産性を上げる能力を持っているのに3の生産性しかあげないで、これ以上はどうにもできないと言う。労働者の方もうそをつくのである。

この労使双方が、うそを言うという問題を解決するために、アメリカでは科学的管理法の父祖と言われているテイラーの手によって、科学的管理法が生み出されたのである。テイラーは、ストップウォッチを用いて労働者の作業研究をなし作業標準時間を科学的に決めた。そして、いったん決めた賃率は労使双方とも変えないことにし、労使双方が嘘をいえない組織を作ることによって、生産性は3倍から5倍に上げたのである。

一方、杢は230年前の権力主義が支配していた時代にすでにテイラーの科学的管理法の理念を実践していたのである。また、杢の経営哲学では、全ての事業は、上と下の信頼関係なしには成功しえないと言い、上と下との間に不信感があれば失敗するということである。つまり方針を出すにあたっては熟慮し、皆と相談したうえで決定することである。

また、杢は、「肌を合わせて相談する」と言っている。「肌を合わせるということは」夫婦や恋人のような関係をさしている。お互いに裸になり対等に人間として接触していくということを指している。つまり、身分の違いとか、階級の上下などを一切意識しないで、人間として対等になることである。

当時は士農工商という身分の差別が厳しく、百姓は大名行列が通ると道端に土下座していた時代であり、ましてや杢は武士階級としては最高の地位にあった時である。そのような時代に、百姓や町人に対し「肌を合わせて」いくというのは身分社会の時代に差別の意識をなくす態度は、武士階級が権勢を張り、威張り散らしていた当時では革命的であった。

また、信賞必罰主義の信賞主義はとるが、必罰主義はとらなかった。必罰主義をとると、うそやごまかしがかえって多くなるからである。ミスや失敗に対して厳罰によってみせしめにする制裁主義をとる場合、人間は自己保身の為に自分のミスや失敗をごまかしたり、報告を粉飾したりしてうそが行われるからである。そのため、百姓一揆をおこした百姓や町人をひとりも処分しなかった。普通、首謀者は死罰である。また、前任者の田村半右衛門の時代に悪事を犯した諸役人についても「悪いことをするのは、その人が、本来悪いのではなく上の人が悪いから、それにならって悪事を働くのだ」といって罰さず、逆に自分の相役として起用したのである。罰による制裁主義をとらなかったのは、うそを排し、人間相互の信頼関係をつくるためである。いわゆる、テイラーが言う労使の信頼関係構築のためである。

第3は、祝儀不祝儀に拘らず、一切付け届けの金品を受けないと言った。どんな軽い品でも、賄賂めいたものの持参は無用にしてほしいと言った。当時は、足軽も百姓・町人から賄賂を取っていた。賄賂には、お金や米が使われるから、収穫した米は途中で消えてしまい、財政危機の原因になった。

(2) 人間には「利他心」と「利己心」の二つの心がある

人間は、二つの心を持っていると言われている「利他心」「利己心」である。「利他心」は、他人のために尽くそうとする心である。その一つが、組織人格である。「利己心」とは、個人の利益や願望を満たそうとする心である。そして、これを個人人格ともいう。組織人格とは、自分の属する集団や組織の利益のため合理的に行動する人格の面である。個人人格とは、自分個人の利益や目的のために合理的に行動する人格の面である。

人間は、この二つの人格の側面を持っていると言われている。若い組織員は個人人格の面が強く、管理職になると組織人格の面が強くなる、そうでないと、その人についてはいかなくなるので、個人人格を尊重しながら賄賂の禁止をした。

権力主義者のもとでは、足軽が賄賂をとったのは禄高が少ないにも拘らず、禄高の高い人と同じように給料を5割引されていた。そのため足軽は、その給料額では生活できず賄賂をとったのである。給料の割引をやめて全額を支給する措置を取ったうえで、賄賂の禁止を行っているのである。

今日の会社でも、どんなに貢献しても報いられなければ、やる気をなくしてしまうので、各人の貢献と誘因のバランスを取らなければならない。バランスが取れないと会社の利益を犠牲にして、個人の欲求を満たそうとしてしまい会社の業績は低下してくるのである。

また、李は新しい方針を決定するに当たっては、百姓や町人に同意を求める手順を踏んでやっている。経営者や管理者の権限には二つの説がある。「公式権限説」と「権限受容説」である。「公式権限説」とは、たとえば課長の権限は部長から委譲され、部長の権限は社長から委譲されたものである。したがって経営者は与えられた権限に基づいて、部下に指揮命令することができる。命令に従わない部下に対して、制裁を加える権限を持つとされる。

李が「公式権限説に」立つとしたら、当時の封建時代には、藩主は絶対の権限を持っているので権限の委譲を受けていたので、権力を振り回して一方的に方針を出し、もし聞かなければ厳重に罰することができる権限をもっていたがそうはしなかった。経営者や管理物の指揮命令は、命令を受ける部下の同意を得、受容されて始めて権限が有効に成り立つ。だから、権限は命令をする上役の側にあるのではなくて、命令を受ける下役の側にあるとする。人間は、牛や馬ではない、例え自分の部下であろうと上役の命令によって自由に部下を動かせるものではない。だから、この「権限受容説」は人間の自主性を認めた人間尊重の権限説であるといえる。

李は、その説を実行したのである。公の利益を犠牲にして、個人の利益を追求することは禁止するが、個人的な欲求を満たそうとする個人人格を否定するものではない。全体のために、個を滅ぼすのは全体主義であり、それは人間尊重ではないと言う。禁欲主義一本やりではなく、当時、普及してきた三味線や、ご法度である博打も趣味の範囲で職責を果たした上で認めた。人は、分相応の楽しみがあったほうが精も出しやすいと言った。

第4は、年貢の催促に毎月、900人もの足軽が各村々に出張していたのを、一切取り止めると言った。藩の、唯一の収入源は百姓が納める年貢である。藩の抱える、足軽千人のうち9割の900人は村々に派遣された年貢の監督に当たっていたのである。足軽は6、7日も滞在するので泊まり代、賄い費など百姓側が負担していた損費を軽減するばかりではない。足軽の整理によって給料を軽減できるから、藩の管理費の節減にも役立つのである。李は養蚕をはじめ36の事業を起こし、足軽を生産的な役割にまわした。

前任の、権力者のもとでは百姓は、怠け者であり年貢を出し渋りごまかすという人間不信感があった。そのため、大勢の足軽を村々に派遣して、厳しい監督をさせたのである。米の収穫高をごまかす知恵を働かすと、さらに厳しく年貢の収納を監督するために足軽を増員していたのである。そのため、百姓は精神的・経済的にも辛酸をなめていた。杢の人間観は、百姓は元来、正直者で働き者であり、年貢を出し渋ったりごまかしたりするものではない。為政者が人間不信の監督をやるからそうなるのである。それは人間元来の性質ではないということで年貢の収納を農民の主体性と自己責任に基づいた自主管理に委ねた。

3）マグレガーのX理論とY理論とは

杢の方針は、マグレガーのX理論とY理論に良く似ている。X理論とは古い人間観である。「人間は不正直者であり、労働を嫌い権力で強制し、脅さなくては働かないものである。命令される方が好きで、自ら責任を取ろうとしないもので自己保身に汲々するものである」というのがX理論である。

Y理論とは「人間は生来、仕事が嫌いではない」「人間は、適切な条件の下では、責任を引き受け、自ら進んで責任を探し求める。企業内の問題解決において比較的高度の創造力、創意工夫力を発揮する能力はある。普通の人間の知的潜在能力は殆ど一部しか生かされていないと言うのがY理論である。

田村半右衛門や、杢以前の藩経営者は、このX理論の人間観によって藩経営を行っていたのである。そのため、藩財政は益々窮地に追い込まれ、ついには百姓一揆まで引き起こしてしまったのである。人間とは元来、正直で労働が好きで命令がなくても自ら進んで働くものである。人間は目標が自分にとって価値があり意義があれば、目標の達成のため自己傾倒するものである。そして責任を持ち、命令がなくても価値のある目標のためには自主的に働き、生きがいを見出すものである。

杢の人間観は、まさしくこのY理論の新しい人間観に立つものである。百姓は元来正直者であり、藩の経営のやり方が悪いから不正直者になってしまうのである。人間尊重の考えに立ち、百姓を人間として信頼し、自主管理を導入すれば足軽の監督がなくても自己責任を持って年貢を納めてもらえると考えたから監督を廃止したのである。

第5に、この経済再建政策は5カ年計画であること、その5年の間は各村々のために百姓を勤労奉仕させることとは、一切解除すると言った。第6は、従来年貢を2、3年先の分まで百姓から納めさせていたのを今後は中止して、その年の年貢だけにするということである。

第7は、これまで百姓たちに割り当てていた御用金は、以後一切申し付けないことにするといった。第8は、年貢を未だ納めていなかった者、それも長患いや不慮の災難に遭って耕作もできず、そのため収入と言うものがなく、年貢を納められなかったと思う。そこで、これまでの未納分は一切免除する代わりに、今年からは一粒といえども未納は許さない。年貢を先納、先々納をしている百姓に「お前たちはどうして翌年分、翌々年分の年貢まで納めているのか、合点の行かぬことである。先納すれば、何か都合の良い訳でもあったのか」と問うた。百姓たちは「何の都合のよろしいことがございましょう、迷惑の至りでございますが、お役人さまからの厳しいご命令なので、仕方なく先納いたしている次第です」「年貢は当年分だけ納めれば良いのに、納めすぎるのは大馬鹿者だ」と言った。また「役人たちは無慈悲で残酷であるぞ」と叱りつけた。

ところが、今度は声を和らげて「財政が厳しいから役人は仕方なくやっていたのだ、また、百姓たちにしても殿様のご勝手が苦しいという内情を知っていたので、先納したのであろう、お前たち百姓は正直者である」「これほどの百姓を持ち殿様は幸せ者だ、しかしそれにも拘らず財政がうまくいかないというのは仕方のないことである。これからはその年分の年貢以外は申し付けない」と言った。御用金を出した町人にも、何故出す必要もない金を出したか、金を出したお前たちは意気地なしだ、命じた役人も問題だと言った。しかし、それは理屈と言うものだ、お金がないから御用金を出させたのだろう。町人たちもその事情を知って差し上げたのであろう奇特な事だ、殿様も喜んでいる。

次に「これから御用金等は一切申し付けない」と言った。さらに、年貢を未納している百姓に対しても、最初は叱り付けてから「しかし、これは理屈というものだと言って何か事情があってのことであろう」と言った。そしてこれまでの未納分は差し上げるといった。その代わり、今年の年貢を一粒でも未納すると許さないから心得てほしいと言った。未納者は必ず今後は納めると誓った。第9は、今までの未納の年貢をここで棒引きにした代わりに、今まで、前納した分も、百姓たちに返済することを勘弁してほしいという無心の談判である。

第10は、今までの年貢を既に先納、先々納をしたのにそれを帳消しにしたうえで、今年の年貢をぜひ上納してほしい、そうでなくては藩の財政がストップしてしまうことになり、自分は切腹しなければならない。

先納、先々納した百姓には「返済はしたいが予備は一つもなく未納の分はくれてしまったので先納先々納分は返済できない。こういう事情だから、皆は出し損にしてほしい」と無心した。百姓たちは、快く承諾した。さらに、杢は先納、先々納を損として、そのうえに当年分の年貢を別に上納してほしいと言った。これを皆が承諾してくれねば、私は切腹をしなければならないと言った。「自分の計算では、これまでに賄賂に使った百姓たちの費用は相当なものである。それに、諸役人のために使った人足の手間代もばかにならない。

また、900人の足軽が年貢の催促に村々へ出回るたびに、その宿泊代、飲食代、その他を計算すると、これも相当な出費である。これらを、総計して概算すると1年間の年貢高の7割を占めるとみられる。これらはみな消えてなくなる。目に見えない出費で無駄なことである。その無駄を今後一切省くことにしよう。

そこで、この7割にあと3割を足して、今年一年分の年貢と思って納めてくれまいか。それも、今月からは月割りにして納めればよいことにしよう。この趣旨を、村々へ帰って、百姓たちに言い聞かせ、よく相談したうえで追って返答するように」と説得した。

4）形式的理論と心情的論理

人間尊重の経営者は、一方的な命令者ではなく説得者でなくてはならない。杢は、形式的論理と心情的論理を使い分けて説得した。「年貢を先納、先々納した人に規定どおり納めればよいのに、お前たちは馬鹿者だとののしり、役人も叱り付けた。しかし、それは理屈と言うものだ」と言っている。ここでいう「理屈」とは、形式論理であり、機械的論理である。これは日本では非人間的と言われる。形式論理で叱った後で「役人は、藩の財政が苦しいので仕方なくやったのだ。また、百姓は殿様の財政の苦しい内情を良く知っているために先納したのであって本当は正直者である」と言った。

役人は、藩の財政が苦しいので仕方なくやったのだ。この論理は、実態論理であり心情的論理である。形式論理で咎められると人は抵抗してくるが、相手の立場に身をおき、理解を示す心情的論理を使えば相手は信頼感を持ってくるものである。第11に、これまで藩のために用立てた御用金を、今すぐ返済することはできないが、将来その子孫たちが経済的に行き詰って、各家の身代が潰れるというような場合に至ったら、その時は利息まではつけられないが、元金は必ず返済することにしよう。それまでは、殿様に預けておいたつもりで待ってもらいたい。

第12に、これまで諸役人で百姓に対して、色々悪事を働いたものがいたことであろう。その悪事を遠慮なく書面に認めて厳重に封をして、拙者の手元まで差し出してほしい。以上、12項目の改革方針を公表した。そしたら、百姓の代表者たちはいずれも納得し、感激して退出したのである。そして、村々へ帰って百姓を集めて今度の財政改革の方針を伝達し、説明したところ、皆、大喜びでその新政策を支持することになった。

彼らが喜んだのは、今までの諸役人たちの悪事を思い思いに書き出して上申できると言う。いわば、下意上達の道が開かれたことと、もう一つは家業に出精して、そのゆとりがあるならば分相応の楽しみは何をしてもよろしいという許しの出たことである。杢の、勤労の哲学は、総じて人は分相応の楽しみがなければ、精も出し難し。これによって楽しみをすべし、精も出すべしというのである。庶民の慰みのためには浄瑠璃、三味線、またたは、博打であっても、好きな事をして楽しんでよろしい。しかし、博打は天下の御法度であるからこれを商売にしてはならない。博打で儲けるというのはよくないが、慰みにする分には一向に構わない。大いに働きよく遊ぶということを奨励したのであった。

5）人間尊重主義経営の実践

恩田杢は、今までの足軽による年貢の監督を全廃して百姓の自主管理にまかせた。また、領民や役人のミスや失態に対しても、罰や制裁主義を排して、自尊心を尊重することによって、本人の自主改善を待ったのである。

会社員に「会社生活で、何が一番不愉快だったか」と尋ねたら「上役から、個人的に注意されたとき」であると答える人が多いという。これは、日本人がいかに、面子を重んじる自尊心の強い人種であるかを物語っている。「忠臣蔵」の「松の廊下の刃傷事件」では、面子を潰されたのが発端で事件が起こった。現在の、兵庫県赤穂市にある赤穂の城主だった浅野長矩が、吉良上野介にいじめ続けられていた。あるとき、ついに堪忍袋の緒が切れた浅野は、刀を抜いてはならない江戸城中で刀を抜いて吉良を斬ったのである。そのため、浅野自身は切腹させられ、浅野家も潰された。大きなリスクを冒してまで面子のために命をかけたのである。

このようなことから考えた場合、個人の自尊心を尊重し、その自尊心に訴える管理方式や対応をとることが組織の活性化につながるものだと思う。人間不信に陥っている組織こそ、人間尊重の原点に立ち戻って考えるべきではないだろうか。そして、人間尊重の経営を取り入れる場合、トップが気をつけなければならないことは、自らを律することである。杢は、皆に改革案を示す前にまず、妻子や親類などの身内に倹約をすることを誓約させている。そして、当然杢自身も日常の食事は、飯と汁のほかは食べまいと決心したのである。衣服は、絹物をやめて木綿だけにする。しかし、従来あるものを使用しないで、わざわざ新しく揃えるのは、かえって不経済であるから、当分、絹物でもある物を着用する。新しくこしらえる場合、木綿物以外は着用しない決心であると言った。

藩の財政危機を乗り切るためには、浪費を極力少なくし節約を実行する以外にはないということである。財政再建の職責を担った杢は、まず自ら範を示したのである。権力主義者は、領民に対して厳しい倹約令を出し、倹約を強制しながら自分は高い地位につき、収入も増えるため贅沢な生活を続けるのが普通であった。しかし、これに対して杢は日常の食事には一汁一菜しか摂らず、衣料としては木綿しか着ないということを誓って、節約を実行し藩改革を成功させたのである。

ところが、現今の、わが日本では、行政のリーダーや企業のリーダーが利他の精神を忘れ、利己主義に陥っている。組織ぐるみで、繰り返される公私組織の不祥事。政府では公文書改ざん・隠蔽、企業では不正データ、不正会計等々が頻発し信用を失墜させ、国民や経済界から不信を招いている。

このような事態を、招かないためには「人」に基本を置く恩田杢の「人間尊重主義」の組織経営に学ぶべき所が多い。平成の現代人や昭和人は、日本古来の先人の教えや、利他の精神を忘れたのか、自分達さえ良ければいいというかのごとく、政府や企業では組織ぐるみで不正が行われている。現今のような、人間不信の経営や、行政運営を続けていれば国内・国際的にも信用を失い、日本の世界における地位や評価は下がることになる。文明や時代は変わっても、人の心は不変である。琉球大学名誉教授の水野益継先生が論ずる「国は一人によって興り、一人によって滅ぶ」と言うことを肝に銘じたい。

（元糸満市企画開発部長）

参考文献

占部都美『杢流経営法』光文社
森五郎『現代日本の人事労務管理』有斐閣
野中郁次郎『経営管理』日本経済新聞社
占部都美『改訂経営学総論』白桃書房
伊丹敬之・加護野忠男『ゼミナール経営学入門』日本経済新聞社
西賢祐・伊禮恒孝・志村健一『日本的クオリティマネージメント』中央経済社
堺屋太一『組織の盛衰』ＰＨＰ研究社
野中郁次郎・竹内弘高（梅本勝博訳）「知識創造企業」東洋経済新報社
『月刊プレジデント』プレジデント社
浜辺洋一郎『コンプライアンスの考え方』中公新書
「日本経済新聞」２０１８年４月19日、５月12日
「沖縄タイムス」２０１８年４月19日、５月16日
「琉球新報」２０１８年４月19日、５月16日

談笑会

初春を歌へ遊ばな

二〇十八年一月二十四日

於 幸地賢治会員宅

川柳

婆《ばば》抜きでトランプ遊びが始まった

繁一

トランプより花札いかがとアベは云う

繁一

踏み台に上って分かる高齢者

勇

スポーツジム
高齢者で
花が咲く
勇

外出は
携帯・カードが
必需品
勇

携帯を
忘れて戻る
おろかさよ
勇

池の坊
大君《おおくん》待った
土俵女禁
喜保

トーカチ(米寿)と
犬の遠吠え
ワン・ダブル
喜保

輪《わ》の中で
敲《ただ》いでおれば
事収まるに
喜保

被害者を
隠匿《いんぺい》の罪
これ不思議
喜泉

傘寿歳
節目の記念
何をする
光英

喜びの維持
地球資源の
無駄使い
光英

明日ゴルフ
早く寝たいが
眠られず
荊順

妻は言う
あなたのことよ
終活は
正夫

えび天の
中味のえびの
小ささよ
正夫

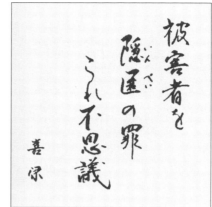

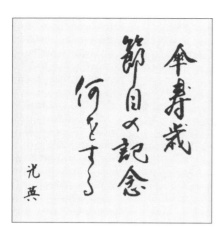

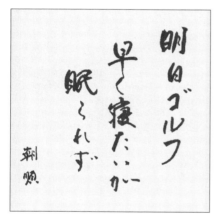

琉歌

張りきるも
睡眠不足
絶不調

朝順

のりちゃんと
八十の弟の声
姉の声

寿知子

アスリート
負けた笑顔が
なおかわいい

寿知子

新玉の戌年
幸地家の鴻座に
揃りて酌廻上《かみ》て
果報願ひ

光英

昔伊平屋島
果報の島やたら
縄文々化の
花ゆさかち

朝順

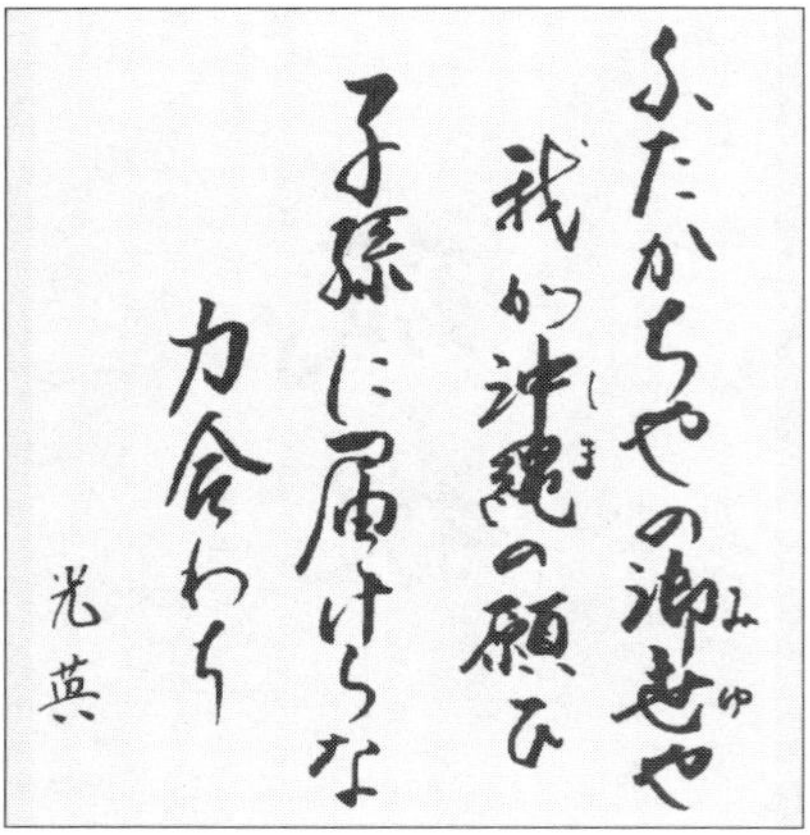
ふたかちやの御世《みゆ》や
我が沖縄《しま》の願ひ
子孫に届けらな
力合わち
光英

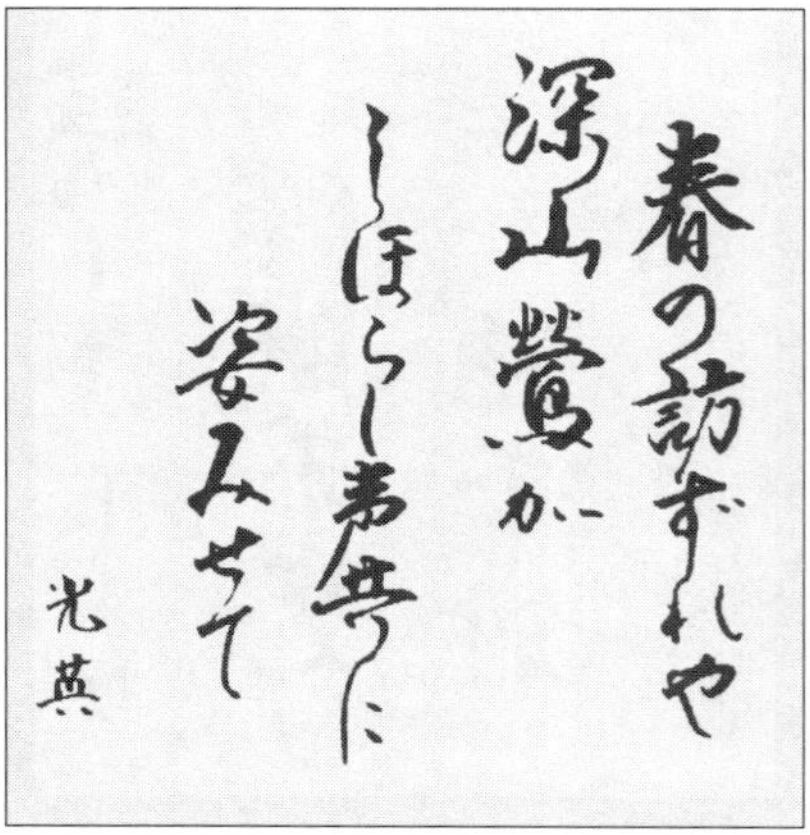
春の訪ずれや
深山鶯が
しほらし声音に
姿みせて
光英

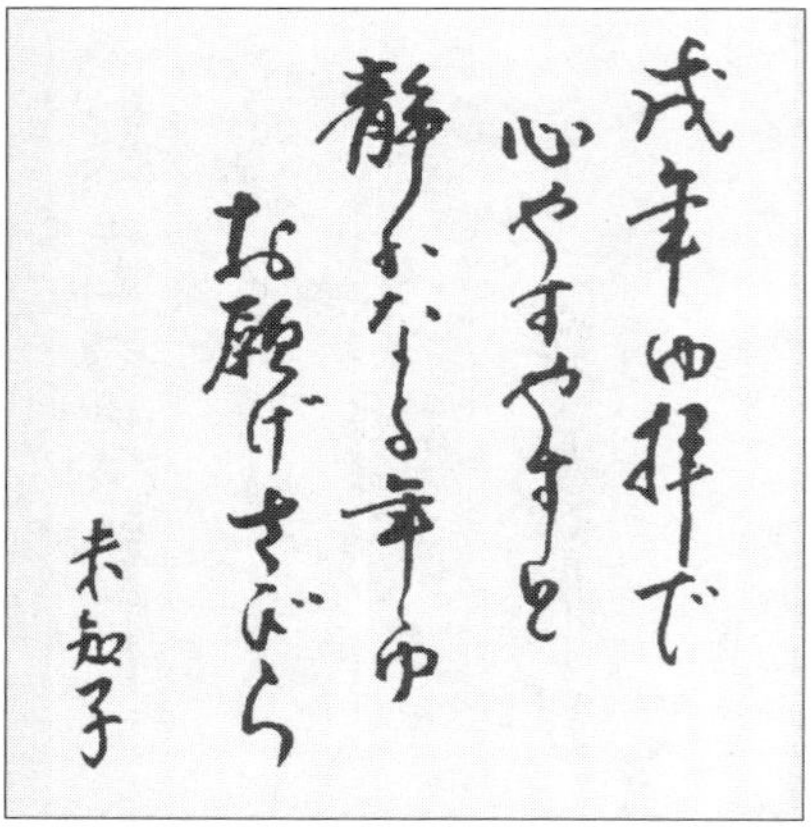
戌年の拝で
心やすやすと
静かなる年の
お願げさびら
未知子

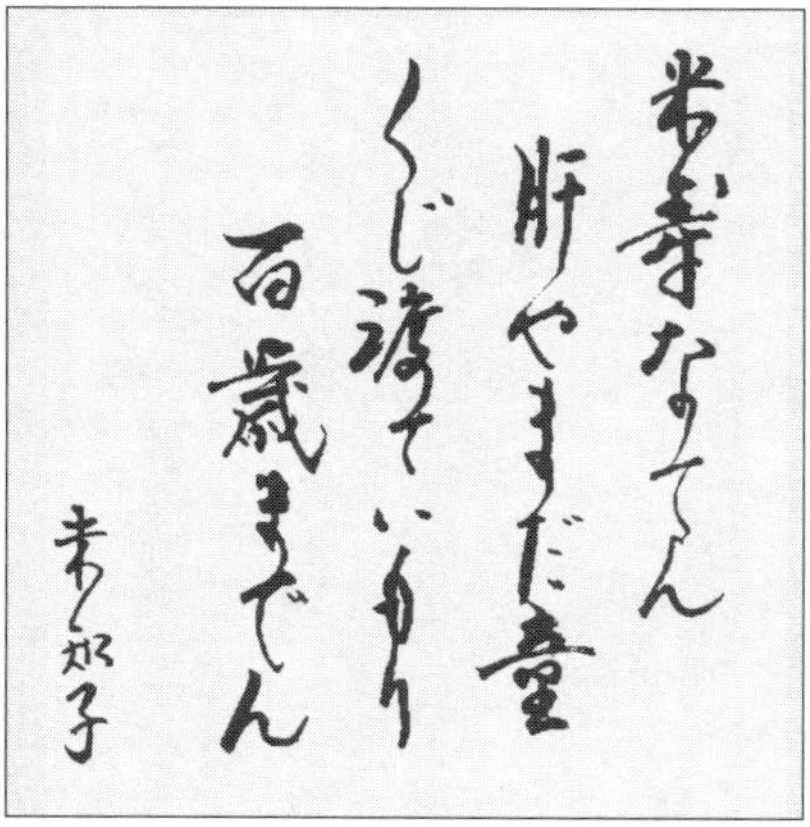
米寿なてん
肝やまだ童
くじ清ていをり
百歳までん
未知子

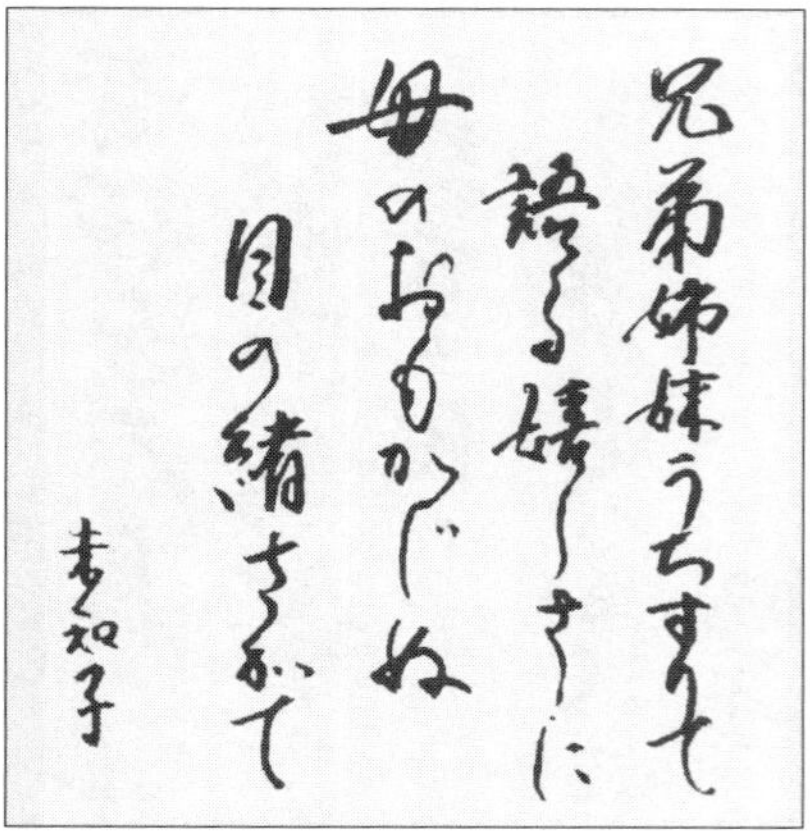
兄弟姉妹うちすりて
誇る嬉しさに
母のおもかげぬ
目の緒さがて
未知子

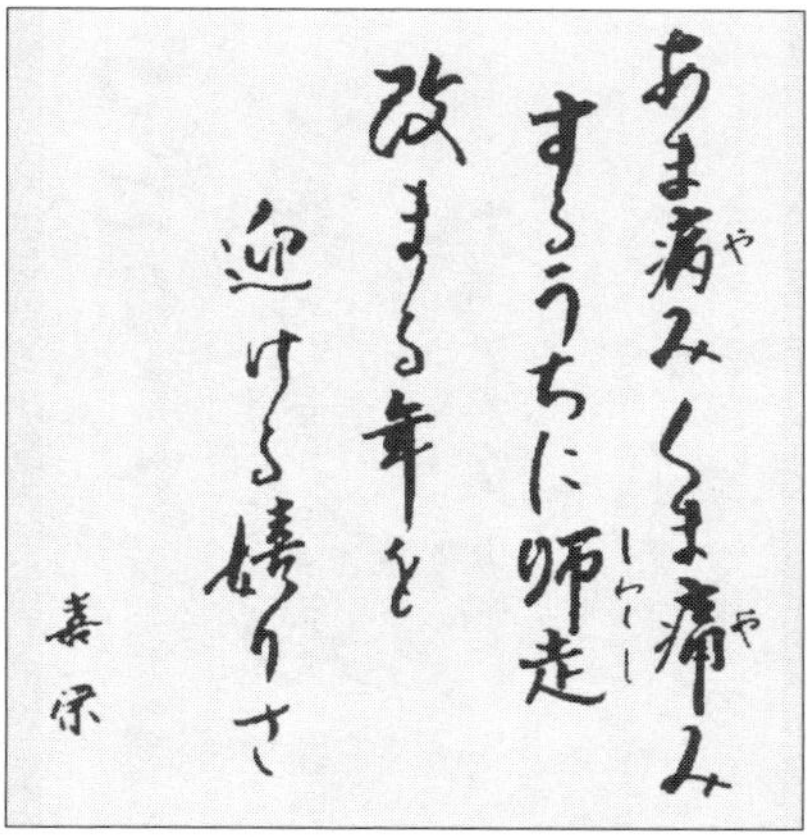
あま病《や》みくま痛《や》み
するうちに師走《しわし》
改まる年を
迎ける嬉りさ
嘉宗

俳句

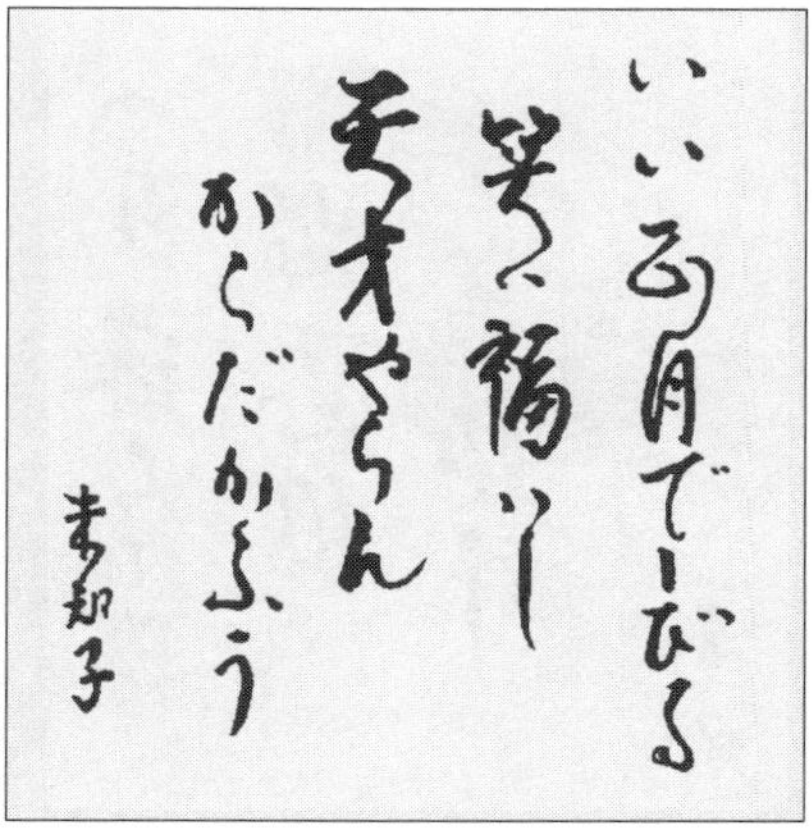

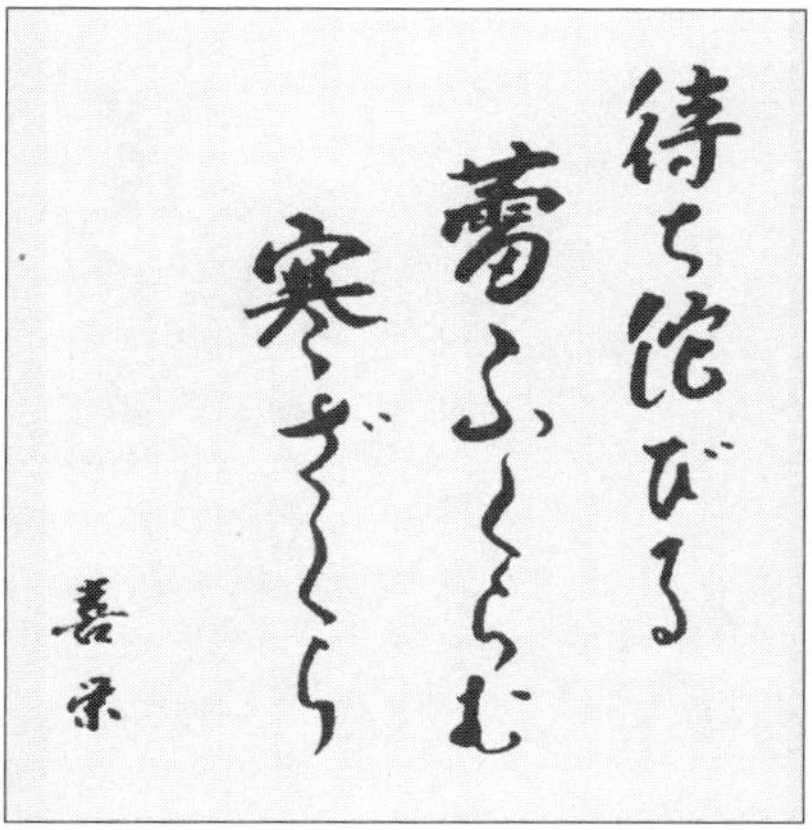
待ち侘びる
蕾ふくらむ
寒ざくら

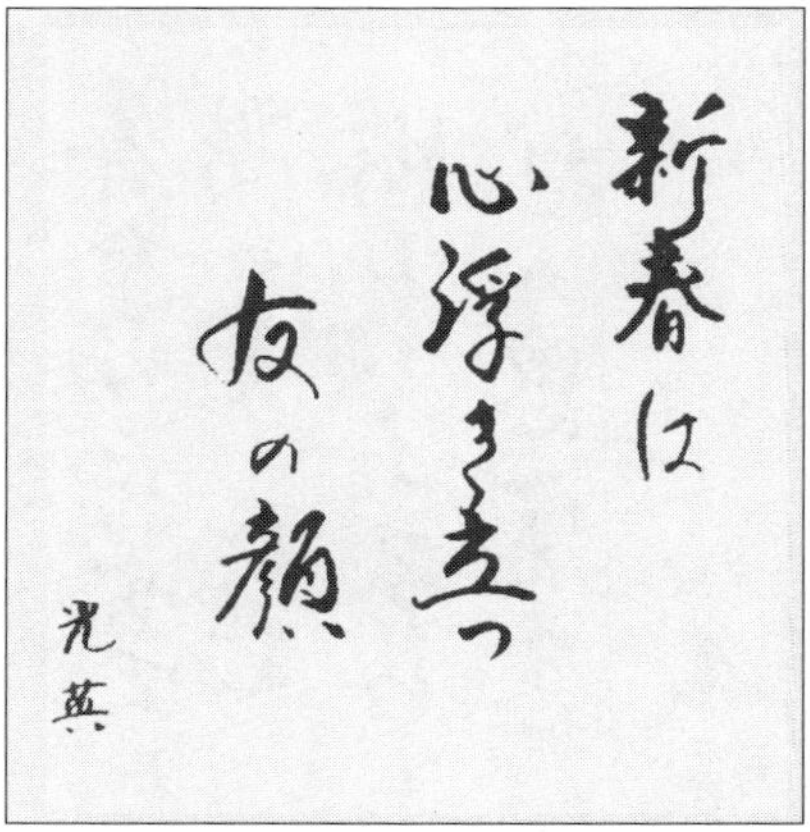
新春は
心浮き立つ
友の顔
光英

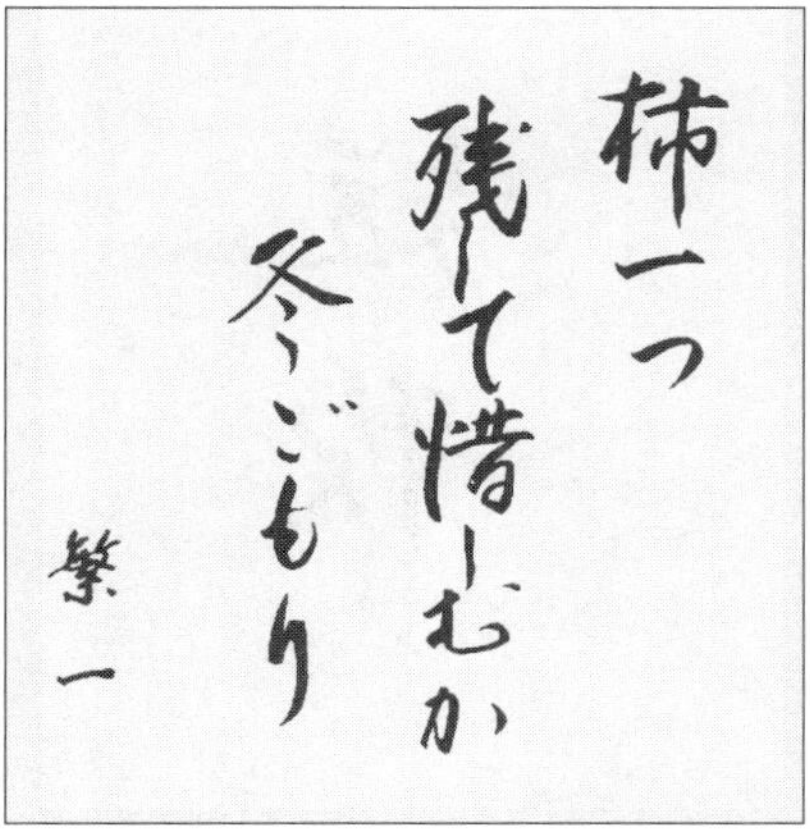
柿一つ
残して惜しむか
冬ごもり
繁一

渡り鳥
一直線
繁一

遂に見た
幻の花
オオゴチョウ
朝順

へり落ちる
怒り心頭
年頭辞
喜栄

短歌

来る春も
桜の便りすぐそこに
平温無事で
暮らす仕合せ
喜栄

台北に生まれし父なり
勤勉な
高砂族の
友を称えて
葉子

香焚けば曇天ついに
陽の差し始む
晴れがふさわし
父の思実忌
葉子

大晦日
紅白の歌虚《むな》しかり
昭和歌謡に
めぐり逢いたい
善保

甲子園を夢見し
父も友もまた
県勢優勝を
見ずに逝きしなり
葉子

雲か霞か
先行き見えず
何時か祖国と
なる日のありや
賢治

クマヤ洞窟《がま》
褶曲みごと感動す
太古の青
地殻変動
剛慎

その赤児手を
捻られて泣きおりし
遠き昔の
思いのつのる
賢治

戦さ場のこの地に
逆鱗の落ち来たる
幾多の人の
思いありしも
賢治

一天の余滴 Ⅲ

○スポーツ街はまず駐車場

少年院の糸満市への移転、沖縄市運動公園への一万人収容のアリーナーの建設などで周辺一帯が大きく変わろうとしている。少年院跡地には大型ホテルやリハビリ学院などの建設計画が噂されており、周辺住民は「どういう風に変っていくのか」という期待と不安を持って成り行きに関心を見せている。

特に大きな行事のある度に沿道や住宅周辺が駐車場化する付近住民はこの面の対策を強く望んでいるようだ。

住民に迷惑をかけず、心から「いろんな素晴らしい施設が出来ている」といわれるような交通対策を付近住民は望んでいる。駐車場が少なく、交通対策がうまくいって無い地域は、幾ら立派な施設や構造物があっても「宝の持ち腐れ」にならないように配慮してほしいものだ。運動公園内の沖縄市グリーンフィールド、建設中のアリーナー施設と沖縄少年院跡地の活用とがうまく連動した「スポーツ街」になることを祈りたい。（加美尽三）

会員名簿（掲載は入会順）

会　　長　仲宗根喜栄〒九〇一―二三〇一
北中城村島袋六〇七―一
電話九三三―二一四四

副会長　幸地　光英〒九〇四―二二一五
うるま市みどり町二―六―九
新城様方
電話〇八〇―一七一三―七七三五

幹事長　稲嶺　　勇〒九〇四―〇〇〇四
沖縄市中央四―七―五
電話〇九〇―九七八一―一三六八

会　　計　玉城　正夫〒九〇四―〇〇〇三
沖縄市住吉一―二一―一九
電話〇七〇―五八一五―七一九五

会　　員　安田未知子〒九〇四―二二二五
うるま市字喜屋武一五八
電話〇九〇―三七九四―八二一四

喜友名朝夫〒九〇四―〇〇三三
沖縄市諸見里二―一二―二〇
電話〇九〇―九七八三―九五五三

桑江　朝彦〒九〇四―二一七三
沖縄市比屋根四―一五―七
電話九三三―六九七七

喜友名朝順〒九〇四―〇一〇三
北谷町桑江五八三―一一
電話九三六―二九二〇

嘉手川繁一〒九〇四―二一六四
沖縄市桃原二九二
電話九三七―五一三二

幸地　賢治〒九〇一―二二一一
宜野湾市宜野湾二―五―一三
電話八九三―五五五三

宜志　政信〒九〇四―〇〇〇四
沖縄市中央四―六―三六
電話九三七―一二四〇

かいじょうほう

☆ボランティア活動で宣言　退職後も多くの名誉職を兼ねている稲嶺勇。イヌ年の今年の新年の挨拶の書状の中で「今年もボランティア活動に力を入れたい」と長々とその決意表明。ハガキでもいいのにと思うのだが、手紙形式にすることによって「揺るがぬ決意を示そう」との狙いがあったようだ。

今年になってからの身障者のゴルフ教室、家庭に恵まれない児童園での「餅つき大会」などで猛ハッスル。有言実行だ。くじけず頑張れ。やがて花咲く時も来るらん。

☆聞かれなくなった往時のゴルフ談義　一時は賑やかだったゴルフ談議がこの二、三年前から影を潜めている。今でも従来と変わらずグリーンを飛び回っているのは仲宗根喜栄、桑江朝彦の二人だけ。喜友名朝順、稲嶺勇を含め四人は談笑会のゴルフ四天王といわれるほどだったが、先ずは稲嶺が腰痛の手術で一年余も休み、グリーン復帰が心配。喜友名は足腰の痛みに突然襲われたりしてショート・コースに付き合いで行く程度。しかし喜友名は本誌に度々「ゴルフは、わが生涯の友だ」と書いている。どうなっているの。仲宗根、桑江の二人は、「俺たちは、戻る日を待ってるぞ」と言いたげ。落伍した二人は、頑張っている二人より年齢的にも後輩。だらしないとはいわない。病気だもん。

☆蔵書の山にびっくり　元嘉手納町教育長で歴史研究家でもある伊波勝雄氏の二階住宅は、図書館を思わす蔵書の山。沖縄関係では公立図書館にも引けをとらないほどだ。仲宗根喜栄、稲嶺勇、喜友名朝夫の三人で所用を兼ねてお邪魔したら、玄関から図書館の雰囲気。居間に招かれて更にびっくり。窓枠、二階へ通ずる階段、とにかく各部屋には荷物は無く、総て本の陳列場になっている。

本人は何よりも書くのが好きで書斎に篭りっきりの生活が多いという。厚生年金も殆どが本の購入や発行費用になっていると苦笑い。真似の出来ない生活に凡人は、ただ感心するのみ。伊波氏は本会の会友でもある。

編集室

☆「マイ・ラスト・ソングと時代のあれこれ」とのテーマで六年間もシリーズにして連載してきた嘉手川繁一。体の不調で書き続けることができないと、このシリーズの連載を本号から断念した。本人も悔しいだろうが、それ以上に楽しみにしていた読者も残念に思っていることだろう。それに変わって本号には「老愚痴録」という見出しで多くの川柳を寄稿している。川柳も結構だが、早く体調を回復して「嘉手川節」の効いた従来のシリーズを復活させてよ。

☆本誌二十周年を機会に談笑会では、会を支援してくれる「友の会」をつくった。会員は、まだ数人だが、お互い意見交換をし、会を支える組織として今後、会員を増やしていきたい。意見交換の場として談笑の例会の場を活用していきたいと思う。是非、皆様の入会を。

☆宇宙や天体に詳しい玉城正夫が本号に「ＵＦＯと宇宙人」の在否について論じている。本人はその存在を固く信じているようで写真や出現月日などを克明に調べ上げ、「これでもＵＦＯや宇宙人の存在は認めないというのかー」と攻寄る。玉城は実在すると確信しているようだが、皮肉屋の会員が「ＵＦＯや宇宙人は幽霊と同じで見る人しか見ないからねー。あなたはユーリーンージャーヤサ」と冷やかされ、せっかくの格調高い実在論に冷や水をかけられ、がっかりした様子。いずれにせよ、読み応え十分の力作だ。これにこりず、次回も頑張って。

☆夏目漱石の「我輩は猫である」を『吾んねー猫どぅやる』として出版するなど日本の名作を数多くウチナーグチに翻訳し、自らのオリジナル物も多い宜志政信が体調不良で例会を長期欠席。話し上手な人が姿を見せないと寂しい。早く出席出来るように皆が期待しているよ。

談笑　第22号

2018年7月18日　初版第1刷発行

編　集　沖縄市・談笑会

発　行　談笑会　仲宗根喜栄

〒901-2301 北中城村島袋 607-1
TEL (098) 933-2144

発　売　新星出版株式会社

〒900-0001 那覇市港町 2-16-1
TEL (098) 866-0741

ISBN978-4-909366-16-0　C0095
定価は表4に表示してあります。
万一、落丁・乱丁の場合はお取り替えいたします。